JAMES
HERBERT
Besessen

D1858929

JAMES HERBERT

Besessen

Roman

WILHELM HEYNE VERLAG
MÜNCHEN

Band-Nr. 41/34

Titel der Originalausgabe
HAUNTED
Aus dem Englischen übersetzt
von Andreas Brandhorst

DEUTSCHE ERSTAUSGABE

2. Auflage

Copyright © 1988 by James Herbert
Copyright © der deutschen Ausgabe 1991
by Wilhelm Heyne Verlag GmbH & Co. KG, München
Printed in Germany 1991
Umschlagillustration: David Cearney, New York
Umschlaggestaltung: Atelier Ingrid Schütz, München
Gesamtherstellung: Ebner Ulm

ISBN 3-453-05177-7

Zum Gedenken an George Goodings –
ein Gauner, Spitzbube und feiner Kerl.
Mein bester Freund.

Wenn es spukt, so sieht man eine Wahrheit,
die besser verborgen bliebe.

EIN TRAUM, EINE ERINNERUNG

Ein geflüsterter Name.

Der Junge bewegt sich im Schlaf. Blasser, dunstiger Mondschein erhellt das Zimmer. Die Schatten sind dunkel und dicht.

Das Kind dreht den Kopf, wendet ihn dem Fenster zu, und sein Gesicht verwandelt sich in eine weiche Maske, makellos und rein. Ein Traum stört seine Ruhe – unter den Lidern bewegen sich die Augen.

Der gewisperte Name:

»David ...«

Eine leise Stimme, wie aus weiter Ferne.

Der Junge runzelt die Stirn, doch die Stimme ist Teil des Schlummers, erklingt in seinem Traum. Sein Arm löst sich von feuchten Laken, und die Lippen zittern, murmeln lautlos. Irgend etwas lockt die Gedanken aus visionärer Tiefe, läßt sie aufsteigen aus der Gestaltlosigkeit des Traums. Der Protest des Knaben verschafft sich Luft, als er erwacht.

Durch das Fenster beobachtet er den bleichen Mond und überlegt, ob er sich seinen Schrei nur eingebildet hat.

Tief in seinem Herzen lastet schwerer Kummer, eine Trauer, die das Blut in seinen Adern verdickt, alle Bemühungen, in die Wirklichkeit zurückzukehren und zu existieren, zu einem fast hoffnungslosen Unterfangen macht. Doch die flüsternde, zischende Stimme befreit ihn von der inneren Mattigkeit.

»David ...«, haucht sie erneut.

Er weiß, woher sie kommt – und schaudert.

Der Knabe hebt den Kopf, reibt sich salzige Nässe aus den Augenwinkeln. Er hat im Schlaf geweint. Sein Blick fällt auf die grauen Konturen der Tür, und plötzlich fürchtet er sich. Er hat Angst und ist gleichzeitig fasziniert.

Er zieht die Decke beiseite, und als er zur Tür geht, streichen die Hosenaufschläge seines zerknitterten Schlafanzugs über den

Boden. Ein neunjähriger Junge, klein und dunkelhaarig, die Haut blaß – er wirkt seltsam müde und ausgelaugt.

Er verharrt vor der Tür und zögert furchtsam. Er ist verwirrt, aber es regt sich auch Neugier in ihm. Langsam streckt er die Hand aus und berührt den Knauf. Die Kühle des Metalls durchzuckt seinen Arm wie ein eisiger Blitz, der ihn aus den Gefilden des Winters erreicht. Der Knabe erzittert, und der sonderbare Frost vereint sich mit der feuchten Kälte auf seiner Haut. Er öffnet die Tür, und dahinter erwartet ihn völlige Schwärze. Formlose Schemen scheinen ins Zimmer zu wogen – eine Illusion. Aber der Knabe ist zu jung, um solche optischen Täuschungen zu erkennen. Er weicht zur Seite, schreckt vor der dichteren Dunkelheit zurück.

Seine Augen gewöhnen sich an die Finsternis, und sie löst sich allmählich auf, wie geschwächt von ihrem eigenen Wuchern. Der Junge wagt sich wieder vor, eher scheu als behutsam, tritt über die Schwelle und bleibt neben der obersten Stufe der Treppe stehen. Sie reicht weit in die Tiefe, in eine lichtlose Kluft, die nur Platz für Schatten läßt.

Das Flüstern ruft ihn.

»David . . .«

Er kann nicht widerstehen, denn die Stimme erfüllt ihn mit Sehnsucht, mit einer zarten Hoffnung jenseits der engen Grenzen, der Rationalität und Vernunft gesetzt sind. Sie stellt den Schrecken in Frage, der wie ein Fieber in ihm wütete.

Einige Sekunden lang lauscht er und wünscht sich, das Wispern und Raunen wecke auch seine Eltern aus ihrem Schlaf. Kein Laut dringt aus ihrem Zimmer; Verzweiflung hat sie erschöpft, sowohl die Körper als auch die Seelen. Der Junge starrt in die tintenschwarze Tiefe. Neuerliches Grauen quillt in ihm empor, aber irgend etwas zwingt ihn, einen Fuß vor den anderen zu setzen und die Treppe hinabzugehen.

Seine Fingerkuppen gleiten über die rauhe Tapete an der Wand. Ungläubiges Staunen vermischt sich mit Faszination und Furcht. Winzige Lichter – Reflexe aus dem Nichts – spiegeln sich in den Augen des Knaben wider. Die Pupillen scheinen von innen heraus zu glühen, während sie die Dunkelheit erforschen, dort nach Umrissen suchen, nach Bewegung.

Am unteren Ende der Treppe zögerte er wieder und blickt über die Schulter zurück, als erhoffe er sich Hilfe von seinen ruhenden Eltern. In ihrem Schlafzimmer bleibt es weiterhin still, und das bedrückende Schweigen erfaßt das ganze Haus. Selbst die flüsternde Stimme verklingt.

Im Flur voraus sieht er ein mattes Glühen, einen trüben, bernsteinfarbenen Streifen. Erneut geht er los, nähert sich langsam dem eigentümlichen Schimmern, wartet vor der geschlossenen Tür. Die Stille schleicht fort, weicht einem leisen Ächzen. Es hört sich an, als seufze das Haus. Sicher nur der Wind, der in Fugen und Ritzen murmelt.

Das unter der Tür hervorsickernde Licht fällt auf die Zehenspitzen des Jungen, und eine Zeitlang betrachtet er sie, um sich von dem abzulenken, was ihm nun bevorsteht. Es ist kein gleichmäßiges Glühen: Ab und zu flackert es, umschmiegt seine Füße. Er hebt den Arm, und diesmal verspürt er keinen kalten Schock, als er den Knauf berührt. Der Knabe fühlt feuchtes Metall. Oder stammt die Nässe von der schwitzenden Hand?

Er wischt sie am Schlafanzug ab, bevor er einmal mehr nach der Klinke tastet. Trotzdem rutschen seine Finger an der glatten Oberfläche ab. Er spürt einen merkwürdigen Widerstand, als hielte jemand auf der anderen Seite die Tür zu. Dann öffnet sie sich endlich, und der Junge tritt ein. Unstetes Licht tanzt über seine Züge.

Dutzende von Kerzen brennen. Ihre Flammen neigen sich kurz zur Seite, und ein wächserner Duft erfüllt den Raum. Schatten huschen über die Wände davon, kriechen wieder näher, als das Flackern aufhört, begrüßen den Jungen mit diffuser Gräue.

In der Ecke des Zimmers, auf einem weißen Spitzentuch, steht ein kleiner Sarg. Der Sarg eines Kindes.

Der Junge reißt die Augen auf, setzt sich in Bewegung.

Mit schweren Schritten wankt er durch den Raum. Seine Lider zittern, und das Kerzenlicht glänzt auf schweißnasser Haut.

Er *will* nicht in den Sarg sehen. Er *möchte* nicht die Gestalt betrachten, die darin liegt und ihm jetzt so fremd erscheint. Aber er hat keine Wahl. Er ist erst neun Jahre alt, und sein Bewußtsein lehnt das Übernatürliche noch nicht ab. Der Optimismus von

Kindern mag manchmal bizarre Aspekte gewinnen, doch das ändert nichts an seiner Kraft. Eine Stimme hat den Namen des Knaben geflüstert, und er reagierte darauf. Er hat seine eigenen Gründe, das Unvorstellbare für möglich zu halten.

Unsicher kommt er näher, und der Körper auf den seidenen Polstern im Innern des Sargs gerät in sein Blickfeld.

Das Mädchen trägt ein weißes Kommuniongewand, an der Taille eine hellblaue Schärpe. Es ist – war – nur wenig älter als der Junge. Die Hände sind auf der Brust gefaltet, wie zu einem stummen Gebet. Dunkles Haar umrahmt ein bleiches, im Tode entspanntes Gesicht – ein ruhig schlafendes, unschuldiges Kind. Natürlich rührt es sich nicht, aber der unstete Kerzenschein zittert über die Lippen hinweg, und dadurch hat es den Anschein, als unterdrücke das Mädchen ein Lächeln.

Der Junge versucht zu glauben, daß seine Schwester noch lebt, doch er weiß es besser: Die Kummerrituale im Verlauf der beiden vergangenen Tage, die Zeremonien der Trauer, die noch immer andauerten, waren überzeugender als die erschütternde Abwesenheit des Mädchens. Er tritt noch näher an den Sarg heran, die Stirn in einem wortlosen Flehen gerunzelt. Er möchte den Namen der Toten nennen, aber die Gefühlsaufwallung verdichtet sich zu einem dicken Kloß in seinem Hals. Er zwinkert Tränen fort, beugt sich hinab, als wolle er dem Mädchen einen letzten Abschiedskuß geben.

Es öffnet die Augen.

Es grinst zu ihm empor, das Gesicht verzerrt, nicht länger engelhaft.

Es hebt den Arm, streckt ihn dem Knaben entgegen.

Der Junge erstarrt mit weit geöffnetem Mund, die Lippen straff gespannt, der Schrei noch tief in der Kehle. Einige Sekunden später schrillt es aus ihm heraus – ein entsetztes Heulen, das die finstere Stille im Haus zerreißt.

Kurz darauf verklingt es, verhallt in der Ferne, und die Lider des Jungen schließen sich, als sein Bewußtsein hinter den samtenen Wällen der Vergessenheit Zuflucht sucht ...

1

... Er riß die Augen auf, kehrte ungewiß in die Wirklichkeit zurück. Das Klacken von Stahl, Räder auf Gleisen, und die rhythmischen Erschütterungen des Waggons vertrieben die letzten nebligen Fetzen des Traums. David Ash zwinkerte mehrmals, geplagt von schleierartigen Nachbildern ohne Form und Inhalt. Er holte tief Luft, drehte den Kopf zur Seite und sah aus dem Fenster.

Die späte Jahreszeit hatte die Landschaft getrübt. Einst braune und spröde Blätter, jetzt fast farblos, vom Regen durchnäßt, sammelten sich unter den Bäumen – lepröse Fladen, von ihren Opfern abgefallen. Hier und dort sah Ash ein Haus oder kleine Ansammlungen von Gebäuden, die sich an einen Hügelhang schmiegten, kaum auffallende Unterbrechungen öder Eintönigkeit. Die Gräue des Spätherbsthimmels wirkte so substanzlos wie das Land, über dem er sich wölbte, ein gestaltloses Etwas, das sich bis zu den Hügelkuppen herabsenkte.

Jähe Dunkelheit, als der Zug durch einen Tunnel fuhr. Das eiserne Rattern schwoll zu einem hohlen Dröhnen an. Licht blitzte auf: Der Schein einer Flamme erhellte die Züge des Mannes, der allein im Abteil saß.

Ash steckte das Feuerzeug wieder ein, und das rote Glühen der Zigarette stülpte tiefe Schatten über Jochbeine und Brauen. Er starrte in die Finsternis und versuchte, sich an den Traum zu erinnern, der eine seltsame Kühle in ihm hinterließ. Wie üblich blieben die Eindrücke vage und verschwommen. Er blies den Rauch von sich und überlegte, warum er so sicher war, daß es sich um die gleichen Visionen wie sonst handelte. Vielleicht wegen des schwachen Geruchs von Kerzenwachs, der nach wie vor die Luft erfüllte – besser gesagt: sein *Denken*. Vielleicht der rasende Pulsschlag: Es dauerte immer eine Weile, bis Ruhe in ihn zurückkehrte. Oder empfand er deshalb Unbehagen, *weil* er sich nie an diesen besonderen Traum entsinnen konnte?

Tageslicht flutete ins Abteil zurück, als der Zug an einem leeren Bahnsteig vorbeirollte. Ash begrüßte die Ablenkung. Eines Tages, dachte er, mochte es kaum mehr Haltestationen zwischen Städten und Dörfern geben. Dann wurde das Eisenbahnnetz zu einem weiten Arteriensystem, das nur noch wenige Organe versorgte. Und die Geisterbahnhöfe? Ash stellte sich phantomhafte Nahverkehrszüge vor, die neben unkrautüberwucherten und rissigen Betonplattformen hielten, während im Äther die Erinnerungsstimmen der Schaffner widerhallten: *Die Türen schließen!* Wiederholungsbilder – aufgesaugt von Zement, Holz und Kunststoff, und dann in die Atmosphäre zurückgefiltert, nachdem ihr Realitätsursprung überhaupt nicht mehr existierte. Es war eine der Standardtheorien des Instituts in bezug auf ›Erscheinungen‹, und in Ashs ganz persönlicher Beurteilungsroutine nahm sie einen bevorzugten Platz ein. Traf sie auch bei diesem neuen Ermittlungsfall zu? Vielleicht nicht. Aber es gab einen großen Vorrat an Erklärungen für sogenannte ›Phänomene‹. Nachdenklich beobachtete er, wie träger Zigarettenrauch emporkräuselte.

Der Zug *ratterte* an Schranken vorbei, hinter denen ein einzelner Wagen wartete, wie ein kleines, hilfloses Wesen, erstarrt und hypnotisiert von der Nähe eines Raubtiers.

Ash warf einen kurzen Blick auf seine Armbanduhr. Nur noch ein paar Minuten, mehr nicht. Eine ruhige Reise – wenigstens hatte er ein wenig schlafen können. Nein, verbesserte er sich. Nicht ganz so ruhig, wie es wünschenswert gewesen wäre. Die Nachwirkungen des Traums – dessen Inhalt sich hinter einer Barriere aus konturlosem mentalem Nebel verbarg – erfüllten ihn mit zittriger Unsicherheit. Hinter seiner Stirn pochte dumpfer Schmerz, wie immer, wenn er aus der namenlosen Welt der Visionen erwachte. Er übte vorsichtigen Druck auf die Innenwinkel der Augen aus, doch das Stechen ließ nicht nach. Ash kannte ein Heilmittel, das nie versagte, in jedem Fall wirkte, aber bei diesem Zug fehlte ein Speisewagen, eine Möglichkeit, sich einen ordentlichen Drink zu genehmigen. Nun, vielleicht war es besser so – wenn man einem neuen Klienten mit dem ersten Hallo Alkoholdunst entgegenatmete, erweckte man keinen sehr guten Eindruck.

Er lehnte den Kopf an die Rückwand und schloß die Augen. Die Zigarette baumelte von den Lippen herab, und Ascheflocken fielen auf seine zerknitterte Jacke.

Der Zug rumpelte weiter durch die monotone Landschaft, hielt gelegentlich an, um einige Passagiere aus- und noch weniger einsteigen zu lassen. Hier und dort zogen kleine Ortschaften an den Fenstern vorbei; die meiste Zeit über erstreckten sich Hügel und Weiden unter dem bleigrauen Himmel.

Für Ash ging die Reise zu Ende, als der Zug den kleinen Bahnhof von Ravenmoor erreichte. Rasch rückte er noch seine Krawatte zurecht, griff nach dem Mantel, der auf dem Sitz neben ihm lag, und streifte ihn über. Er zog seinen blauen Koffer und die Reisetasche aus dem Gepäcknetz, stellte sie auf den Boden und hielt die Tür auf, als der Zug quietschend bremste und mit einem Ruck hielt.

David Ash nahm seine Sachen, trat aus dem Abteil, stieß die Tür mit dem Ellenbogen zu und sah sich um. Außer ihm stieg niemand aus. Er beobachtete einen leeren Bahnsteig, auf dem sich nichts rührte, und einige Sekunden lang gab er sich der absurden Vorstellung hin, es bereits mit einem der Geisterbahnhöfe zu tun zu haben. Er schüttelte den Kopf, beschämt darüber, daß ausgerechnet er solchen Gedanken nachhing. Einige Dutzend Meter entfernt ging eine uniformierte Gestalt über die Plattform und winkte dem Lokführer zu. Der Zug setzte sich wieder in Bewegung, und der Schaffner wandte sich gleichgültig ab. Ash wartete, bis die letzten Waggons fortgerollt waren, und hielt dann auf das einstöckige Gebäude am Rande des Bahnsteigs zu. Das beruhigende Klacken eiserner Räder auf stählernen Gleisen verklang in der Ferne. Das Ende des Zuges verschwand hinter einer Biegung, als er den düsteren Saal betrat.

Von dem Schaffner war weit und breit nichts mehr zu sehen, und niemand kam ihm entgegen, um seinen Fahrschein zu kontrollieren. Zwei ältere Leute standen vor dem Plastikfenster des Fahrkartenschalters. Der Mann dahinter ignorierte das Sprechgitter in Kopfhöhe, antwortete ihnen durch den schmalen Geldschlitz. Ash ging weiter und blieb draußen an der Straße stehen.

Keine geparkten Wagen. Niemand begrüßte ihn. Er runzelte

die Stirn, stellte Koffer und Reisetasche ab, blickte auf die Uhr. Ash zögerte und beobachtete, was vermutlich als Hauptstraße des Ortes galt. Er sah einige Läden, die übliche Bausparkasse, ein Postamt – und das Ravenmoor Inn direkt gegenüber. Der Mann schob die Hände tief in die Taschen des Mantels, zwischen den Lippen eine neue Zigarette. Vergeblich wartete er darauf, daß ein Auto vorfuhr, um ihn abzuholen. Er wanderte hin und her, fröstelte in der Kühle, verspürte ein durstiges Kratzen in der Kehle.

Nach zehn Minuten zuckte er mit den Schultern, griff nach seinem Gepäck und überquerte die Straße.

An die Tür des Inns schloß sich ein Vestibül an, mit separaten Eingängen für die beiden Bars rechts und links. Ash schritt durch den Schankraum, und die anwesenden Gäste schenkten ihm nur beiläufige Beachtung. Es war Mittag, und in der Kneipe herrschte reger Betrieb, aber es fiel ihm nicht weiter schwer, einen freien Platz an der Theke zu finden und die Aufmerksamkeit des Wirts zu erwecken. Der breitgesichtige Mann unterbrach sein Gespräch mit einigen anderen Gästen und schlenderte näher, in den Zügen die lässige Autorität des Hausherrn.

»Sir?« fragte er und musterte den Fremden ohne großes Interesse.

»Wodka«, bestellte Ash ruhig.

»Sonst noch was?«

»Eis.«

Der Wirt bedachte ihn mit einem kurzen Blick, bevor er sich zu den Flaschen umdrehte. Kurz darauf stellte er ein Glas vor Ash ab und ließ zwei Eiswürfel hineinfallen. »Das macht . . .«

»Und ein Bier.«

Während der Mann nach dem Zapfhahn griff, holte Ash zwei Pfundmünzen hervor und nahm einen Schluck Wodka. Er lehnte sich an den Tresen und sah sich in der Bar um. Das Inn entsprach nicht den üblichen Eisenbahnkneipen: Die niedrigen Deckenbalken und der große Kamin mit poliertem Pferdegeschirr und Hufeisen am breiten Sims deuteten auf eher ländliche Traditionen hin. Ein hagerer Mann, der in einer Ecke saß, beobachtete Ash aus starr und kühl blickenden Augen. Er trug eine schlichte Mütze, und in seinem wettergegerbten Gesicht zeigte sich ein komplexes Netzwerk aus blauroten Adern. Drei andere Gäste, vermutlich Angestellte, hockten an einem Tisch, knabberten an Snacks und lachten über einen leise erzählten Witz. Unweit der Tür saß ein Pärchen in mittleren Jahren, so dicht nebeneinander, daß sich die Oberschenkel berührten. Beide waren völlig auf sich selbst konzentriert, offenbarten damit das typische Verhalten von Personen, die außerhalb straffer Ehebande nach Entspannung suchten. Am Kamin bemerkte Ash eine Gruppe von Leuten mit Tweedkleidung und Schals. Die Männer hörten ihren Frauen zu, während sie an Gin und Tonic nippten und über die Vorzüge (oder die Langeweile) der Pensionierung nachdachten. Murmelnde Stimmen, Zigarettendunst und Pfeifenrauch, strenger Hefegeruch vom Bierfaß. Eine gemütliche und anheimelnde Atmosphäre, wenn man zu den Einheimischen gehörte – aber sie wirkte ablehnend und fast feindselig, wenn man ein Außenseiter war.

Ash wandte sich wieder um, als der Wirt ein Pint auf die Theke stellte.

»Gibt's hier ein Telefon?« fragte er.

Der breitgesichtige Mann nickte in Richtung Tür. »Draußen. Sie sind daran vorbeigegangen.«

Ash bedankte sich und steckte das Wechselgeld ein. Er deponierte das Gepäck neben einem Fenstertisch, kehrte zurück und trank von dem Bier und trug beide Gläser zu seinem Platz. Dann legte er den Mantel ab, nahm den Wodka mit und trat durch die Tür.

Der Münzfernsprecher befand sich auf der einen Seite des Vestibüls. Ash blieb davor stehen, suchte in den Hosentaschen nach Kleingeld und legte es auf die schmale Ablage neben dem Apparat, bevor er den Hörer abnahm und eine Nummer wählte. Als eine weibliche Stimme antwortete, schob er zehn Pence in den Zahlschlitz.

»Jenny, hier ist David Ash. Bitte verbinden Sie mich mit McCarrick.«

Rund hundert Meilen entfernt klingelte es in einem Büro des Instituts für Psychische Forschungen. Lange Regale zogen sich an den Wänden entlang, gefüllt mit Büchern über verschiedene

Sparten der Parapsychologie. An einigen Stellen lagen Ordner, deren Dokumente historische Beispiele gewisser Phänomene betrafen. Graue, brusthohe Aktenschränke füllten die wenigen Lükken. Vor einer geöffneten Tür stand ein Schreibtisch, auf dem ein Durcheinander aus diversen Unterlagen, Zeitungen und weiteren Nachschlagewerken herrschte. Eine Ecke bot Platz für einen zweiten Tisch, auf dem es ähnlich aussah. Ein mit dem geschriebenen Wort gefülltes Zimmer, doch derzeit ohne Leben.

Das Telefon läutete beharrlich, und im Flur ertönten die Geräusche hastiger Schritte. Die Tür wurde aufgestoßen, und eine etwas ältere Frau eilte hinein. Sie trug einen Mantel. Die Kälte draußen und der Aufstieg in den ersten Stock des Instituts hatten rote Flecken auf ihren Wangen entstehen lassen. Ihre Arme umschlangen eine große Tasche und einen dicken Manuskriptumschlag. Rasch nahm sie ab.

»Kate McCarricks Büro«, sagte sie atemlos.

»Kate?«

»Miß McCarrick ist derzeit nicht zugegen.«

»Wann kann ich sie erreichen?« erkundigte sich Ash verärgert.

»Bist du das, David? Hier spricht Edith Phipps.«

»Hallo, Edith. Sag bloß nicht, du beschäftigst dich jetzt mit dem Papierkrieg.«

Die Frau lachte leise. »Nein, ich bin gerade eingetroffen. Mittagessen mit Kate. Von wo rufst du an?«

»Frag mich nicht. Hör mal, ich muß dringend mit Kate sprechen. Wo steckt sie?«

»Ich glaube . . .« Edith unterbrach sich, als jemand das Zimmer betrat. »Da ist sie ja. Einen Augenblick, David.«

Sie hielt Kate McCarrick den Hörer entgegen. Die andere Frau begrüßte sie mit einem Lächeln, runzelte dann die Stirn.

»David Ash«, sagte sie. »Klingt ziemlich grantig.«

»Völlig normal für ihn«, erwiderte Kate, griff nach dem Hörer und nahm hinterm Schreibtisch Platz. »Hallo, David.«

»Was ist mit meinem Empfangskomitee?«

»Wie? Wo bist du?«

»Verdammt, wo schon? In Ravenmoor. Du hast mir gesagt, jemand würde mich am Bahnhof abholen.«

»Nun, das war eigentlich geplant. Warte eine Sekunde. Ich hole den Brief.«

Kate stand wieder auf, öffnete die mittlere Schublade eines Aktenschranks und ging die Namenskarten durch. Nach kurzer Suche fand sie eine mit der Aufschrift MARIELL, zog die Akte hervor und setzte sich. Der Hefter enthielt nur zwei Briefe.

Ashs gereizte Stimme tönte aus dem Hörer. »Kate? Wärst du vielleicht so freundlich ...«

»Die Unterlagen liegen hier vor mir«, unterbrach sie ihn. »Eine Miß Tessa Webb bestätigt unsere Übereinkunft und meint, sie werde dich am Ravenmoor-Bahnhof abholen. David, du hast doch den elf Uhr fünfzehn von Paddington genommen, stimmt's?«

»Ja, in der Tat«, lautete die Antwort. »Der Zug hatte keine Verspätung, aber die Dame glänzt durch Abwesenheit.«

»Rufst du vom Bahnhof an?«

Er zögerte kurz. »Äh, nein. Ich bin in einem Pub auf der anderen Straßenseite.«

»David ...« Kates Stimme klang vorwurfsvoll.

Im Ravenmoor Inn trank Ash den restlichen Wodka und drehte das Glas hin und her. Die Eiswürfel klirrten leise. »Meine Güte, es ist Mittag«, sagte er in die Sprechmuschel.

»Manche Leute nutzen die Gelegenheit, um etwas zu essen.«

»Ich nicht. Jedenfalls nicht auf leeren Magen. Wie geht's nun weiter?«

»Setz dich mit Miß Webb in Verbindung«, meinte Kate, die Stirn noch immer gefurcht. »Die Nummer ist dir doch bekannt, oder?«

»Woher denn?«

Kate überflog die Zeilen. »Oh, entschuldige bitte. In Miß Webbs Briefen fehlt eine solche Angabe. Wir sprachen am Telefon miteinander, aber sie rief mich an. Wie dumm von mir, nicht nach der Nummer gefragt zu haben. Nun, du findest sie sicher im Verzeichnis, unter dem Familiennamen Mariell. Den Briefen entnehme ich, daß Miß Webb eine Verwandte ist oder vielleicht eine Art Sekretärin. Das Anwesen heißt Edbrook.«

»In Ordnung. Ich glaube, die Adresse habe ich mir irgendwo notiert.«

»David ...«, sagte Kate sanft.

Ash wollte auflegen, zögerte aber im letzten Augenblick und hob den Hörer wieder.

»Nach dem Anruf . . .«, begann Kate. »Ich schlage vor, du wartest im Bahnhof auf unseren Klienten.«

Der Mann seufzte leise. »Ich soll das Institut nicht in Verruf bringen, oder? Na schön: Dies ist mein erster und letzter Drink für heute. Ich melde mich später bei dir, okay?«

Edith beobachtete, wie das Lächeln ihrer Arbeitgeberin einem besorgten Gesichtsausdruck wich.

»In Ordnung, David«, sagte Kate. »Viel Glück bei der Gespensterjagd.«

»Ich wünsche dir noch einen guten Tag«, entgegnete Ash kühl.

Nachdenklich legte Kate auf. Edith saß inzwischen in einem Sessel auf der anderen Seite des Schreibtischs und beugte sich vor. »Probleme?« fragte sie.

Kate sah auf, und ihre weichen Züge glätteten sich. »Nein, wohl kaum. Bestimmt kommt er gut zurecht. Unsere Klientin hat ihn nicht abgeholt, das ist alles. Hat sich vermutlich in der Zeit geirrt oder wurde irgendwie aufgehalten.« Sie schob einige Papiere beiseite, fand den Terminkalender, schlug ihn auf und blätterte. »Heute nachmittag erwarten dich zwei Sitzungen«, sagte sie schließlich. »Eine Frau, die gerade Witwe geworden ist, und ein älteres Ehepaar, das den Tod ihres Sohnes bestätigt wissen möchte. Kaum zu fassen: Er gilt seit dem Falkland-Krieg als vermißt.«

Edith schüttelte kummervoll den Kopf. »Arme Leute – so viele Jahre der Ungewißheit. Möchten sie, daß ich seinen Geist beschwöre?«

Kate nickte. »Die Einzelheiten erkläre ich dir beim Essen.« Sie schob den Stuhl zurück und erhob sich. »Ich persönlich könnte ein ganzes Pferd verschlingen, aber ich hoffe, du hinderst mich daran.«

»Vielleicht sollten wir es uns teilen.«

»Du bist mir keine große Hilfe, Edith.«

Die Parapsychologin musterte sie mit einem Lächeln. »Ich schlage vor, bei der Mahlzeit erinnern wir uns gegenseitig an die Kalorienmenge. Was nicht heißen soll, daß du keine zusätzlichen

Pfunde vertragen könntest. Nun, erzähl mir unterwegs von der Witwe . . .«

Unterdessen holte Ash das Telefonbuch hervor und brummte leise vor sich hin, während er seinen Blick über die mit ›M‹ gekennzeichneten Seiten schweifen ließ. Zum Teufel, wo war der Name Mariell verzeichnet? Er blätterte, versuchte es mit verschiedenen Buchstabierungsversionen. Ein doppeltes R? Nein. Er sah unter W nach, fand einige Webbs, doch es fehlte der Vorname Tessa. Außerdem wohnte niemand von ihnen auf einem Anwesen, das man Edbrook nannte; es schien dort überhaupt keinen Anschluß zu geben. Er fluchte leise. Miß Webb hätte Kate darauf hinweisen sollen, daß die Mariells kein Telefon besaßen.

Er wollte das Buch gerade schließen, als ihn eine Hand behutsam an der Schulter berührte. Kühle Luft wehte durch die geöffnete Tür, und Ash schauderte plötzlich.

2

Die junge Frau war klein und dunkelhaarig, ihre Haut blaß, die Gesichtszüge fein und zart. Sie lächelte entschuldigend.

»David Ash?« fragte sie.

Er nickte, kam sich einige Sekunden lang wie ein Narr vor, weil es ihm die Sprache verschlagen hatte. In den Augen der Unbekannten funkelte es amüsiert.

»Sie sind Miß Webb, nicht wahr?« fragte er nach einer Weile.

»Danebengetippt«, antwortete sie. »Ich heiße Christina Mariell. Miß Webb ist meine Tante. Ich hab' ihr die Erlaubnis abgerungen, Sie vom Bahnhof abholen zu dürfen.« Sie neigte den Kopf zur Seite und musterte ihn. »Tut mir leid, daß ich zu spät gekommen bin«, fügte sie hinzu.

Ash räusperte sich und spürte eine seltsame Anspannung. Er erwiderte das Lächeln der jungen Frau. »Macht nichts«, sagte er. »Ich brauchte ohnehin eine kleine Stärkung.«

Christina Mariell trug schlichte Kleidung: einen langen, knapp geschnittenen Mantel, der sich kaum merklich über den Brüsten spannte. Die Polster ließen ihre Schultern kantig erscheinen, wirkten aber nicht übertrieben dick. Der Kragen schloß sich dicht um ihren Hals. Ash wußte nicht genau, ob sie ultramodern oder hoffnungslos altmodisch war – für solche Dinge brachte er nur wenig Interesse auf.

»Ich wollte Sie unbedingt als erste kennenlernen«, sagte sie, als erkläre das ihre Anwesenheit.

»Wieso denn?« fragte Ash überrascht.

»Es ist aufregend. Ich meine, ein Geisterjäger . . .«

»Aufregend? Ich fürchte, da machen Sie sich falsche Vorstellungen. Woher wußten Sie überhaupt, wer ich bin?«

Christina hob ein Buch, auf dessen Umschlag ein Schwarzweißfoto von ihm glänzte. »Sie *sind* jemand«, sagte sie.

Ash schnitt eine Grimasse. »Kann man wohl sagen. Von dem

Ding wurden mindestens dreihundert Exemplare verkauft. Möchten Sie einen Drink?«

»Meine Brüder warten im Haus auf uns. Wir sollten sofort losfahren.«

Ash verbarg seine Enttäuschung. »Wie Sie meinen . . . Ich hole nur meine Sachen aus der Bar.«

Die junge Frau wandte sich von ihm ab. »Ich gehe schon nach draußen.«

Ein wenig verwirrt starrte er ihr nach, zuckte dann mit den Schultern und kehrte in den Schankraum zurück. Dort leerte er sein Bierglas zur Hälfte, bevor er nach dem Koffer und der Reisetasche griff. Er nickte dem hageren Mann mit der Mütze zu, der ihn noch immer gleichgültig beobachtete, schritt durchs Vestibül und trat auf die Straße.

Christina Mariell saß bereits in ihrem Wagen, und Ash verharrte kurz, bewunderte das Fahrzeug. Es handelte sich um ein Modell, das er zum letztenmal vor vielen Jahren gesehen hatte, in einer Fachzeitschrift für Oldtimer. Karosserie und Räder des Wolseleys schienen in einem makellosen Zustand zu sein, und der Motor schnurrte leise vor sich hin. Der Auspuff gab eine dünne Rauchfahne frei, blaß und grau. Die junge Frau beugte sich zur Seite und öffnete die Beifahrertür, ihr Lächeln eine stumme Einladung.

Ash schob die Reisetasche auf den Rücksitz, nahm neben Christina Platz und legte den Koffer auf die Knie. »Tolle Kiste«, sagte er. »Ich schätze, davon gibt's nicht mehr viele.«

Sie antwortete nicht, legte den ersten Gang ein und gab Gas. Es herrschte nur wenig Verkehr. Nach einigen hundert Metern fragte Christina: »Was fahren Sie?«

»Äh, derzeit gar nichts. Es dauert noch vier Monate, bis man mich wieder auf die Straße läßt.«

Sie sah ihn an, und Ash bemerkte ihr heiteres Erstaunen.

»Sie glauben doch nicht etwa, ich hätte freiwillig die britische Eisenbahn gewählt, oder?«

Die junge Frau blickte wieder durch die Windschutzscheibe, lächelte weiterhin.

»Heraus damit«, sagte Ash.

Sie war verwirrt, doch in ihren Mundwinkeln zuckte es noch immer. »Womit?«

»Warum ist Ihre Familie so wild darauf, daß gerade ich diesen Fall untersuche?«

Christina behielt die Straße im Auge. »Sie stehen in dem Ruf, viele Rätsel des Paranormalen gelöst zu haben.«

»Des ungewöhnlichen Normalen – diese Bezeichnung ist mir lieber.« Ash schob den Koffer zur Seite, so daß er die Beine ausstrecken konnte. »Das Institut beschäftigt auch noch andere Ermittler, die ebenso gut sind wie ich.«

»Vielleicht fast so gut. Aber allem Anschein nach sind Sie der beste. Mein Bruder Robert hat umfangreiche Nachforschungen angestellt, bevor er sich für Sie entschied. Außerdem sind Sie uns von Mrs. McCarrick empfohlen worden. Wir haben natürlich nicht nur Ihr Buch gelesen, sondern auch Ihre Artikel über Para . . .« Sie lachte kurz auf. »Über das ungewöhnliche Normale.«

Die letzten Worte weckten Ashs Interesse. »Wer ist wir?«

»Meine beiden Brüder Robert und Simon. Selbst Nanny* wurde neugierig.«

»Nanny?«

»Nanny Tess. Meine Tante . . .«

»Miß Webb?«

Christina nickte. »Nach dem Tod unserer Eltern hat sich Nanny um uns gekümmert. Oder wir uns um sie. Ich weiß nicht genau.«

Weniger Häuser säumten die Straße, als sie die Ortschaft verließen. Der stummelartige Turm einer Kirche ragte neben Grabsteinen auf, die das himmlische Paradies in Aussicht stellten. Eine in Schwarz gekleidete Gestalt wandte sich von ihrem lautlosen Klagen ab, als der Wagen am Friedhof vorbeirollte, das Gesicht so bleich wie die Gedenktafeln.

»Und sie alle haben den – Spuk erlebt?« fragte Ash und richtete seine Aufmerksamkeit wieder auf die Frau am Steuer. »Wenn ich mich recht entsinne, verwendete Miß Webb diesen Ausdruck in ihren Briefen ans Institut. Sie alle sind Zeugen des Phänomens geworden?«

* ›Nanny‹ ist ein Begriff aus der Kindersprache und bedeutet soviel wie Oma, Omi – Anmerkung des Übersetzers.

»O ja. Simon sah als erster, wie . . .«

Ash hob die Hand. »Nein, bitte. Erzählen Sie mir noch nichts davon. Ich möchte mir selbst einen Eindruck verschaffen.«

»Sie wissen doch gar nicht, wonach es Ausschau zu halten gilt.«

Erst jetzt fiel ihm auf, daß Christinas Haar in einem kastanienbraunen Ton glänzte – es kam ganz aufs Licht und den jeweiligen Blickwinkel an. Ihre Augen waren blau, mit grauen Tupfern. »Solche Informationen spielen während der ersten Ermittlungsphase keine Rolle«, sagte er. »Wenn es bei Ihnen wirklich spukt, werde ich das wohl feststellen, oder?«

Die junge Frau lächelte erneut. »Nicht einmal ein kleiner Hinweis?«

Ash erwiderte ihr Lächeln. »Nicht einmal der kleinste. Später.«

Die beiden Pillen auf Ediths Zunge fühlten sich sonderbar schwer an, wie angeschwollene Kugeln, die in der Kehle steckenzubleiben drohten. Sie zerbiß die Tabletten, trank einen großen Schluck Mineralwasser und spülte die bitteren Splitter hinunter. *Hab' ich euch doch noch überlistet, ihr kleinen Teufel,* dachte sie zufrieden. *Genug mit eurer Arroganz. Macht euch an die Arbeit und erfüllt diesen erschlafften Körper mit neuem Mumm.*

Sie bedankte sich beim Kellner, der ein Seezungenfilet vor ihr abstellte, und sah dann über den Tisch. Kate blickte mißmutig auf ein Ei und Anschovissalat. Edith schüttelte den Kopf. »Eigentlich sollte ich mich mit Reformkost bestrafen«, sagte sie und empfand nur einen Hauch von Schuldbewußtsein.

»Das ist der Preis, den ich für ein Wochenende in Saus und Braus bezahlen muß«, erwiderte Kate und drückte eine Zitrone über Salatblättern aus. »Wie dem auch sei: Reue ist eine Sache, Masochismus eine andere.« Sie hob ihr Glas Weißwein, nippte daran und zuckte mit den Schultern. »Immerhin ein Ausgleich.«

Die Parapsychologin stieß so mit ihrem Mineralwasser an, als sei es Champagner. In Kates Augen- und Mundwinkeln fielen ihr einige kleine Falten auf, erste Anzeichen dafür, daß sie allmählich in die Jahre kam. Andererseits: Von vierzigjährigen Frauen hieß es inzwischen nicht mehr, sie hätten ihre beste Zeit hinter sich, und Kate besaß einen besonderen femininen Reiz, der ihr bis ins hohe Alter folgen würde. *Ganz im Gegensatz zu mir,* überlegte Edith. *Ich habe keinen Grund, mir zu wünschen, daß mich mein gegenwärtiges Aussehen weiterhin begleitet. Nun, für manche Leute kommt das Altern einer Gnade gleich, und ich gehöre gewiß zu ihnen. Es bedeutet, daß ›unattraktive Züge‹ allmählich im gleichförmig gestaltenden Schmelztiegel der Jahre verblassen. Vielleicht ist das der Grund, warum sich alte Leute so sehr ähneln. Zwischen ihnen herrscht ein neues physisches Gleichgewicht, eine Rückkehr zu der Uniformität von Säuglingen.*

Kates Stimme unterbrach ihre Grübeleien. »Du bist meilenweit weg, Edith.«

Die Parapsychologin zwinkerte. »Tut mir leid. In letzter Zeit schweifen meine Gedanken oft ab.«

»Was für ein Medium nicht ungewöhnlich ist.«

»Wir müssen uns konzentrieren.«

»Aber nicht dauernd. Immerhin sitzen wir hier beim Mittagessen. Du kannst dich entspannen.«

»Und du?« In Ediths Stimme ließ sich leiser Tadel vernehmen. »Kate, wann bist du zum letztenmal völlig ruhig gewesen?«

Die andere Frau runzelte verwundert die Stirn. »In dieser Hinsicht habe ich keine Probleme. Du solltest mich mal zu Hause erleben.«

»Im Ernst? Im Institut geht's immer ziemlich hektisch zu, und die bevorstehende parapsychologische Konferenz . . .«

»Ja, das stimmt. Die jährliche Konferenz bedeutet immer viel Arbeit für uns, insbesondere dann, wenn wir das Gastland sind.«

»Und die vielen Untersuchungen, mit denen du dich beschäftigst?«

»Die meisten sogenannten paranormalen Phänomene werden von unseren Ermittlern schon nach wenigen Stunden als völlig natürliche Geschehnisse erklärt, auch wenn die jeweiligen Umstände manchmal recht sonderbar anmuten.«

»Aber andere erfordern mühselige Ermittlungen, die sich über Wochen oder gar Monate hinziehen.«

»Du hast recht. Doch um ganz ehrlich zu sein: Gerade jene Fälle faszinieren uns.« Kate schnitt ihr Ei und begann zu essen.

»Übrigens: Vielleicht trifft das auch auf Davids derzeitigen Auftrag zu. Möglicherweise handelt es sich um einen echten Spuk. Ich hoffe nur, er geht die Sache richtig an.«

Edith nahm Messer und Gabel zur Hand und beugte sich vor. »Machst du dir Sorgen um ihn?« fragte sie.

Kate lächelte geistesabwesend. »Nicht in dem Maße wie früher.«

»Was soll das denn heißen? Ist deine Beziehung zu ihm nicht mehr so eng, oder hat er sich ein wenig beruhigt?«

»Ich wußte gar nicht, daß die ›Beziehung‹ zwischen David und mir allgemein bekannt ist.«

»Warum sollte sie ein Geheimnis sein? Du bist geschieden, er ist unverheiratet. Ihr seht euch oft, und daraus lassen sich gewisse Schlußfolgerungen ziehen. Erscheint mir ganz normal.«

Kate schüttelte den Kopf. »Eigentlich hat sich nie was zwischen uns abgespielt. Jedenfalls nichts Ernstes. Eine zwanglose Sache.«

»Und jetzt ist sie nicht zwangloser.«

»Allerdings.«

Edith probierte ihren Fisch und widerstand der Versuchung, ihn zu salzen. »Ein bemerkenswerter Mann«, sagte sie nach einer Weile. »Es wundert mich, daß du dich nicht mehr für ihn interessierst.«

»Das habe ich nicht gesagt.«

»Aber wieso . . .«

»Manchmal verfängt sich David so sehr in seinem Zynismus, daß ihm für die Entwicklung einer Beziehung nicht mehr genug Bewegungsspielraum bleibt.«

»Oder er geht in seiner Arbeit auf«, warf Edith ein.

»Was aufs gleiche hinausläuft.«

Die ältere Frau dachte über die Antwort ihrer Begleiterin nach. »Ich verstehe, was du meinst . . . Er begegnet spirituellen Dingen mit so ausgeprägten Vorurteilen, daß ich mich manchmal frage, warum wir überhaupt befreundet sind.«

Kate lächelte, streckte den Arm aus und berührte die Hand des Mediums. »Es ist nichts Persönliches, Edith. Er hält deine besondere Wahrnehmungsfähigkeit für fehlgeleitet, zweifelt jedoch nicht an deiner Aufrichtigkeit. Ich glaube, er weiß den Trost zu schätzen, den du den Leidenden spendest. Er verachtet in erster Linie die betrügerischen Scharlatane, die täuschen und irreführen, um aus Kummer Profit zu schlagen. Du bist anders, und das ist ihm klar. Er glaubt fest daran, daß du anderen Leuten helfen kannst.«

»Und welche Rolle spielst du in diesem Zusammenhang, Kate? Wie wirst du mit zwei so unterschiedlichen Standpunkten fertig?«

»Die Forschungsarbeiten des Instituts brauchen Ausgewogenheit. Wir benötigen Leute, die Davids kritische, skeptische Einstellung teilen. Nur dadurch gewinnen unsere Entdeckungen echter paranormaler Phänomene an Glaubwürdigkeit.«

»Obgleich David die ermittelten Fakten immer wieder in Frage stellt?« Edith sprach leiser, als ein Pärchen an einem nahen Tisch Platz nahm. Im Restaurant herrschte reger Betrieb. Dutzende von Stimmen murmelten, und überall war Bewegung. »Viele meiner Kollegen lehnen ihn ab, weil er immer zu negativ auf sie reagiert. Sie sehen ihr Wertgefühl von ihm bedroht.«

»Aber viele andere – Außenstehende – begrüßen diese Haltung«, beharrte Kate. »Um ganz offen zu sein, Edith: David kann eine beeindruckend lange Liste von Erfolgen vorweisen. Er hat häufig Schwindler entlarvt und sowohl Spukerscheinungen als auch psychische Phänomene mit völlig rationalen, materialistischen Begriffen erklärt.«

»Das klingt so, als stündest du auf der Seite der Skeptiker.«

»Du kennst mich lange genug und solltest es eigentlich besser wissen. Aber als Direktorin des Instituts darf ich mich weder dem Logischen noch dem Unlogischen verschließen. Verstehst du?«

»Ja«, antwortete Edith. Es funkelte in ihren Augen, als sie hinzufügte: »Und ich weiß auch, wie oft du das Logische akzeptierst, obgleich dein Instinkt dagegen protestiert.«

Kate lachte und bestätigte den Einwand ihrer Freundin, indem sie das Glas hob. Sie trank Wein, wandte sich dann dem Salat zu und stocherte lustlos darin.

Edith wurde wieder ernst. »Davids Konflikt ist weitaus größer als deiner.« Sie legte die Gabel beiseite, nippte an ihrem Mineralwasser, während Kate sie beobachtete.

»Was meinst du damit?« fragte die jüngere Frau.

»Hast du denn noch gar keinen Verdacht geschöpft? Lieber Himmel, weißt du wirklich nicht, was mit ihm los ist?«

»Edith, auf was willst du hinaus?« erkundigte sich Kate sanft. »Behauptest du etwa, David hüte irgendein dunkles Geheimnis, das er über all die Jahre hinweg vor mir verborgen hat? Irgend etwas, das er ebenso gut versteckt wie seine Sexualität? Ich versichere dir: Da bist du auf dem falschen Dampfer ...«

Edith hob die Hand und lächelte. »Dein Wort genügt mir, Kate. Nein, ich meine einen viel wichtigeren Aspekt seines Wesens. Hast du noch nicht bemerkt, daß er die Gabe hat? Oder sollte ich besser sagen: den Fluch?« Andeutungsweise schüttelte sie den Kopf. »Oh, er gibt sich alle Mühe, seine psychische Fähigkeit zu unterdrücken, aber sie existiert. Sein Problem besteht darin, daß er sie ablehnt, sie leugnet. Der Grund dafür ist mir ein Rätsel.«

»Du mußt dich irren«, sagte Kate. »Seine Verhaltensweise, die Bücher und Artikel, die er geschrieben hat ...« Sie winkte vage. »Er hat sein Leben in den Dienst der Wahrheit gestellt.«

»*Seiner* Vorstellung von Wahrheit.« Edith schmunzelte. »Unsere Gedanken haben sich mehr als nur einmal berührt, doch wenn das geschah, schirmte er sich sofort von mir ab. Inzwischen ist das eine ganz automatische Reaktion geworden.« Sie starrte auf das Seezungenfilet, ohne es wirklich zu sehen. »Kannst du dir vorstellen, wie chaotisch es in seinem Bewußtsein zugeht? Der arme Kerl ... Wie du eben schon sagtest: Er hat viele Jahre damit verbracht, das zu bestreiten, was er unterbewußt als Wahrheit erkennt.«

»Dem muß ich widersprechen, Edith. David ist viel zu ausgeglichen für eine solche Neurose.«

Die Parapsychologin blickte Kate direkt in die Augen. »Ausgeglichen? Bist du sicher, Kate? Nicht die Spur eines Zweifels?«

Kate antwortete nicht, aber das Unbehagen war ihr deutlich anzusehen.

3

Der Wolseley sauste über die leere Landstraße, und die junge Frau am Steuer erwies sich als geübte Fahrerin. Trotzdem wäre es Ash lieber gewesen, sie hätte ein wenig Gas weggenommen. Nur selten sah er ein Gebäude; die meiste Zeit über rollte der Wagen am Rand eines dichten Waldes vorbei. Sie fuhren über eine Kreuzung, und Ash bemerkte eine Telefonzelle. Unkraut wucherte an den Seiten, und einige Scheiben fehlten. Eine Krähe zupfte an einem winzigen, pelzigen Bündel am Straßenrand. Der Vogel hüpfte zur Seite, als das Auto heranbrauste, und ein sehniger Faden hing aus seinem Schnabel. Nur hier und dort zeigten sich Felder und Hügel jenseits der Bäume, und solche Lücken im dunklen Gewand des Waldes schlossen sich rasch wieder.

Dann und wann maß Ash die Frau mit kurzen Blicken. Ihm gefielen ihre weichen Züge, die Augen, in denen es lustig, fast schelmisch glitzerte. Christina summte leise vor sich hin, die schlichte Melodie eines Kinderlieds. Mit geschmeidigen Bewegungen wechselte sie die Gänge, schob den Hebel so mühelos hin und her, als biete er ihr überhaupt keinen Widerstand.

Die Gräue des Tages schluckte alle Farben, schuf eine einförmige Monotonie. Die Wolken bildeten eine dichte, fransige Decke mit dunklen Flecken an den dunstigen Kanten.

Christina sprach kein Wort, neigte nur manchmal den Kopf und bedachte den Mann an ihrer Seite mit einem sanften Lächeln. Anschließend richtete sie ihre Aufmerksamkeit sofort wieder auf die Straße, gab ihm nicht genug Zeit, um zu reagieren.

Kurze Zeit später bog Christina ab und lenkte den Wagen auf eine Zufahrt. Die großen, verzierten Tore des Zugangs standen weit offen, und daran schloß sich ein breiter, unebener Kiesweg an. Der Wald wich zurück. Grünanlagen erstreckten sich zu beiden Seiten, größtenteils weite Rasenflächen. Doch als sie sich dem Haus näherten, sah Ash kunstvollere Gartengestaltungen.

Die Blumenbeete, gestutzte Hecken und beschnittene Sträucher sollten offenbar verschiedene Anblicke bieten, je nachdem, aus welcher Perspektive man sie betrachtete. Das Gebäude ragte so wuchtig und massiv empor, als sei es die Absicht des Architekten gewesen, es nicht etwa in die Landschaft zu integrieren, sondern unübersehbar dominieren zu lassen. Edbrook, imposante Gräue – trotz der weiten Apsiden und hohen Erkerfenster ging eine bedrückende Kühle davon aus. Irgend etwas tief in Ash begann zu zittern, und seine Stimmung trübte sich plötzlich. Ihm war, als senke sich ein imaginäres Gewicht auf ihn herab. Er beobachtete das Haus und fragte sich nach der Ursache seines Unbehagens.

Christina hielt vor einer kurzen steinernen Treppe an, die zum Eingang Edbrooks emporführte. Sie drehte den Zündschlüssel herum, sprang mit einem Satz aus dem Wagen und lief flink die Stufen hoch, als sich die Tür öffnete.

Ash stieg langsamer aus, zog seine Reisetasche hinter dem Sitz hervor und blieb eine Zeitlang auf dem Weg stehen, um einen ersten direkten Eindruck von dem Anwesen zu gewinnen.

Oben stand eine ältere Frau in der Tür und musterte den Ermittler mit einer Mischung aus Furcht und Sorge.

»Ich bin zu spät gekommen, Nanny«, sagte Christina. »Aber ich hab' unseren Mr. Ash doch noch gefunden.«

Er ging die Treppe hoch, und ›Nanny‹ schwang den einen Türflügel weiter auf. Tageslicht fiel auf graues Haar und ein faltiges Gesicht. Sie wich zur Seite, um Christina eintreten zu lassen, und Ash nickte ihr kurz zu, als er der jüngeren Frau folgte.

»Miß Webb«, sagte er.

Sie musterte ihn fast nervös, so als zweifle sie an seiner wahren Identität. »Danke, daß Sie gekommen sind, Mr. Ash«, sagte sie schließlich und seufzte zufrieden.

Es dauerte eine Weile, bis sich die Augen des Ermittlers an das Zwielicht im großen Saal gewöhnten. Das Herbstlicht von außerhalb der Mauern hatte kaum eine Chance gegen die Schatten im Haus. Vertäfelungen aus dunklem Eichenholz bedeckten die Wände und verdichteten die Finsternis. Auf der anderen Seite führte eine breite Treppe zu einer hohen Galerie, und im rückwärtigen Teil des Gebäudes schrumpfte die Halle zu einem Flur, von dem rechts und links Türen abzweigten.

Zwei Männer standen vor den Stufen.

Der ältere von ihnen – er mochte Mitte oder Ende Dreißig sein – kam näher und streckte die Hand aus.

»Erlauben Sie mir, mich vorzustellen«, sagte er, Tonfall und Ausdrucksweise so förmlich wie seine Kleidung. »Ich bin Robert Mariell, und das ist mein Bruder Simon.«

Der jüngere Mann trat ebenfalls auf ihn zu. Er gab sich weniger reserviert, doch sein Händedruck war nicht sehr fest. Er trug ein Hemd mit offenem Kragen, darüber einen Pulli mit V-Ausschnitt. Eine weite Hose vervollständigte seine legere Aufmachung, in der er jungenhaft und locker wirkte – ein Eindruck, der von dem kurzen, struppigen Haar und einem freundlichen »Nett, Sie kennenzulernen« verstärkt wurde.

Ash wandte den Blick von Simon ab, als sich hinter den beiden Männern etwas bewegte. Ein dunkler Streifen unter der Treppe – offenbar stammte er von einer Tür, die einen Spaltbreit offenstand – wuchs in die Breite, und etwas schlüpfte hindurch. Ash vernahm ein kehliges, drohend klingendes Knurren, bevor er den Hund sah.

Unwillkürlich versteifte er sich. Das Tier gehörte zu keiner Rasse, die er kannte: breite Schultern über den vorderen Beinen, ein schwarzes, dichtes Fell, das an einigen Stellen zottelig anmutete, der Schädel kantig und flach, ein großes Maul mit langen Zähnen. Der Hund schlich näher, starrte aus fast ovalen Augen zu dem Fremden hoch.

»Das ist Sucher«, sagte Robert Mariell, bückte sich und klopfte auf den Rücken des Tiers. Es hob den Kopf, doch sein Blick blieb weiterhin auf Ash gerichtet. »Lassen Sie sich von ihm keinen Schrecken einjagen, Mr. Ash. Er braucht nur etwas Zeit, um sich an Leute zu gewöhnen, die er nicht kennt.«

Ash hatte nicht direkt Angst, aber sein Unbehagen verstärkte sich. »Ich hoffe nur, daß er gut gefüttert wird . . .«

Simon Mariell lachte fröhlich. »Wir werden dafür sorgen, daß er Sie nicht stört. Komm, Sucher, dein Platz ist im Keller.« Er deutete auf die offene Tür, und der Hund kehrte gehorsam zurück.

Robert bemerkte die Verwunderung des Ermittlers und erklärte: »Ein *Bouvier des Flandres,* Mr. Ash. Ein belgischer Hirtenhund. Beeindruckend, nicht wahr? Solche Tiere werden fuchsteufelswild, wenn man sie reizt, und sie sind wirklich so stark und gefährlich, wie sie aussehen. Ein gutes Mittel, um unerwünschte Besucher fernzuhalten.«

Ash entspannte sich erst, als die Kellertür ins Schloß fiel.

»Möchten Sie etwas essen?« fragte Robert Mariell. »Nach der Reise sind Sie sicher hungrig.«

Ash schüttelte den Kopf. »Nein, danke. Ich hab' im Ort eine Kleinigkeit zu mir genommen.«

»Ich hoffe, meine Schwester hat Sie nicht zu lange warten lassen.«

Der Ermittler erwiderte Christinas Lächeln, sah sich im Saal um und beobachtete die Galerie. »Ich würde gern meine Sachen auspacken und anschließend sowohl das Haus als auch das Gelände draußen inspizieren.«

Simon trat wieder auf sie zu und schob die Hände tief in die Hosentaschen. »Warum auch den Garten? Meistens begegnen wir unserem gespenstischen Gast hier im Haus.«

»Vielleicht gibt es externe Ursachen für das, was hier geschieht«, antwortete Ash.

»Unterirdische Quellen, Senkungen, vergessene Tunnel . . .«, meinte Robert.

»Sie haben bereits eigene Untersuchungen angestellt.«

»Die Hinweise stammen aus Ihrem Buch. Wie dem auch sei: Ich glaube kaum, daß sich in unserem Park eine entsprechende Suche lohnt.«

»Können Sie mir eine detaillierte Karte des ganzen Anwesens zur Verfügung stellen?«

»Lieber Himmel!« warf Simon ein. »So etwas brauchen Sie doch gar nicht. Die Phänomene finden hier drin statt. Hören Sie: Wir sollten Ihnen erzählen, was jeder von uns gesehen hat . . .«

»Nein, Simon«, sagte Christina. »Mr. Ash zieht eine andere Arbeitsmethode vor. Er will selbst herausfinden, was bei uns los ist.«

Ash musterte sie nacheinander. Nanny Tess – Miß Webb –

stand noch immer neben der offenen Tür, so als rechnete sie damit, daß er wieder ging. »Nun«, sagte er, »zuerst möchte ich die hiesige Atmosphäre spüren, die allgemeine Stimmung. Später suche ich nach Rissen in den Mauern, sehe mir die Umgebung an ...« Er wanderte an einer Wand entlang und klopfte auf die Vertäfelung. »Modriges Holz und winzige Fugen, durch die der Wind weht, sind für viele sogenannte Manifestationen und Erscheinungen verantwortlich. Irgendwann werde ich mit jedem einzelnen von Ihnen sprechen, um in Erfahrung zu bringen, was Sie erlebt haben.«

Nanny Tess wandte sich von der Tür ab, schloß sie jedoch nicht. »Wieviel Zeit brauchen Sie, Mr. Ash?« fragte sie besorgt. »Bleiben Sie lange bei uns?«

Die Ernsthaftigkeit, mit der sie diese Fragen stellte, erstaunte ihn. »Kommt ganz darauf an. Vielleicht dauern meine Ermittlungen nur einen Tag, vielleicht auch eine Woche. Ich möchte Ihnen nicht zur Last fallen, aber ...«

»Sie sind so lange unser Gast, wie Sie es wünschen«, versicherte ihm Robert höflich. »Hauptsache, wir finden endlich heraus, was es mit jenen – Störungen auf sich hat. Was halten Sie davon, wenn wir beim Abendessen darüber sprechen, nachdem Sie sich einen ersten Eindruck verschafft haben?«

»In Ordnung.«

»Ich zeige Ihnen Ihr Zimmer«, sagte Nanny Tess. Es klang irgendwie niedergeschlagen und bedauernd.

Ash griff nach seinem Gepäck, spürte dabei die neugierigen und nachdenklichen Blicke seiner Gastgeber auf sich ruhen. Er folgte der älteren Frau die Treppe hoch und blieb stehen, als er Roberts Stimme hörte.

»Bevor Sie Ihre Ermittlungen beginnen, möchte ich Sie noch auf einen Punkt hinweisen.«

In einer stummen Frage hob Ash die Brauen.

»Ganz gleich, was Sie auch entdecken«, fuhr Robert Mariell fort. »Es muß auf dieses Haus und die Akten des Instituts für Psychische Forschungen beschränkt bleiben. Wir legen großen Wert auf unser Privatleben, und die Leute in dieser Gegend würden sich liebend gern Geschichten über Gespenster und Poltergeister in Edbrook erzählen. Wir kämen rasch ins Gerede. Und Sie wissen ja, wie schnell Gerüchte ausufern.«

Ash nickte zustimmend. »Vielleicht muß ich das Rathaus oder die kommunale Bibliothek aufsuchen, um mich mit der Geschichte dieses Ortes zu befassen, aber ich verspreche Ihnen, daß ich mich um Diskretion bemühen werde. Ich nehme nur eine Strukturuntersuchung des Geländes vor; ein durchaus einsichtiger Grund für meine Tätigkeit. Und *wenn* ich hier etwas finde – ob es erklärt werden kann oder nicht –, so ist es eine vertrauliche Angelegenheit zwischen Ihnen und dem Institut.«

Ash setzte sich wieder in Bewegung und verharrte erneut, als Robert antwortete.

»Sie räumen also ein, daß gewisse Dinge unerklärlich sind. Ich nahm bisher an, Sie glauben nicht ans Übernatürliche.«

»›Unerklärlich‹ muß nicht unbedingt ›übernatürlich‹ bedeuten«, erwiderte der Ermittler resigniert. »Solche Dinge beweisen nur, daß es uns an dem nötigen Wissen mangelt, um alles zu verstehen. Noch.«

Roberts Gesicht war ausdruckslos, doch während sich Ash umdrehte, um Miß Webb zu folgen, sah er ein geheimnisvolles Lächeln auf Christinas und Simons Lippen.

4

Nanny Tess ging voraus, schritt mit leicht gesenkten Schultern durch einen nur matt erhellten Korridor. Der hölzerne Boden knarrte dumpf unter ihr. Ash atmete feuchte Luft und roch muffigen Staub, so als seien die Fenster im Haus lange Zeit nicht mehr geöffnet worden. Die Vorhänge am Ende des Korridors waren nur teilweise zurückgezogen. Trübes Licht filterte wie zögernd herein.

Die ältere Frau blieb kurz stehen und meinte, das Badezimmer befinde sich rechts, bevor sie die Tür auf der linken Seite öffnete. Sie ließ Ash eintreten und beobachtete, wie er Reisetasche und Koffer aufs Bett legte. »Es tut mir leid, daß Sie am Bahnhof warten mußten . . .«, begann sie.

Inzwischen hatte Ash Entschuldigungen satt, und er schüttelte den Kopf. »Ist schon gut. Im Ernst.«

»Christina kann sehr eigensinnig sein.« Miß Webbs Lächeln wirkte schief, reumütig. »Sie hatte meine Autoschlüssel versteckt, so daß ich Sie nicht selbst abholen konnte.«

Das verblüffte Ash. »War sie so versessen darauf, mich kennenzulernen?«

»Sie genießt ihre kleinen Spielchen«, erwiderte Nanny Tess fast schwermütig, als erinnere sie sich bei diesen Worten an längst vergangene Zeiten. »Ebenso wie die anderen.« Sie erwachte wie aus einem Traum, straffte die Gestalt und gab sich wieder energisch. »Sagen Sie mir Bescheid, wenn Sie etwas brauchen. Ich wohne über dieser Etage. Wir essen um sieben. Sie haben also genug Zeit, sich gründlich im Haus umzusehen.«

»Und im Garten«, fügte Ash hinzu.

»Ja, auch im Garten.« Miß Webb verließ das Zimmer und schloß leise die Tür hinter sich.

Der Ermittler sah sich in dem Raum um. Graues Tageslicht fiel durch ein Südfenster und verdrängte zumindest einen Teil der schattenhaften Dunkelheit aus der Kammer. Das Bett war groß, wies dicke Kopf- und Fußbretter auf. Er prüfte die Matratze mit der Hand und stellte zufrieden fest, daß sie mehr Bequemlichkeit bot, als er erwartet hatte. Auf der anderen Seite an der Wand stand ein Kleiderschrank aus massivem Eichenholz, und neben der Tür bemerkte er eine hohe Kommode. Ein Nachttischchen samt Lampe, ein langer Teppich auf dem Boden, ein kleiner Schreibtisch. *Nicht schlecht,* dachte er. *Es genügt, zumindest für einige Tage.* Die Untersuchung dauerte sicher nicht länger, trotz seines Hinweises an die Mariells. Aus einem unerfindlichen Grund hoffte er, daß er sie möglichst schnell abschließen konnte.

Er zog den Mantel aus, legte ihn aufs Bett, öffnete dann den Koffer und betrachtete die Dinge, die er für seine Ermittlungen brauchte: ein Aufzeichnungsgerät, zwei Kameras (davon eine Polaroid) mit Blitzlichtern, Kapazitanzdetektoren, ausziehbare Stative, Thermometer, Vergrößerungsgläser, Maßband, Graphitpulver, Dehnungsmesser und andere nützliche Gegenstände, unter ihnen Graphitpapier, Kompaß und Voltmeter.

Ash verstaute die kleineren Objekte in den Schubladen der Kommode, legte die Kameras auf das Möbelstück und lehnte die Stative an die Wand. Einen kleinen Recorder schob er sich in die eine Jackentasche und ließ einen Notizblock in der anderen verschwinden. Er rollte das weiche Tuch zusammen, das seine Werkzeuge geschützt hatte, schloß den Koffer und legte ihn auf den Kleiderschrank.

Dann kehrte er zum Bett zurück und zog den Reißverschluß der Reisetasche auf, holte die Kleidung daraus hervor und brachte sie im Schrank unter. Die Toilettenartikel ließ er eine Zeitlang auf dem Bett liegen, griff nach dem letzten Gegenstand in der Tasche, einer Flasche Wodka. Als er sie hob, hörte er draußen leise lachende Stimmen.

Er brach den Verschluß auf und trat an das geschlossene Fenster heran, trank einen Schluck und drehte den Verschluß wieder zu. Mit gerunzelter Stirn beobachtete er Bewegungen inmitten der Sträucher.

Unten sah er Simon Mariell: Der junge Mann duckte sich

hinters Gebüsch und grinste. Eine zweite Gestalt näherte sich, eine junge Frau, ganz in Weiß gekleidet. Sie wandte Ash den Rükken zu, aber er erkannte ihr kastanienbraunes Haar, dessen Lokken bis zu den Schultern herabreichten.

Er hörte, wie sie Simons Namen rief, während sie nach ihrem Bruder suchte. Sie lachte laut, und der junge Mann kroch tiefer ins Dickicht, preßte sich die Hand auf den Mund, um keinen Laut von sich zu geben.

Ash schob sich näher ans Fenster heran. Das kindische Spiel unten im Garten amüsierte ihn.

Etwas anderes weckte seine Aufmerksamkeit: Jemand stand neben einem Baum, ein Mädchen ...

Simon kroch hinter seinem Versteck hervor und lenkte Ash für einige Sekunden ab. Als er wieder zu dem Baum hinblickte, war die dritte Person verschwunden.

Erneut beobachtete er Christina und fühlte sich versucht, sie vor Simon zu warnen, der nun auf sie zugeschlichen kam. Er beherrschte sich gerade noch rechtzeitig, die Fingerknöchel bereits an der Scheibe, lächelte stumm vor sich hin und begriff, daß er fast der Fröhlichkeit des Spiels erlegen wäre.

Doch die junge Frau schien sein Interesse zu spüren, drehte sich wie in Zeitlupe um.

Ash hielt unwillkürlich den Atem an.

Christina hob langsam den Kopf und starrte zum Fenster hoch. Der Ermittler spürte, wie sich Verlegenheit in ihm regte; er wollte sich abwenden, in die Schatten des Zimmers zurückweichen, aber er blieb stehen, gefangen in einer Art faszinierter Starre. Er wünschte sich einen Blickkontakt.

Ihr Profil nahm zögernd Kontur an, und Ash merkte auf einmal, daß seine Gedankengänge eine jähe Beschleunigung erfahren hatten und dadurch in Christinas Bewegungen die Illusion von Trägheit schufen. Es gab ihm Zeit genug zu überlegen, wer wessen Privatsphäre verletzte. Wer war der Voyeur: Christina oder er selbst?

Der Kopf drehte sich, und eine Schulter deutete zu ihm empor. Ash konnte fast das ganze Gesicht der jungen Frau sehen, als es plötzlich an der Tür klopfte.

Er zwinkerte verwirrt, trat zur Seite.

Die Tür öffnete sich. Christina sah herein.

»Was halten Sie jetzt von einer Besichtigungstour durchs Haus?« fragte sie und lächelte strahlend.

Ash war viel zu überrascht, um Antwort zu geben. Erneut sah er durchs Fenster.

Leer erstreckte sich der Garten unter ihm. Von einer weißgekleideten Frau keine Spur.

5

Kälte erfüllte Edbrook, ein sonderbarer Frost, der nur teilweise mit der späten Jahreszeit zu erklären war. In einigen Zimmern und Fluren herrschte klamme Feuchtigkeit, in anderen eine Leere, die darauf hindeutete, daß die entsprechenden Räumlichkeiten seit Jahren nicht mehr benutzt, vielleicht nicht einmal mehr betreten worden waren. Ein großes Haus, das vertraute Empfindungen in Ash weckte: Er hatte schon öfters Untersuchungen in solchen Gebäuden durchgeführt. Hohe Erbschaftssteuern führten dazu, daß bei der Verwaltung solcher Anwesen Sparsamkeit zu einem strengen Gebot wurde. Nun, Edbrook wirkte keineswegs vernachlässigt, doch beim Unterhalt schienen in erster Linie ökonomische Maßstäbe angelegt zu werden.

Christina führte ihn durch die Zimmer im oberen Stock, machte ihn auch mit dem Dachboden vertraut und zeigte ihm anschließend Bibliothek, Salon, Wohnzimmer, Küche, Waschraum, Eß- und Arbeitszimmer. Ash prüfte die Bodendielen und Wandvertäfelungen, Kamine und Rauchfänge. Manchmal klopfte er an die Mauern oder lauschte Geräuschen, blieb ab und zu ruhig stehen, fühlte Luftzüge und versuchte herauszufinden, woher sie kamen. Vor der Kellertreppe zögerte er und erinnerte sich an den *Bouvier.* Christina ging weiter, lachte und verspottete gutmütig seine Zaghaftigkeit. Sie versicherte ihm, der Hund namens Sucher werde ihn nur angreifen, wenn er eine Bedrohung in ihm sähe, und das sei doch sehr unwahrscheinlich, oder? Ash folgte ihr vorsichtig. Das Tier hockte irgendwo in der Finsternis und knurrte leise, zeigte sich aber nicht.

Die Gewölbe enthielten halbgefüllte Weingestelle, und eine pudrige Staubschicht bedeckte die Flaschen. Diverse Gegenstände lagen und standen herum: Möbelstücke, einige mit grauweißen Tüchern bedeckt, zerbrochene Statuen, leere Bildrahmen. Auf der einen Seite befanden sich mehrere Nischen, und sie enthielten seltsame Dinge, die Ash nicht genau erkennen konnte. Es war noch kühler als oben, wodurch sich das Untergeschoß gut als Weinkeller eignete. Ash zog erste wichtige Schlußfolgerungen: Die Kälte legte die Vermutung nahe, daß irgendwo in der Nähe unterirdische Quellen existierten und sich Risse und Fugen in den Gesteinsschichten gebildet hatten, schmale Lücken im brüchigen Mauerwerk, durch die eisige Luft wehte. Der dunkle Ort unter dem Gebäude mochte sich in Hinsicht auf die Ermittlungen als recht interessant erweisen, aber Ash fand keinen sonderlichen Gefallen daran – und das lag vor allen Dingen am Hund der Mariells.

Zusammen mit der jungen Frau ging er wieder die Treppe hoch und stellte voller Unbehagen fest, daß Sucher seinen Platz verließ, um sich ihnen anzuschließen.

Tiefe Erleichterung durchströmte ihn, als er durch die Küche wanderte und kurze Zeit später die Gartenterrasse betrat. Zwar fiel es ihm schwer, Christinas Enthusiasmus für das Haus und den Park zu teilen, aber er zweifelte nicht daran, daß Edbrook einst ein prächtiges Familienheim gewesen war. Man konnte nur schwer bestimmen, was jetzt fehlte: Es hatte irgend etwas mit Atmosphäre zu tun, mit einem vagen Mangel an Wärme (auch im übertragenen Sinne). *Ein für Geister und Gespenster geradezu prädestiniertes Haus,* fuhr es ihm durch den Sinn. *Vorausgesetzt natürlich, man glaubt an solche Erscheinungen.*

Er beobachtete die Gartenanlagen, enttäuscht darüber, daß sie weniger gepflegt wirkten, als es zunächst den Anschein hatte. Trotzdem bildeten sie hübsche Muster, zwar förmlich, aber auch ästhetisch. Der Wald stellte einen perfekten Hintergrund dar. Ash atmete tief durch, als wolle er auf diese Weise die Erinnerungen an den muffigen Geruch im Keller aus sich verdrängen.

»Wie lange jagen Sie schon Geister, Mr. Ash?« fragte Christina. Ein heiteres, auch ein wenig verschmitztes Lächeln umspielte ihre Lippen.

Er blieb ernst. »Ich jage keine Geister, sondern suche nach den Ursachen ungewöhnlicher Manifestationen. Außerdem: Nennen Sie mich ruhig David. Das ist mir lieber.«

»Na schön, David: Wie lange suchen Sie schon nach mysteriösen Ursachen?«

Er verzog kurz das Gesicht. »Seit meiner Jugend, glaube ich. Phänomene haben mich schon immer fasziniert, manche mehr, andere weniger. Aber nach meiner ersten Seance wurde ich richtig besessen davon.«

»Wie alt waren Sie da?«

»Oh – gut zwanzig.« Nachdenklich schüttelte er den Kopf. »Ob Sie's glauben oder nicht: Ich hatte damals gerade eine Ausbildung als Ingenieur begonnen. Der Himmel mag wissen, was mich dazu veranlaßte, an einer spiritistischen Sitzung teilzunehmen. Neugier, nehme ich an, vielleicht die natürliche Weiterentwicklung meines Interesses. Nun, ich konnte nie begreifen, warum manche Leute so fest an solche Dinge glauben, aber ich wollte unbedingt mehr erfahren. Die erste Seance öffnete mir die Augen.«

Christina blieb stehen. »Ist es Ihnen dabei gelungen, einen Kontakt zur Welt der Phantome herzustellen?«

Ash lachte. »Ganz im Gegenteil«, erwiderte er. »Eine Zeitlang ließ ich mich täuschen – der Mann, der als Medium auftrat, verstand sein Handwerk. Er präsentierte uns einen Geist, den er als ferne Verwandte einer der Sitzungsteilnehmerinnen vorstellte. Eine friedlich entschlafene Oma, die der Frau neben mir alle Krankheiten schilderte, an denen sie während der letzten zehn Jahre gelitten hatte. Die Krankheiten der Frau, wohlgemerkt, nicht die der alten Dame: Sie behauptete, seit ihrem Dahinscheiden ginge es ihr bestens.«

Erneut schüttelte Ash den Kopf, amüsiert von seinen Erinnerungen. Er schritt über die breite, mit steinernen Fliesen ausgelegten Terrasse, und Christina folgte ihm, musterte ihn ab und zu von der Seite.

»Ein bizarres Szenarium«, fuhr der Ermittler fort. »Hinter dem Medium wallte eine geheimnisvolle, dunstige Gestalt, und ich muß zugeben, daß es mir damals kalt über den Rücken lief. Doch als ich das triviale Zeug hörte, das die Oma zum besten gab, begann ich schallend zu lachen.« Er kicherte bei dieser Vorstellung. »Ich rechnete mit irgendeiner wichtigen Enthüllung, mit einer bedeutungsvollen Botschaft aus dem Jenseits, etwas in der Art.«

»Und statt dessen?« fragte Christina, als Ash schwieg.

»Tja, wir hörten, daß Onkel Alberts Gebiß in den Abflußrohren unter dem Haus steckte. Am Abend zuvor, nach einer langen Zechtour, hatte er es durch die Toilette gespült, zusammen mit seinem Mageninhalt. Himmel, es war zum Schreien – aber die Frau neben mir starrte so ehrfürchtig, als habe sie gerade erfahren, wo sich der Heilige Gral befindet. Ich sah die anderen Leute der Reihe nach an, und ... Meine Güte, alle wirkten so *ernst.* Daraufhin bekam ich einen Lachanfall.«

Zwar lächelte Ash noch immer, aber seine Stimme klang grimmig. »Ich weiß nicht mehr genau ... Ich empfand es als enorme Erleichterung, so als nehme man mir ein schweres Gewicht von den Schultern. Mir kam alles so ungeheuer grotesk vor. Dem Medium gefiel mein Verhalten natürlich nicht sehr. Der Typ schickte mich fort, und ich verließ das Zimmer gern. Doch bevor ich durch die Tür trat, schaltete ich das Licht ein, vielleicht aus echter Neugier, vielleicht nur aus Böswilligkeit.«

Sie passierten die Verandatür des Wohnzimmers, und Ash warf einen kurzen Blick in den Raum. Er schien leer zu sein. Edbrook erhob sich über ihnen, ein Monument aus massiver Gräue, stumm und kalt. Neuerliches Unbehagen regte sich in Ash, und er wich zur Seite, trat aus dem Schatten des großen Gebäudes.

»Als das Licht aufflammte, sahen alle Sitzungsteilnehmer, daß es sich bei der ›Oma‹ nur um eine alte, auf dünnen Musselin projizierte Fotografie handelte. Um den Effekt zu verstärken, stieg Dampf aus einer Wandröhre, und das neblige Wallen schuf die Illusion von Bewegung. Ziemlich eindrucksvoll im Halbdunkel. Banal in der Helligkeit.«

Christina wölbte die Brauen. »Aber all das, was sie der Frau neben Ihnen erzählte ...«

»Unwichtige Informationen, die man leicht von einer Freundin oder einer Verwandten der Klientin bekommen konnte. Wahrscheinlich stammten sie von der Person, die sie dem Kreis vorstellte. Das Medium brauchte nur Daten über den persönlichen Hintergrund des einen oder anderen Sitzungsteilnehmers zu sammeln, um alle anderen zu foppen.«

»Vermutlich waren sie sauer, als der Schwindel aufflog.«

»Und ob. Vor allen Dingen auf mich.«

»Auf Sie?« wiederholte Christina verwundert.

Ash nickte. »Weil ich ihre Hoffnungen zerstörte. Für so etwas darf man nicht mit Dank rechnen.«

Eine Zeitlang gingen sie schweigend. Die Stimme der jungen Frau klang ungläubig, als sie fragte: »Sind alle Geisterbeschwörer Aufschneider und Betrüger? Gibt es denn überhaupt keine echten Medien?«

»Nur sehr wenige«, entgegnete Ash. »Ich kenne einige. Mit manchen von ihnen bin ich sogar befreundet. Doch ich kann nicht erklären, wie sie arbeiten und was dabei vor sich geht. Ich bin nur sicher, daß sie nicht mit den Toten sprechen.« Sie stiegen eine kurze Treppe hinab, und der steinerne Weg vor ihnen teilte sich, führte in drei verschiedene Richtungen. Sie entschieden sich für den mittleren Pfad. »Erst wenn wir verstehen, was tief in unseren Bewußtseinen geschieht, können wir die Rätsel des Paranormalen lösen.«

Christina dachte nach und runzelte die Stirn. »Und im Anschluß an die Seance? Sie sind doch bestimmt enttäuscht gewesen? Enttäuscht und desillusioniert.«

»Nein, eigentlich nicht«, antwortete Ash. »Wie ich schon sagte: Die Bestätigung meiner Zweifel empfand ich als große Erleichterung. Andererseits wurde ich noch neugieriger. War alles nur eine Farce? All das, was ich über paranormale Phänomene gelesen und gehört hatte? Ich befaßte mich noch intensiver damit, stellte umfangreiche Nachforschungen an – und begriff plötzlich, daß sich die Faszination in einen Beruf verwandelte. Je mehr Täuschungen ich entdeckte, desto zorniger wurde ich.« Eine niedrige Mauer führte durch die Mitte eines förmlich gestalteten Gartens, das Gestein verwittert und bröckelig. »Vor ein paar Jahren lud man mich ein, in die Dienste des Instituts für Psychische Forschungen zu treten. Vermutlich als eine Art Aushängeschild und Ehrenrettung. Meine Aufgabe besteht darin, die Ernsthaftigkeit des Instituts zu beweisen.«

»Sie halten unsere Behauptungen, es spuke im Haus, für närrisch«, sagte Christina, und Ash musterte sie überrascht. »Und das weckt erneut Ihren Zorn.«

»Ganz und gar nicht. Ich glaube nur, daß Sie sich irren. Nun, es wird bestimmt nicht lange dauern, bis wir Gewißheit haben.«

Sie erreichten die kniehohe Mauer, und Ash sah, daß sie einen Teich, fast einen kleinen See, umgab. Im stehenden, schmutzigbraunen Wasser schwammen Algen und verfaulende Blumen. Dieser Anblick kam einem Schock gleich: Zwar hätten die Gartenanlagen besser gepflegt sein können, aber der schlechte Zustand des Teichs verblüffte den Ermittler.

Ash starrte ins Wasser, und der davon ausgehende Gestank verschlug ihm den Atem.

Er wandte sich um und merkte erst jetzt, daß die junge Frau einige Schritte hinter ihm stehengeblieben war. Sie starrte an ihm vorbei, über die Mauer hinweg auf die Algenmassen, wirkte erschrocken darüber, daß sie so weit gegangen waren. Unruhig wich sie zurück.

»Christina . . .«, fragte Ash verwirrt.

Hinter ihm kräuselte sich die Oberfläche des trüben Wassers. Ranken und Faserstränge erzitterten . . .

. . . Schweißperlen glänzten auf Ediths Stirn. Sie zuckte zusammen, griff nach den Armlehnen des Sessels und riß die Augen auf. Das Bild in ihrem Innern verflüchtigte sich schlagartig.

Die beiden älteren Leute am Tisch musterten sie besorgt. »Mrs. Phipps?« fragte der weißhaarige Mann und beugte sich nervös vor. »Ist alles in Ordnung mit Ihnen? Sie haben von unserem Sohn berichtet . . .«

Edith zwinkerte, erinnerte sich erst nach einigen Sekunden daran, daß sie in einem privaten Zimmer des Instituts saß. Die Präkognition hatte den Kontakt zum Sohn des Ehepaars unterbrochen, einem jungen Seemann, der während des Krieges zwischen Argentinien und Großbritannien verschwunden war – unter gräßlichen Umständen, die Edith den immer noch trauernden Eltern verschwieg.

»Es – es tut mir leid«, sagte sie. »Irgend etwas hat mich in meiner Konzentration gestört. Ich . . .« Sie holte tief Luft und versuchte, sich zu beruhigen. »Vielleicht kann ich Michael noch einmal erreichen.«

Doch als sie die Augen schloß, kehrte das Bild zurück, wenn auch nicht ganz so klar und deutlich wie vorher.

Sie betrachtete die Gestalt eines Mannes, und obgleich er ihr den Rücken zuwandte, erkannte sie ihn sofort als David Ash. Ein seltsamer Blickwinkel, von unten – und eine trübe Schicht zwischen ihr und David verwischte die Konturen –, so als beobachte sie ihn durch Wasser, durch trübes, schlammiges Wasser. Farnwedel bewegten sich in ihrer Nähe. Ranken neigten sich wie Tentakel von einer Seite zur anderen. Zwei nackte Arme streckten sich David entgegen, schlanke, perlweiße Gliedmaßen, die Finger wie Krallen. Aber es waren nicht *ihre* Arme, nicht die Ediths. Sie gehörten jemand anders ...

Und obgleich sie durch den schmutzigen Teich glitten, durch Algenfladen tasteten und sich dem am Ufer stehenden Mann näherten, steckte kein Leben in ihnen.

Die Arme waren tot.

6

Mattes Licht erfüllte das Speisezimmer. Die Kerzen auf dem langen Tisch, an dem Ash und die Mitglieder der Mariell-Familie saßen, erglühten in einem warmen, kaum ausreichenden Schein, und einige der Wandleuchter weiter hinten blieben dunkel. Ash hatte damit gerechnet, daß das Essen von einer Haushälterin aufgetragen wurde, vielleicht von einer Küchenmagd, doch darum kümmerte sich Nanny Tess. Selbst Christina ging ihr dabei nicht zur Hand. Der Ermittler gelangte zu dem Schluß, daß die Mariells nicht mehr ganz so reich waren, wie es einmal der Fall gewesen sein mochte. Aber ganz abgesehen von seiner Neugier auf diese Familie: Der finanzielle Aspekt ihres Lebens stand in keinem ersichtlichen Zusammenhang mit seinen Untersuchungen.

Ash nippte Wein und wünschte sich einen stärkeren Drink.

Christina kicherte über etwas, das ihr Simon ins Ohr flüsterte, und Robert Mariell, der am oberen Ende des Tisches saß, tadelte sie mit einem strengen, durchdringenden Blick. Seine Schwester hob die Finger zum Mund und senkte in unübersehbarer Verlegenheit den Blick, während Simon weiterhin grinste.

Robert richtete seine Aufmerksamkeit auf Ash, der ihm am anderen Ende des Tisches gegenübersaß. »Sind Sie mit Ihren Ermittlungen heute nachmittag gut vorangekommen? Haben Sie irgendwelche Mauerrisse entdeckt, die unser kleines Geheimnis erklären könnten?«

Ash schnitt das Roastbeef auf seinem Teller. Es war ein wenig zäh, hatte zu lange gebraten. »Darauf kann ich Ihnen noch keine eindeutige Antwort geben«, erwiderte er. »Schließlich weiß ich nicht, worin Ihr Geheimnis besteht. Aber mir sind viele Strukturfehler aufgefallen, vielleicht die Ursache für seltsame Geräusche.«

Simon lächelte noch immer, als er fragte: »Auch für Gespenster, Mr. Ash?«

»Viele geisterhafte Erscheinungen werden von Dunst oder Rauch hervorgerufen. Oder denken Sie nur an Tropfwasser in den Wänden – manchmal klingt es wie ein dumpfes Pochen. Und dann Bodendielen, die sich unter dem Einfluß von Hitze und Kälte ausdehnen und zusammenziehen. Solche Vorgänge sind manchmal erstaunlich regelmäßig: Die Bretter in unmittelbarer Nähe einer Wärmequelle – eines Kamins, zum Beispiel – geben den Druck an die anderen weiter, was sich wie geisterhafte Schritte anhört. Mit ein wenig Fantasie ist alles möglich.«

Nanny Tess saß auf der linken Seite und hatte ihr Essen kaum angerührt. »Die Visionen, die ich – wir – sehen, sind nicht nur Trugbilder. Wenn Sie wüßten . . .«

Ash hob die Hand. »Morgen. Morgen können Sie mir von Ihren Erlebnissen erzählen. Bis dahin möchte ich so objektiv wie möglich bleiben, nicht auf der Grundlage fremder Erfahrungen urteilen.«

»Trotzdem frage ich mich, woher Sie wissen wollen, wonach es Ausschau zu halten gilt«, wandte Christina ein.

»Ich suche nach irgendeinem Phänomen, und ich nehme an, es manifestiert sich als Geist. Diese Informationen genügen mir derzeit.«

Robert lächelte dünn. »Glauben Sie an solche Dinge, Mr. Ash? Einsame Seelen, Gespenster, die des Nachts unruhig umherstreifen . . .«

»Banshees«, sagte Simon aufgeregt. »Dämonen, Vampire . . .«

»Werwölfe«, fügte Christina hinzu.

Simon heulte wie ein Wolf, und die junge Frau lachte laut. Selbst Robert grinste breit.

Ashs Gesicht blieb ausdruckslos. Er sah Nanny Tess an, die seinen Blick mied und die Scherze der Geschwister ebensowenig amüsant zu finden schien.

Er wandte sich an den älteren der beiden Männer. »Angeblich spukt es in Ihrem Haus, aber offenbar machen Sie sich deswegen keine Sorgen.«

»Sollten wir?« entgegnete Robert. »Könnten uns Phantome in unmittelbare Gefahr bringen?«

Ash schüttelte den Kopf. »Nein, eigentlich nicht. Für gewöhnlich kommt es nur dann zu Verletzungen, wenn die Zeugen solcher Ereignisse in Panik geraten.«

»Mit anderen Worten: Es gibt keinen Grund, beunruhigt zu sein. Nun, Sie haben meine Frage noch nicht beantwortet: Glauben Sie an Geister?«

»Kommt darauf an, wie Sie so etwas definieren. Erscheinungen, telepathische Visionen, elektromagnetische Bilder. Man könnte sie sogar als atmosphärische Vibrationen bezeichnen. Derartige Dinge existieren, ohne daß wir ihre Ursache oder Bedeutung verstehen.«

»Aber Sie würden sie nicht als die Geister von Toten beschreiben?« erkundigte sich Nanny Tess.

Alle Blicke waren auf den Ermittler gerichtet. Ash räusperte sich und musterte die Anwesenden nacheinander. »Nein«, erwiderte er fest. »Bei meinen bisherigen Untersuchungen ist die Existenz eines Lebens nach dem Tod kein einziges Mal schlüssig bewiesen worden. Außerdem habe ich zu viele sogenannte Spiritisten als Schwindler entlarvt, um Gespräche mit Toten für möglich zu halten.«

»Was auch aus den von Ihnen verfaßten Werken hervorgeht«, sagte Robert sanft. »Trotzdem glauben Sie nicht, daß wir lügen.«

»Natürlich nicht. Ganz gleich, welche Erlebnisse Sie hier in Edbrook hatten – sie erscheinen Ihnen ausgesprochen real. Warum sollten Sie mich sonst engagieren? Nein, ich meine nur folgendes: Vielleicht gibt es eine völlig rationale Erklärung für die hiesigen Geschehnisse.«

Simon stützte das Kinn auf die Hände. »Meiner Ansicht nach müssen Sie endlich Bescheid wissen . . .«

»Alles zu seiner Zeit«, sagte Ash. »Zuerst möchte ich mir einen eigenen Eindruck verschaffen.«

»Und wenn Ihnen das entgeht, was wir wahrnehmen?« fragte Robert.

»Durchaus möglich. Vielleicht haben wir es mit einer psychischen Verbindung zu tun, die sich nur auf Sie und das – Phänomen beschränkt. Es wird sich bald herausstellen.«

»Psychische Verbindung?« Simon richtete sich wieder auf. »Was bedeutet das?«

»Versuchen Sie, sich unsere Bewußtseine als eine Art Radioempfänger vorzustellen. Als Bewohner dieses Hauses empfangen Sie möglicherweise die Sendungen einer anderen Person.«

Simon überlegte einige Sekunden lang und lächelte. »Telepathische Sendungen aus dem Jenseits ...« Er sah Robert und Christina an, suchte nach Anerkennung für seinen Spott.

Ash ignorierte den Köder. »Nennen wir's Gedanken von jemandem, der sich an einem anderen Ort befindet – oder einen mentalen Eindruck, den die entsprechende Person hinterließ. Vielleicht sind Sie aufgrund Ihrer Verbindung zu Edbrook für die betreffende Wellenlänge sensibilisiert.«

»Eine höchst interessante Hypothese«, gestand Robert ein. »Aber ziemlich absurd, nicht wahr?«

»Nicht absurder als die Annahme, hier trieben sich Geister herum«, erwiderte Ash.

Christina betupfte ihre Lippen mit einer Serviette; das Kerzenlicht spiegelte sich in ihren Augen wider. »Können wir Ihnen irgendwie bei Ihren Untersuchungen helfen? Abgesehen davon, Ihnen unsere Erlebnisse zu schildern?«

»Kaum. Es genügt, wenn Sie mich nicht behindern. Heute abend werde ich einige Geräte aufstellen, hauptsächlich an den Punkten, die mir für seltsame Manifestationen geeignet erscheinen. Sobald das erledigt ist, möchte ich, daß Sie jene Orte meiden. Ich schlage vor, Sie ziehen sich für den Rest des Abends in Ihre Zimmer zurück und bleiben dort.«

Bei den letzten Worten wechselten die Mariells und ihre Tante betretene Blicke.

»Ist das nicht ein wenig übertrieben?« protestierte Simon.

»Nur für heute abend«, versicherte ihm Ash. »Anschließend können wir uns vielleicht auf einige ganz spezielle Bereiche konzentrieren.«

»Wir sind ohne Einschränkungen bereit, mit Ihnen zusammenzuarbeiten«, antwortete Robert für sie alle. »Sonst noch etwas?«

»Nein, im Augenblick nicht. Oh, später würde ich gern mit Kate McCarrick telefonieren, um ihr zu sagen, wie's hier läuft.«

»Nanny Tess meinte, Miß McCarrick habe sich sehr darüber

gefreut, daß wir uns für Sie entschieden. Sie scheint viel von Ihnen zu halten.«

»Sie ist eine echte Autorität auf dem Gebiet der Parapsychologie. Ich muß zugeben, daß wir häufig unterschiedliche Standpunkte vertreten, aber unsere Sparte besteht größtenteils aus Mutmaßungen, nicht aus belegbaren Fakten. Übrigens: Wenn ich bei meinen Untersuchungen hier in Edbrook tatsächlich positive Resultate erziele, sollten wir Kate McCarrick bitten, mit einem unparteiischen Beobachter hierherzukommen.«

»Nein, nein.« Die Schärfe in Nanny Tess' Stimme überraschte ihn. »Kommt überhaupt nicht in Frage.«

Robert lehnte Ashs Vorschlag etwas freundlicher ab. »Ich habe es Ihnen bereits zu erklären versucht, Mr. Ash: Wir legen großen Wert auf unser Privatleben und möchten vermeiden, daß diese Sache bekannt wird. Das verstehen Sie sicher.«

»Die Öffentlichkeit erführe nichts«, versprach Ash. »Es bliebe eine Angelegenheit des Instituts, unseres Archivs.«

»Ich schätze, es ist besser, Sie gehen Schritt für Schritt vor«, sagte der ältere Mariell. »Das entspricht doch Ihrem eigenen Wunsch, nicht wahr?«

Ash lächelte schief. »Na schön. Kein Druck von mir. Es liegt alles in Ihren Händen.«

Robert beobachtete ihn kühl. »Nicht unbedingt«, erwiderte er leise. »Nein, ganz und gar nicht . . .«

Ash fand ein Telefon und fragte sich, warum der Name Mariell im Verzeichnis fehlte. Er nahm den wuchtigen schwarzen Hörer ab, lauschte, drückte verärgert auf die Gabel. Nichts. Eine tote Leitung. Der massive Apparat verhieß sture Zuverlässigkeit, und doch war er nur eine Ansammlung aus nutzlosem Metall und Kunststoff. Starben auch Geräte, wenn sie ein bestimmtes Alter erreichten? Oder verbarg sich der Defekt irgendwo jenseits der Mauern? Was auch der Grund sein mochte – Ash fluchte leise vor sich hin.

Als er hinter sich im Flur Schritte hörte, wirbelte er um die eigene Achse, verblüfft von seiner Nervosität.

»Miß Webb«, sagte er, erstaunt von der Erleichterung, die ihn erfaßte. »Äh, das Telefon funktioniert nicht – kein Freizeichen.«

Die alte Frau trat nahe heran, starrte in sein Gesicht. »Damit gibt's dauernd Schwierigkeiten«, sagte sie. »Einer der Nachteile, auf dem Land zu wohnen.« Sie nahm ihm den Hörer aus der Hand und legte ihn einfach auf die Gabel. »Morgen im Ort verständige ich den Reparaturdienst.«

Ihr Blick klebte an ihm fest, und Ash fragte sich, ob die Besorgnis in Miß Webbs Zügen ein für sie typischer Gesichtsausdruck war. Eine kleine Frau, fast zart. Er schätzte sie auf Ende Sechzig, vielleicht Anfang Siebzig. Welche Rolle spielte sie gegenüber Christina und ihren Brüdern? Die der Tante, ja. Und sonst? Soweit Ash das beurteilen konnte, führt sie den Haushalt – eine ziemlich anstrengende Aufgabe für eine Frau in ihrem Alter.

»Mr. Ash . . .«, begann sie und zögerte.

Er wartete.

Sie senkte die Stimme, flüsterte fast. »Versprechen Sie mir, gut auf sich achtzugeben, während Sie hier in Edbrook sind?«

Der Ermittler lächelte unwillkürlich. »Wie ich schon sagte: Geister stellen keine Gefahr für uns dar. Wir sollten uns nicht vor ihnen fürchten, erst recht nicht, wenn wir ihre wahre Natur erkannt haben.«

»Es gibt verschiedene Arten des . . .«, wieder das Zögern, ». . . des Spuks.«

»Ich dachte, Sie hätten mich verstanden.«

»*Sie* verstehen nicht«, erwiderte die alte Frau scharf.

»Dann erklären Sie es mir bitte«, sagte Ash steif.

Doch bevor Miß Webb Gelegenheit bekam, darauf zu antworten, ertönte eine andere Stimme. »Der Ermittler möchte nicht, daß du ihm mit deinen dummen Ideen Flausen in den Kopf setzt, Nanny.«

Sie drehten sich um und sahen Robert Mariell, der sie von der Treppe her beobachtete.

»Das stimmt doch, Mr. Ash, oder?« Der Gesichtsausdruck des Mannes zeigte milden Tadel.

Ash wandte sich wieder an Miß Webb. »Morgen stelle ich die

ersten Fragen«, sagte er geduldig, nach wie vor von ihrem Gebaren verwirrt.

»Wir stören Sie jetzt nicht länger«, brummte Robert. »Komm, Nanny. Überlaß unseren Gast seiner Arbeit. Gute Nacht, Mr. Ash. Den Rest des Abends haben Sie ganz für sich allein.«

Robert Mariell drehte sich um und verschwand im dunklen Treppenhaus. Nanny Tess wich Ashs Blick aus und eilte ihrem Neffen nach.

Der Ermittler beobachtete, wie sie die Stufen hochging, schüttelte dann den Kopf. Was den ›Geist‹ von Edbrook betraf, schien Miß Webb nicht die Gelassenheit der Geschwister zu teilen.

7

Ash verbrachte den Abend damit, seine Geräte im Haus aufzustellen. Er verteilte vier Thermometer, hängte sie an Wände oder legte sie auf Möbelstücke – am nächsten Morgen sollten sie ihm die niedrigsten Temperaturen während der Nacht anzeigen. Bibliothek und Küche stattete er mit Recordern aus, die über Akustiksensoren verfügten. Im Salon und Arbeitszimmer installierte er Kameras, verbunden mit Kapazitanzdetektoren, die auf Bewegungen in der Nähe reagierten und Objektivverschlüsse auslösen sollten. An verschiedenen Stellen, sowohl in den oberen Etagen als auch im Erdgeschoß, streute er feines Pulver auf den Boden, und vor manchen Türen legte er schwarze Baumwolle aus.

Kurze Zeit später suchte er sein Zimmer auf, und im matten Lampenschein betrachtete er die Karte, die er vom Haus angefertigt hatte und ein Labyrinth aus Kammern und Fluren zeigte. Ab und zu trank er einen Schluck aus der Wodkaflasche, die in Reichweite auf dem kleinen Tisch stand. Er rauchte eine Zigarette nach der anderen, machte sich Notizen und hob manchmal den Kopf, um aus dem Fenster zu sehen. Die Nacht schien sich an die Scheiben zu pressen.

Schließlich verließ er das Zimmer, durchstreifte das Gebäude und wich den mit Pulver präparierten Orten aus. Er hielt sich von den Detektoren fern, ebenso von den Türen mit der dunklen Baumwolle.

Edbrook schwieg. Nichts rührte sich in der Stille.

Irgendwo im Haus schlug eine Uhr. Ash hob die Taschenlampe, wanderte durch den Korridor und kam an seinem Zimmer vorbei. Er hielt auf das Fenster am Ende des Flurs zu. Trotz seiner körperlichen Erschöpfung waren seine Sinne geschärft – das Bewußtsein wie ein ruheloser Passagier in einem altersschwachen Fahrzeug. Ash erinnerte sich an Kate McCarricks ernste Diagnose seines Zustands: »Du trinkst und rauchst zuviel. Eines Tages – vielleicht dauert es noch eine Weile, David, aber es ist eine unausweichliche Konsequenz – lassen deine geistigen Kräfte ebenso nach wie die körperlichen.« *Vielleicht gar nicht so übel, Kate,* dachte er. *Dann herrscht hinter meiner Stirn endlich Ruhe.*

Er erreichte das Fenster, schaltete die Taschenlampe aus und schob sich noch näher an die Scheibe heran. Der Wind hatte das dichte Grau am Himmel aufgelöst, wenn auch nicht ganz: Fasrige Kumuluswolken hingen fast bewegungslos über dem Wald, lange Tupfer, wie erstarrte Lawinen. Der Mond sicherte sich einen freien Bereich am Himmel: Sein perlmuttenes Glühen schien die letzten Dunstfetzen zu fressen. Dunkelheit kroch über die Rasenflächen und Gartenanlagen unter dem Fenster. Ash sah nicht nur die Schemen von Bäumen, auch die alter Statuen – schmale und dünne Schatten, die anklagenden Fingern gleich auf das Haus zeigten. Irgendwo in finsterer Ferne heulte ein Wesen der Nacht, ein dumpfer Schrei, unheimlich und gespenstisch.

Ash starrte weiterhin nach draußen, aber sein Blick kehrte sich nach innen. Das leise Kreischen weckte eine Erinnerung in ihm, noch ferner als der katalysierende Laut aus dem Wald. Er entsann sich an den fast schrillen Schrei eines Menschen, der über dahinströmendes Wasser hallte, und wahrscheinlich hätte ein Bild diese Reminiszenz begleitet, wäre Ash nicht auf ein anderes Geräusch aufmerksam geworden. Er drehte sich um und schaltete die Taschenlampe ein.

Ihr Licht fiel durch den langen Flur, bohrte sich wie ein gleißender Speer durch die Schwärze. Unweit der Treppe enthüllte es vage Bewegung.

Ash zögerte nicht, ging sofort los und näherte sich den Stufen. Das zuvor von ihm ausgestreute Pulver wirbelte in der Luft, wie von einem plötzlichen Windzug erfaßt.

Er blieb am Rand der wogenden Wolke stehen, und der helle Schein der Taschenlampe reflektierte an Millionen von winzigen Staubkörnern. Verblüfft riß Ash die Augen auf. Er spürte überhaupt keine Brise, und die Treppe reichte leer in die Dunkelheit.

Niemand befand sich in der Nähe. Ash warf einen kurzen Blick auf eins der Thermometer, das an der nahen Wand hing. Besorgt stellte er fest, daß es eine Temperatur nahe dem Gefrierpunkt anzeigte. Und doch schien es nicht annähernd so kalt zu sein.

Erneut ein Geräusch. Diesmal aus dem Erdgeschoß. Wie nackte Füße auf Holz.

Ash trat an den Balkon heran, richtete den Lichtkegel der Taschenlampe nach unten. Etwas Graues oder Weißes verschwand hinter einer Ecke.

»Christina?« fragte er leise. Kaum mehr als ein Flüstern.

Langsam näherte er sich der Treppe, durchschritt die noch immer wallende Wolke und strich sich Pulver von den Wangen. Mit raschen Schritten ging er hinab, leuchtete durch den Saal und sah, daß alle Türen geschlossen waren. Er vernahm ein leises Knistern und Knarren, drehte den Kopf, beobachtete den rückwärtigen Teil der Halle und glaubte, daß die seltsamen Laute aus der Küche kamen.

Auf dem Weg dorthin bemerkte er, daß die Kellertür unter der Treppe einen Spaltbreit offenstand. Er verharrte und erinnerte sich daran, sie zuvor geschlossen zu haben. Unsicher wanderte er weiter.

Er betrat die dunkle Küche, und das Glühen der Taschenlampe strich über einige Schränke, über die Spüle, den Herd, zum Fenster. Ein leises Knurren, sehr nahe. Er drehte sich zu schnell um: Die Lampe stieß an den Türrahmen, und von einem Augenblick zum anderen war es stockfinster. Furcht keimte in Ash, als er über die Wand tastete und nach dem Lichtschalter suchte, ihn fand und betätigte. Matte Helligkeit erfüllte die leere Küche, und der Ermittler seufzte leise, sah sich erneut um. Die Tür auf der anderen Seite – sie führte auf die Terrasse und in den Garten – war offen.

Draußen hörte er jemanden, ein leises Kichern.

Ash legte die defekte Taschenlampe auf den Tisch, verließ die Küche und trat in die Nacht.

Zwar strahlte der Mond hell vom Himmel herab, aber es dauerte einige Sekunden, bis sich seine Augen an die milchige Gräue gewöhnten – und er sicher sein konnte, daß sie ihm keinen

Streich spielten. Eine Gestalt, gekleidet in ein langes, weißes Gewand, huschte über die Terrasse, schien sich plötzlich in Luft aufzulösen.

Ash runzelte die Stirn, sein Gesicht wächsern im blassen Mondschein. »Christina?« wiederholte er, kaum lauter als vorher. Nur ein Hauch.

Im Laufschritt eilte er über die steinernen Fliesen, blieb vor den Stufen zum Garten stehen.

Er blickte über die farblose Landschaft, ganz davon überzeugt, die weiße Gestalt an dieser Stelle aus den Augen verloren zu haben. Doch zwischen den Blumenbeeten und Büschen rührte sich nichts.

Ash brachte die kleine Treppe hinter sich und schritt über den mittleren Pfad zum Teich, beobachtete dabei die Schatten und Schemen zu beiden Seiten des Weges. Vor der niedrigen Mauer drehte er sich einmal um die eigene Achse, starrte dann ins trübe Wasser, auf dem das Licht des Mondes eine silbrig glitzernde Schicht bildete. Von dem Glanz ging eine fast hypnotische Wirkung aus.

Ein neuerliches Geräusch weckte ihn aus seiner Faszination, und wieder assoziierte er es mit leisen, weichen Schritten. Doch jetzt klangen sie hastig, und die nackten Füße berührten nicht mehr hölzerne Dielen, sondern Stein.

Ash wirbelte herum, doch bevor er feststellen konnte, wer sich ihm näherte, traf ihn etwas an den Beinen. Der Aufprall schleuderte ihn zurück, über die Mauer hinweg.

Stinkendes Wasser schloß sich über ihm, kalt und ölig. Ranken berührten ihn, und verzweifelt ruderte Ash mit Armen und Beinen.

Der kalte Griff wurde stärker, und der Mann versuchte, sich daraus zu befreien, geriet in Panik. Dunstschwaden aus Schlamm und Sand zogen träge dahin, trübten die silberne Mondscheindecke weiter oben.

Während Ash sich noch bemühte, den Arm aus einer klebrigen, sirupartigen Algenmasse zu lösen, die ihm mit gemächlicher Zielstrebigkeit entgegenschwebte, sah er eine Silhouette, eine Gestalt mit weit ausgebreiteten, wie gekreuzigten Armen. Ihr dünnes Gewand bewegte sich einem Schleier gleich, und das lange schwarze Haar formte ein dichtes, dunkles Netz.

Schleimiges Wasser drang in Ashs Kehle und erstickte seinen Schrei.

Edith erwachte und riß die Augen auf, die Schreckensbilder des Alptraums noch immer überdeutlich.

Sie setzte sich auf und zitterte vor Angst. Aber die Furcht betraf nicht sie selbst, sondern jemand anders.

Sie flüsterte seinen Namen.

»David . . .«

Edith atmete keuchend, und das Rasseln in ihrem Hals hallte unnatürlich laut im dunklen Zimmer wider. Sie zwang sich zur Ruhe, versuchte mit eiserner Konzentration, den rasenden Pulsschlag zu verlangsamen. Die rechte Hand tastete sanft nach dem Herzen, berührte dort feuchte, kühle Haut.

Nach einer Weile sank sie wieder aufs Kissen zurück, und das heftige Pochen in ihrer Brust ließ allmählich nach. Sie starrte in die Leere, sah erneut die weißen und toten Hände.

Hände, die nach David Ash griffen.

8

Ash drehte sich im Wasser, um der gespenstischen Erscheinung auszuweichen. Vielleicht ging es ihm auch darum, sich von den Algen zu befreien, die ihn in einer tödlichen Umklammerung hielten. Später konnte er sich nicht mehr genau erinnern. Er begriff nur, daß er ertrank, und diese Erkenntnis ließ kaum Platz für anderes Entsetzen.

Doch noch während Ash das Grauen des unmittelbar bevorstehenden Todes fühlte, spürte er, wie sich ihm von hinten ein Arm um den Hals schlang.

Luftblasen sprudelten aus seinem offenen Mund, als er zurückgezogen wurde. Er versuchte, sich zu bewegen, aber er wurde immer schwächer. Schwarzer Dunst trübte seine Gedanken, und eine seltsame Schwere erfaßte Arme und Beine. Für einen kurzen und eigentümlich klaren Augenblick befand er sich in einer anderen Zeit – ein früheres Erlebnis, das sich zu wiederholen schien: Vergeblich kämpfte er gegen eine starke Strömung; eine starke Hand griff nach ihm, zog ihn aus den Fluten . . .

Und dann befand er sich nicht mehr im Teich. Kühle Nachtluft umhüllte ihn wie zuvor das stinkende Wasser des kleinen Sees. Hände berührten seine durchnäßte Kleidung, zwickten in die Haut darunter. Ash kam in die Höhe. Man zerrte ihn über die niedrige Mauer am Rande der Lache aus silbrigem Mondschein, auf der sich nun glänzende Wellenmuster zeigten. Jemand schob ihn von unten, jemand anders zog ihn. Simons Gesicht schwebte irgendwo in der Nacht: Das Haar des jungen Mannes klebte feucht an Stirn und Schläfen. Etwas Hartes kratzte über Ashs Körper, und einige Sekunden später lag er auf unebenen Fliesen, würgte den flüssigen Inhalt von Magen und Lungen aus sich heraus.

Er zappelte wie ein Fisch auf dem Trockenen, die Schultern gekrümmt. Seine Glieder zitterten, und keuchend schnappte er nach Luft, hustete immer wieder. Schwindel raubte ihm die Orientierung.

Er wußte nicht genau, wieviel Zeit verstrich, aber als er sich schließlich auf den Rücken rollte und das Pochen seines Herzens wie einen dröhnenden Hammerschlag vernahm, sah er menschliche Züge. Simon, Robert und Nanny Tess, ihre Nachthemden und Schlafanzüge schmutzig und zerknittert, die Kleidung des jüngeren Mannes tropfnaß.

Ash wollte sprechen, ihnen etwas erklären, doch seine Worte klangen wirr.

»Jemand – jemand anders – dort drin ... Jemand hielt mich – fest ...«

Robert Mariell bückte sich und klopfte ihm beruhigend auf die Schulter. »Sie haben's überstanden. Bleiben Sie ganz ruhig, und kommen Sie wieder zu Atem.«

Es gelang Ash, den einen Arm anzuziehen und sich auf dem Ellenbogen in die Höhe zu stemmen. »Nein! Ich – ich war nicht allein im – Teich. Ein – ein Mädchen im Wasser ...«

Robert wechselte einen kurzen Blick mit seinem Bruder und der alten Frau. Ash erlitt einen neuerlichen Hustenanfall, als er danach trachtete, sich ganz aufzurichten. Er wischte sich schmutziges Wasser aus den Augen und Mundwinkeln.

»Nanny, schalt bitte die Teichlampen ein«, hörte er Roberts Stimme.

Ash beobachtete zwinkernd, wie Nanny Tess fortging. Christina nahm ihren Platz ein, das Gesicht ausdruckslos.

Er wälzte sich auf die Seite, spuckte und kniff die Augen zu. Er hatte gedacht ... Nein, Christinas Nachthemd war völlig trocken. Ebenso ihr Gesicht, ihr Haar. Plötzlich fiel Licht auf seine geschlossenen Lider, und er hob wieder den Kopf.

Er nahm seine ganze Kraft zusammen, stand mühsam auf. Jemand half ihm dabei, aber er wußte nicht, wer. Taumelnd legte er die wenigen Meter zurück, die ihn von der Mauer trennten. Die durchnäßte Kleidung verwandelte sich in ein schweres Gewicht, das beharrlich an ihm zerrte. Er ließ sich auf die Knie sinken, starrte in den Teich, sich der Gegenwart anderer Personen bewußt. Aber er sah nicht zurück, und die Mariells blieben stumm, während er das von Scheinwerfern erhellte Wasser beobachtete.

In den schlammigen Tiefen rührte sich nichts. Nur die Oberfläche kräuselte sich.

Verzweifelt glitt sein Blick über den kleinen See, und er streckte sogar die Hand hinein, um ein Algenbündel zur Seite zu streichen. Nichts. Es fiel ihm noch immer nicht leicht, die Lungen mit Luft zu füllen, ruhig zu atmen, aber trotzdem brachte er hervor: »Ich bin jemandem vom Haus hierher gefolgt, hörte Schritte ...«

»Oh, ich glaube, ich verstehe«, sagte Robert.

Ash drehte sich zu ihm um, folgte dem Blick des älteren Bruders, der zur Terrasse sah. Dort hockte etwas, kauerte dicht am Boden.

Robert schnippte mit den Fingern, und der Hund schlich fast mißmutig näher. »Ich nehme an, Ihre Jagd galt Sucher. Des Nachts erlauben wir ihm, im Haus umherzustreifen.«

»Nein, nein«, widersprach Ash heftig. »Ich habe ein Mädchen gesehen. Es lief – lief fort von mir.«

»Unmöglich, Mr. Ash. Es sei denn, Christina wanderte im Mondschein ...« Robert sah seine Schwester an und lächelte. Ganz offensichtlich rechnete er nicht mit einer Bestätigung.

Sie schüttelte den Kopf, und dünne Furchen bildeten sich in ihrer Stirn. »Ich schlief in meinem Zimmer. Die Geräusche weckten mich.«

Ash zog sich an der Mauer hoch, stand schwankend und unsicher. Er war noch immer sehr schwach, setzte sich auf die verwitterten Steine und stützte die Ellenbogen an den Knien ab. Einige Sekunden lang verbarg er das Gesicht hinter den Händen.

»Nein, ich bin sicher ...«, begann er, aber Robert unterbrach ihn sofort.

»Ich hörte draußen Schritte und ging ans Fenster meines Schlafzimmers. Außer Ihnen habe ich niemanden gesehen, Mr. Ash.«

»Aber im Wasser ...«

»Sucher hielt Sie wahrscheinlich für einen Eindringling. Er griff Sie an, und daraufhin fielen Sie in den Teich. Ich schätze, Sie hatten sogar Glück – manchmal kann unser Hund ziemlich wild und bösartig sein.« Er deutete auf die modrigen Ranken, die sich noch immer geisterhaft bewegten. »Sie verfingen sich in dem – Zeug dort, gerieten in Panik und stellten sich vor, jemand hielte Sie fest.«

Ash schüttelte den Kopf.

»Es gibt keine andere Erklärung«, fuhr Robert ruhig fort. »Bis auf eine: Vielleicht sind Sie unserem Gespenst begegnet . . .«

Der Ermittler ließ die Hände sinken und sah Robert und seine Begleiter aus großen Augen an. Er war so schockiert und verwirrt, daß er keine klare Trennungslinie zwischen Fantasie und Wirklichkeit ziehen konnte, aber als sein Blick Christina erreichte, glaubte er, den Schatten eines Lächelns auf ihren Lippen zu erkennen.

Kate hob ihren Cognacschwenker, und der Mann auf dem Sofa rückte näher an sie heran. Er stieß mit ihr an, beugte sich dann vor und küßte sie. Kate reagierte eher zurückhaltend, und kurz darauf teilten sich ihre Lippen.

Harcourt lächelte und trank einen Schluck. Seine Krawatte hing lose vom Kragen herab, und die aufgeknöpfte Jacke des dezenten Anzugs schuf Platz für einen deutlich sichtbaren Bauchansatz. Das Licht der hinter ihm glühenden Lampe filterte unschmeichelhaft durch dünner werdendes, blondes Haar.

»Der Abend mit dir hat mir sehr gefallen«, sagte Kate leise und drehte das Glas hin und her. Mit dem rechten Fuß streifte sie den linken Schuh ab, wiederholte das Manöver dann mit dem anderen. Anschließend streckte sie die Beine unter ihrem langen Kleid hervor und sank in die weichen Kissen der Couch zurück.

»Er ist noch nicht zu Ende . . .«, flüsterte der Mann verlockend.

Kate entschied sich für eine ausweichende Antwort. »Wenn man es mit dem Guten übertreibt . . .«

»Du verdienst es, verwöhnt zu werden.« Harcourt lehnte sich näher. »Ich bin viel zu gut aufgelegt, um jetzt zu gehen.«

Kate hob die Brauen. »Ich nehme an, du hast sturmfreie Bude, wie?«

Er schüttelte den Kopf. »Ganz im Gegenteil. Zu Hause ballen sich dunkle Gewitterwolken. Nein, was Helen betrifft, bin ich geschäftlich unterwegs und gar nicht mehr in der Stadt.«

Kate runzelte die Stirn. »Von diesen Spielchen halte ich nicht viel, Colin.«

»Es ist mir verdammt ernst, Schatz.«

Das entsprach der Wahrheit – obgleich er fröhlich und heiter klang. »Ich habe andere Vorstellungen von ...«

Kate unterbrach sich, als das Telefon im Flur klingelte.

Harcourt warf einen Blick auf seine Armbanduhr. »Meine Güte, es ist ziemlich spät für einen Anruf. Laß es läuten, Kate. Beachte es einfach nicht.«

Kate seufzte und stand auf. »Es könnte wichtig sein. Ich *hoffe* es für denjenigen am anderen Ende der Leitung. Mitten in der Nacht ...« Sie verließ das Zimmer.

Harcourt nippte verdrießlich an seinem Brandy und vernahm Kates Stimme aus dem Korridor.

»McCarrick.« Eine kurze Pause. »Edith – stimmt was nicht?«

Edith Phipps saß im Wohnzimmer ihres kleinen Reihenhauses am Stadtrand, die linke Hand um den Stoff des Nachthemds verkrampft. Der Korbstuhl unter ihr knisterte leise, und der Tisch daneben bot gerade Platz genug fürs Telefon und eine Lampe. Unsicher sah sie sich um, als befürchte sie, die Schatten der Nacht belauschten ihr Gespräch.

Sie hielt die Muschel näher an den Mund und klang nervös. »Kate – hör mir zu. Ich glaube, David ist irgend etwas zugestoßen.«

»Was soll das heißen, Edith?« fragte Kate mit plötzlicher Sorge. »Hat dich jemand benachrichtigt?«

»Nein. Es war ein – ein Traum.«

»Ein Traum?« wiederholte Kate. Ein Hauch von Ärger ließ ihre Stimme vibrieren. »Edith, weißt du eigentlich, wie spät es ist?«

»Tut mir leid. Ich wollte dich nicht wecken ...«

»Das hast du auch nicht«, warf Kate ein, während das Medium fortfuhr:

»Aber die Visionen – so deutlich und erschreckend. Ich habe gesehen, wie David ertrank.«

Kate unterdrückte ihr Unbehagen. »Beruhige dich jetzt«, sagte sie fest. »Nur ein Traum, weiter nichts.«

»Nein, es war mehr als das«, beharrte Edith. »Er ist in Gefahr, das spüre ich. Die Bilder verwirrten mich . . . David im Wasser – irgend etwas zog ihn nach unten. Er hatte Angst, schreckliche Angst . . .«

»Willst du ganz offiziell eine Präkognition melden?«

»Sei doch nicht so förmlich, Kate. Ich rufe als Freundin an. Mit dem Haus, in dem David derzeit ermittelt, ist etwas nicht in Ordnung. Ich fühle – Grauen.«

Kate spürte, wie ihre eigene Unruhe zunahm und den Ärger langsam aus ihr verdrängte. »Wenn du dir Sorgen machst, so habe ich allen Grund, deine Empfindungen zu teilen. Aber leider können wir um diese Zeit nichts unternehmen. Ich verspreche dir, daß ich mich gleich morgen früh mit den Mariells in Verbindung setze.« Aus den Augenwinkeln sah sie Harcourt, der am Türrahmen lehnte, das Glas in der einen Hand. Er beobachtete sie. »Eigentlich hätte er mich heute nachmittag anrufen sollen, aber vielleicht war er zu sehr damit beschäftigt, die Instrumente aufzustellen. Soweit ich weiß, ist Edbrook ein sehr großes Haus.«

»Kannst du nicht sofort mit ihm sprechen?«

Kate zwang sich dazu, dem Drängen des Mediums zu widerstehen. »Hältst du eine solche Reaktion nicht für übertrieben? Es ist viel zu spät, um die Mariells zu stören.«

»Kate . . .«

Sie ließ sich nicht erweichen, sprach aber ein wenig sanfter, als sie erwiderte: »Bitte beruhig dich, Edith. Vielleicht war es wirklich nur ein Traum ohne Bedeutung. Erinnerst du dich ans Mittagessen? Wir haben dabei über David gesprochen. Möglicherweise sind dadurch irgendwelche Assoziationen in dir geweckt worden.«

»Und wenn ich anrufe?«

»Himmel, du weißt doch, daß so etwas nicht in Frage kommt. Wir versprechen den Klienten unseres Instituts absolute Diskretion – ich darf den Fall nicht einmal mit dir diskutieren. Außerdem ist mir die Nummer unbekannt. Ich muß sie morgen heraussuchen.« Kate betrachtete den Brandy in Harcourts Glas. Sie hätte einen ordentlichen Schluck vertragen können. »Geh jetzt wieder ins Bett und denk an etwas anderes, Edith. Sorgenvolle Grübeleien schaden dir nur. Ich gebe dir Bescheid, sobald ich etwas erfahre.«

»Bitte, Kate . . .«

»*Gute Nacht,* Edith.«

Das Medium zwinkerte, als sie ein leises Klicken vernahm. Einige Sekunden lang sah sie auf den Hörer in ihrer Hand, legte ihn dann auf die Gabel zurück. Sie starrte an die Wand, und ihre Gedanken weilten bei David Ash.

Kate wandte sich nachdenklich vom Telefon ab. Die hochgewachsene Gestalt Harcourts versperrte ihr den Weg. »Das klang ziemlich unheilvoll«, sagte er.

»Eine der Spiritistinnen, die fürs Institut arbeiten«, erwiderte Kate geistesabwesend. »Sie war recht aufgeregt.«

»Offenbar ein neurotischer Typ.« Er schnitt eine abfällige Grimasse.

»Normalerweise steht sie mit beiden Beinen ebenso fest auf der Erde wie wir beide.«

»Mit beiden Beinen fest auf der Erde? Jemand, der sich mit Geistern unterhält? Willst du mich auf den Arm nehmen, Kate? ich weiß, daß du deine Forschungen in bezug auf solche Dinge sehr ernst nimmst, aber bestimmt fällt es auch dir manchmal schwer, an solchen Unfug zu glauben.«

»Nur sehr selten, um ganz ehrlich zu sein.« Kate schob sich an dem Mann vorbei, kehrte ins Wohnzimmer zurück und griff dort nach ihrem Glas. Sie drehte sich um, als Harcourt ihr folgte. »Ich glaube, du solltest jetzt gehen, Colin.«

Er blieb ruckartig stehen. »He, hab' ich irgendwas Falsches gesagt? Ich wollte dir nicht zu nahe treten, weder dir noch dem Institut. Ich weiß, wieviel dir deine Arbeit bedeutet. Es ist nur . . . Gewöhnlichen Leuten wie mir fällt es manchmal sehr schwer zu verstehen, worum es dabei geht.«

»Das ist mir klar.« Sie seufzte. »Ich bin müde, Colin.«

»Besorgt, meinst du«, erwiderte er.

»Ich möchte mich nicht mit dir streiten. Dazu war der Abend viel zu angenehm.«

»Warum ihn dann beenden? Hör mal, Kate: Meine Frau glaubt, ich nähme an einer wichtigen Konferenz teil.«

»Sag ihr, daß sie nicht so lange dauert, wie du zunächst angenommen hast. Ist bestimmt eine nette Überraschung für deine bessere Hälfte.«

Harcourt musterte sie verwirrt. »Meinst du das im Ernst?«

Kate nickte und ging zur Tür.

»Verdammt, was ist nur los mit dir?« Der Mann starrte ihr nach, und seine Verwunderung verwandelte sich langsam in Zorn. »Hat es etwas mit dem Typ zu tun, über den du am Telefon gesprochen hast? Wie hieß er doch noch? David . . .«

»Ich bin nur müde. Bitte geh jetzt, Colin.«

Harcourt stellte das Glas auf den Teetisch, marschierte zur Tür und griff unterwegs nach seinem Mantel. »Ich werde dich nie verstehen, Kate«, sagte er, eher resigniert als verbittert.

»Ich rufe dich morgen an«, entgegnete sie in einem entschuldigenden Tonfall.

Harcourt verharrte auf der Schwelle. »Vielleicht solltest du dir nicht die Mühe machen.«

»Vielleicht nicht.«

Der Mann zuckte wütend mit den Schultern und verschwand im Flur. Kate zuckte unwillkürlich zusammen, als er die Tür hinter sich zuwarf.

Sie nahm wieder auf dem Sofa Platz, hielt den Cognacschwenker über den Knien. Sorgenfalten bildeten sich in ihrem Gesicht, und sie dachte an David.

Vielleicht wäre es besser gewesen, ihn bei diesem Fall zu begleiten wie zuvor bei einigen anderen Gelegenheiten. Sie erinnerte sich an ihre letzte gemeinsame Untersuchung vor einem Jahr . . .

9

»Wann bist du zum letztenmal in die Kirche gegangen?« erkundigte sich Kate.

»Das ist vielleicht 'ne Frage«, erwiderte Ash.

»Nun, jetzt hast du die Chance, das Versäumte nachzuholen.«

Er nahm das Wodkaglas von ihr entgegen und verzog das Gesicht, als er das hinzugefügte Tonic schmeckte.

»Reiner Alkohol ist Gift.« Kate setzte sich neben ihn aufs Sofa, streifte die Schuhe ab und lehnte sich an die weichen Kissen. Sie nippte an ihrem Wein, während Ash auf eine Erklärung wartete.

»Heute wurde ein interessanter Fall an uns herangetragen«, sagte Kate schließlich. »Ich möchte, daß du dich darum kümmerst.«

»Muß ich dafür beichten?«

»Nein, nicht unbedingt. Obwohl du vermutlich allen Grund dazu hättest. Aber du wirst es nicht vermeiden können, eine Kirche zu betreten.«

»Spukt's dort?«

»Nach den bisherigen Informationen zu urteilen handelt es sich um eine Art Besessenheit.«

Ash stand auf, trat an den Barschrank heran und schenkte sich Wodka nach. Kate schüttelte mißbilligend den Kopf.

Er trank einen Schluck und drehte sich um. »Schon besser. Ich bin ganz Ohr.«

»Heute morgen kamen zwei Personen in mein Büro und erzählten mir eine sonderbare Geschichte. Klang ziemlich verrückt, wie ich zugeben muß. Doch die beiden Leute waren Geistliche, und das stimmte mich nachdenklich. Außerdem schienen sie sehr vernünftig zu sein.«

»Priester, die das Institut um Hilfe bitten?«

»Der eine stellte sich als Pfarrer Michael Clemens vor. Der

andere steht im klerikalen Rang eines Landdekans. Die Gemeinde des Pfarrers ist Wrexton.«

»Nie gehört.«

»Nicht weit von Winchester. Ein kleines Marktstädtchen.«

»Müßte eigentlich ein netter Ort sein.«

»Der Reverend vertritt eine andere Ansicht. Allem Anschein nach verliert er seine Schäflein. Die Gemeindemitglieder fürchten sich vor der Kirche, halten sich von ihr fern. Offenbar glauben sie, Dämonen trieben dort ihr Unwesen.«

Ash versuchte ernst zu bleiben, konnte das ironische Lächeln jedoch nicht von seinen Lippen verbannen.

»Komm schon, David. Der Mann meint es ernst. Er ist ganz außer sich vor Sorge, aber keineswegs übergeschnappt.«

»Warum wenden sich Reverend Clemens und der Landdekan nicht an ihre kirchlichen Vorgesetzten?«

»Oh, das haben sie. Clemens sprach zuerst mit dem Dekan, der anschließend den Bischof verständigte, als sich die Lage in Wrexton zuspitzte. Der Bischof wiederum gab ihm die Erlaubnis, das Institut einzuschalten. Wobei er ausdrücklich darauf hinwies, die Sache erfordere absolute Diskretion.«

»Natürlich.«

»Natürlich. Solche Vorkommnisse könnten ein ungünstiges Licht auf die Kirche werfen. Ich gewann den Eindruck, daß sich der Landdekan mit aller Vehemenz gegen unsere Intervention aussprach. Doch er bekam strikte Anweisungen, und deshalb blieb ihm gar keine andere Wahl, als ebenfalls einer rein wissenschaftlichen, gründlichen und unparteiischen Untersuchung zuzustimmen.«

»Der Pfarrer muß sehr überzeugend gewesen sein.«

»Wieso?«

»Normalerweise ist es der Kirche – ganz gleich, welcher Konfession – lieber, eigene Experten auf solche Dinge anzusetzen. Wenn es darum geht, irgendwelche Teufel auszutreiben, werden erfahrene Exorzisten benachrichtigt. Warum Außenstehende beauftragen und Gefahr laufen, sich der Lächerlichkeit preiszugeben?«

»Weil inzwischen der ganze Ort über die sogenannte ›Besessenheit‹ Bescheid weiß. Einige Bewohner Wrextons halten das alles für einen großen Spaß, während sich andere fürchten. Der Bischof möchte, daß die peinlichen Zwischenfälle aufhören, bevor zuviel Schaden angerichtet wird, und er glaubt, unsere Organisation, die in einschlägigen Kreisen einen guten Ruf genießt, sei dafür genau die richtige Adresse.«

»Nun, das ergibt einen gewissen Sinn. Wann fange ich an?«

»Wir. Ich begleite dich.«

Ash musterte Kate überrascht. »Hast du dafür irgendeinen besonderen Grund?«

Sie wandte den Blick von ihm ab. »Dadurch bekommen wir die Chance, mehr Zeit miteinander zu verbringen. Seit einigen Wochen sind wir beide viel zu beschäftigt . . . Außerdem liegt mein letzter Außeneinsatz schon eine Weile zurück. Ich möchte wieder unmittelbare Ermittlungserfahrungen sammeln.«

Ash fragte sich, ob Kate damit alle Motive genannt hatte. Wollte sie ihm vielleicht Gesellschaft leisten, um ihn im Auge zu behalten? Kam das Tonic im Wodka einem behutsamen Hinweis gleich? Versuchte sie, ihm auf diese Weise mitzuteilen: Ich beobachte dich, David. Ich habe die Gerüchte gehört, sogar die eine oder andere Beschwerde, und jetzt kontrolliere ich dich. Ash war sicher, daß es Kate nicht nur um die Reputation des Instituts ging: Sie machte sich Sorgen um ihn. Und das fand er nicht rührend, eher ärgerlich. Das Trinken stellte kein Problem dar; damit wurde er leicht fertig. Nein, es war in erster Linie um die Unruhe in ihm, sein ganz persönlicher Dämon, das Zittern und Beben tief in seinem Innern, das immerzu gestaltlos blieb, sich nicht greifen ließ. Und weil er die Ursache dieses Vibrierens nicht zu erfassen vermochte, konnte er sich ihm kaum widersetzen. Der Alkohol machte es wenigstens erträglich.

Kate griff nach seiner Hand, und Ash mußte sich beherrschen, um nicht zurückzuweichen. »Ich schlage vor, wir fahren morgen nach Wrexton«, sagte sie. »Du kannst hier übernachten, wenn du möchtest.« Ihre Stimme klang beiläufig, aber der Daumen verharrte einige Sekunden lang an seinen Fingern, während sie auf eine Antwort wartete.

»Ich brauche einige Sachen.«

»Wir holen sie unterwegs.«

Ash fragte sich, warum er nach einem Grund suchte, um ihr Angebot abzulehnen. Zum Teufel auch, was war nur mit ihm los?

»Deine Begeisterung ist überwältigend«, sagte Kate.

»Oh, ich würde gern bei dir bleiben. Hörst du mein Flehen?«

Seine Antwort kam viel zu spät, aber Kate zog die Hand nicht fort.

»Vielleicht können wir uns später unterhalten«, sagte sie.

Später. Ash wußte, was sie damit meinte: wenn sie nackt im Bett lagen, aneinandergeschmiegt, wenn die Dunkelheit sie vom Rest der Welt trennte. Eine Zeit der Verwundbarkeit und gefährlicher Sensibilität.

»Ist das nötig?« Die Bedeutung seiner Frage belastete sie beide mit einer schweren Bürde.

Kate schloß kurz die Augen. »Ja, ich glaube schon.«

Es *war* nötig, daß sie gewisse Dinge erörterten, aber ihre Gespräche dauerten nicht lange. Später in der Nacht schwiegen sie. Kate versuchte, einige Fragen an Ash zu richten, aber die Erschöpfung hinderte sie daran. David mochte launisch und manchmal geradezu aufreizend verschlossen sein, überlegte sie, aber es mangelte ihm nie an Leidenschaft. *Dem Himmel sei es gedankt.*

Kate steuerte den Saab durch einen Kreisverkehr, bog auf die Straße nach Winchester und rechnete bald mit einem Wegweiser nach Wrexton. Sie warf Ash einen kurzen Blick zu und sah, daß er eingeschlafen war. Sein Kopf baumelte hin und her, das Kinn dicht über der Brust. Herzlichen Dank, dachte sie. Es ist wirklich angenehm, bei einer langen Fahrt muntere Gesellschaft zu haben. Wenigstens hatte er ihr seinen Wagen angeboten – obgleich sie Zweifel an der Zuverlässigkeit des Fahrzeugs hegte. Sie erinnerte sich daran, in welchem Zustand David manchmal fuhr, und diese Überlegungen erfüllten sie mit Unbehagen. Man konnte ihn nicht als völlig verantwortungslos bezeichnen, aber eines Tages würde man ihn mit zu wenig Blut im Alkohol erwischen. Vielleicht verdiente er eine solche Lektion.

Wach auf, David, sagte sie lautlos. *Verlaß endlich deinen inneren Kerker. Bevor es für uns beide zu spät ist.*

»Wach auf, David«, sagte sie. »Wir sind bald da.«
Ash hob den Kopf.
Aber er blieb in seinem Innern gefangen.

Die Kirchentür stand halb offen. Ash trat ein und fühlte sich nicht wohler: In dem Gebäude schien es kühler zu sein als draußen. Traf das auf alle Kirchen zu? Religiöse Wärme war eine Sache, aber warum sorgten die Priester und Pfarrer nicht auch dafür, daß solche Orte anständig geheizt wurden? Er wanderte durch den Mittelgang, und seine Schritte hallten dumpf von den hohen Wänden wider. Einige Sekunden lang stellte er sich vor, jene Geräusche stammten von einem unsichtbaren Phantom.

Nach einer Weile blieb Ash stehen, sah in Richtung Hauptschiff und Altar. Alles ganz normal, dachte er. Nur gewöhnliche Düsternis. Ash verband den hohen Altar, die Kerzen darauf und das Kreuz dahinter keineswegs mit Trost und Erbauung. Er beobachtete das triste, grauweiße Leinentuch auf dem steinernen Block, die trüben Bildnisse der bunten Fenster. Als er sich umdrehen wollte, sah er jemanden, der an der Kommunionbank kniete.

Er hörte Geräusche hinter sich, erkannte eine der Stimmen, blickte über die Schulter und erkannte Kate. Sie begleitete einen Geistlichen, vermutlich Reverend Michael Clemens. Der Pfarrer mochte Anfang oder Mitte Vierzig sein, hager, fast dürr, das Auffälligste an ihm war die Hornbrille mit dicken Gläsern. Kate stellte die beiden Männer vor, und Clemens drückte Ash kurz und knapp die Hand. Er lächelte nicht, wirkte in höchstem Maße besorgt.

»Danke, daß Sie gekommen sind«, sagte er. »Vielleicht gelingt es Ihnen, den Bischof davon zu überzeugen, daß St. Marks kein Gotteshaus mehr ist.«

»Ich glaube, da irren Sie sich«, erwiderte Ash. »Ich will beweisen, daß hier *nichts* Unheiliges geschieht. Zumindest nicht im Sinne eines echten Spuks.«

Der Geistliche sah Kate an. »Aber ich dachte . . .«

»Für die meisten Fälle sogenannter paranormaler oder übernatürlicher Erscheinungen hat das Institut für Psychische Forschungen ganz gewöhnliche Erklärungen gefunden – selbst dann, wenn die Umstände mysteriös waren«, entgegnete sie. »In diesem Zusammenhang hat David nicht unbeträchtliche Erfahrungen gesammelt.«

»Ich verstehe.« Reverend Clemens schien enttäuscht zu sein. »Aber vielleicht sind Sie hier nicht ganz so erfolgreich.«

Ash antwortete mit behutsam gewählten Worten. »Ich sollte Sie auf eins hinweisen: Hinter solchen Dingen steckt oft Bosheit. Auch reine Zerstörungswut. Und wenn nicht: Möglicherweise ist jemand aus irgendeinem Grund sauer auf die Kirche oder auf Sie persönlich.«

»Ich nehme an, Sie wissen bereits, was hier passiert ist.«

»Nein«, erwiderte Kate. »David zieht es vor, seine Ermittlungen mit möglichst wenigen Informationen über die jeweiligen Vorfälle zu beginnen.«

»Um meine Objektivität zu wahren«, erläuterte Ash. »Aber vielleicht sollten wir diesmal eine Ausnahme machen.«

Kate musterte ihn überrascht.

»Dadurch sparen wir eine Menge Zeit«, sagte er ihr.

»Blut, Mr. Ash.«

Sie richteten ihre Aufmerksamkeit wieder auf den Pfarrer.

»Auf die Wände und Statuen geschmiertes Blut. Tropfnasse Ornatgewänder. Eines Morgens war sogar das Taufbecken mit Blut gefüllt.«

»Exkremente?«

»Bitte?«

»Wer sich mit boshaften Absichten in eine Kirche schleicht, um heilige Dinge zu entweihen, schreckt vor nichts zurück. Kot und Urin stellen für solche Leute die einfachsten Mittel dar, um ihr Ziel zu erreichen.«

»Nein, nichts in der Art. Hätte mir gerade noch gefehlt.«

»Nun, Blut genügt völlig. Wo sind die Gewänder? Wir könnten eine Analyse vornehmen, die Blutgruppe feststellen.«

»Oh, ich habe sie weggeworfen. Weil ich nicht ständig an das Sakrileg erinnert werden wollte.«

»Schade. Sonst noch etwas?«

»Vor zwei Nächten brannte das Dorsale. Damit meine ich das

Tuch hinter dem Altar. Fast wäre die ganze Kirche in Flammen aufgegangen.«

Der Pfarrer führte sie durch den Mittelgang zum Hauptschiff, deutete auf einige Statuen rechts und links. »Sehen Sie nur. Einige sind geborsten, andere noch immer beschmiert. Die meisten davon habe ich zu reinigen versucht, um die schändlichsten Flekken zu entfernen . . .«

Ash sah sich neugierig um, als er feststellte, daß die an der Kommunionbank kniende Gestalt verschwunden war. Eine dicke Säule verwehrte ihm den Blick, aber er vermutete, daß sich dahinter eine zweite Tür verbarg. Sie näherten sich dem Altar, und kurz darauf bestätigte sich seine Vermutung. Die Wand wies eine tiefe Nische auf, und darin erkannte er eine kleine Seitentür.

»Die Kirchenorgel ist so sehr beschädigt worden, daß sie nicht mehr repariert werden kann«, sagte Reverend Clemens. »In den hölzernen Skulpturen zeigten sich tiefe Risse, wie von Klauen. Sehen Sie sich nur diese Tür hier an.« Er zeigte auf die Nische hinter dem Altar. »Offenbar hat jemand mit einer Axt darauf eingeschlagen. Die beiden Eingangsflügel sind in einem ähnlichen Zustand.«

»Ist mir gar nicht aufgefallen«, sagte Ash.

»Kein Wunder. Die gesplitterten Stellen befinden sich auf den *Innen*seiten. Sie stammen nicht von jemandem, der gewaltsam versuchte, in die Kirche einzudringen.«

Ash runzelte die Stirn und betrachtete die kleinere Tür.

»Und dann die Kerzen. Häufig brannten sie, wenn ich morgens hierherkam, um eine Andacht vorzubereiten.«

»Das Pfarrhaus ist ganz in der Nähe«, sagte Kate. »Haben Sie keine verdächtigen Geräusche gehört?«

»Miß McCarrick, mehrmals blieb ich die ganze Nacht über auf, hielt Wache und sah aus dem Fenster. Nichts bewegte sich in der Dunkelheit. Das einzige Geräusch, das ich mitten in der Nacht gehört habe, war das Läuten einer Glocke. Und wenn ich Ihnen den Glockenturm zeige, werden Sie mir zustimmen müssen, daß es dabei nicht mit rechten Dingen zugeht.«

Ash geriet rasch außer Atem, während sie zum Glockenstuhl emporstiegen. Er zitterte auch ein wenig, denn die letzten Stufen der langen Treppe bestanden aus altem, verwittertem Holz, das bedrohlich unter ihm knarrte.

»Bitte warten Sie hier, ich schalte das Licht ein«, sagte der Geistliche und kletterte durch eine Luke. »Hier oben ist es immer dunkel.«

Ash und Kate folgten ihm, sahen kurz darauf den Grund für die dämmrige Finsternis: Die Fenster waren mit Holzlatten vernagelt, und durch die schmalen Lücken drang nur wenig Tageslicht. An dem Querbalken über ihnen hing eine nackte Glühbirne.

Ash deutete auf die großen Glocken über den Löchern im Boden. »Ich verstehe, was Sie meinen. Keine Zugseile.«

»Und auch keine Schlegel, Mr. Ash. Sie verschwanden vor meiner Zeit, und heute weiß niemand mehr, wie und warum. Die Zahnräder sind schon seit Jahren festgerostet. Leider verfügt unsere Kirche nicht über die notwendigen finanziellen Mittel für eine teure Reparatur. Und die Spendenfreudigkeit meiner Gemeinde läßt sehr zu wünschen übrig.«

Der Pfarrer beugte sich vor, wischte Staub von gewölbtem Metall.

»Sie sehen selbst, daß diese Glocken unmöglich geläutet haben können. Doch eine von ihnen hat in den vergangenen Nächten mehrmals geschlagen, laut und deutlich. Es klang unheimlich.«

Am frühen Abend fragte Kate: »Warum die Ausnahme?«

»Was?«

Sie entriegelte die Fahrertür des Saabs. »Du wolltest sofort wissen, was hier los ist – ohne dir einen eigenen Eindruck zu verschaffen. Warum?«

»Intuition«, erwiderte Ash schlicht.

»Glaubst du, dieses Phänomen kann mit rationalen Begriffen erklärt werden?«

»Komm schon, Kate. Du weißt, daß nichts Übernatürliches dahintersteckt.«

Sie lächelte. »Das muß erst noch bewiesen werden.« Sie wurde wieder ernst. »David, wir sollten unser gestriges Gespräch fortsetzen . . .«

»Der Pfarrer und seine Frau haben mich zu ihrem häuslichen Abendmahl eingeladen.«

»Das Essen kann warten.«

»Nein. Jetzt ist nicht der geeignete Zeitpunkt, Kate. Fahr nach London zurück. Wir reden miteinander, wenn ich hier fertig bin.«

»Du weichst mir aus. Wie üblich.«

»Wir waren uns ganz zu Anfang einig, keine Verpflichtungen einzugehen, erinnerst du dich? Das entsprach nicht nur meinem Wunsch, sondern auch deinem. Lieber Himmel, nach deiner gescheiterten Ehe solltest du solche Prinzipien zu schätzen wissen.«

»Das vergesse ich manchmal.« Kate stieg ein und ließ den Motor an. Bevor sie die Tür schloß, sah sie noch einmal zu Ash auf. »Ruf mich später an, in Ordnung?«

»Kate . . .«

Sie zog die Tür zu, begegnete kurz seinem Blick und fuhr los.

Ash sah dem Wagen nach, ärgerlich auf sich selbst, gleichzeitig enttäuscht. Nicht zum erstenmal fragte er sich, was er eigentlich wollte. Warum unternahm er nichts, um eine begonnene Beziehung zu pflegen, sie zu bewahren? Nein, sein Verhalten ließ sich nicht so klar bestimmen. Er sah einfach nur tatenlos zu, während Gefühle wie Liebe und Zuneigung langsam abkühlten; er wollte nicht verletzen, hütete sich aber auch davor, zuviel zu geben.

Er schritt über den Pfad zum Pfarrhaus zurück. Reverend Clemens kam ihm entgegen.

»Das Essen ist fertig, Mr. Ash. Rosemary schickt mich, um Sie zu holen.«

Gemeinsam mit dem Geistlichen trat er ein. Inzwischen bedauerte er es fast, sich bereit erklärt zu haben, bis zum Abschluß der Untersuchungen im Haus des Pfarrers zu wohnen. Ein Zimmer im nächsten Inn wäre ihm lieber gewesen – obgleich es Vorteile hatte, in unmittelbarer Nähe der Kirche zu bleiben.

Während der Mahlzeit erzählte ihm Reverend Clemens Geschichten über Wrexton, die Bewohner des Ortes und insbesondere die Mitglieder seiner Gemeinde. Mit großem Bedauern erklärte er, St. Marks müsse wahrscheinlich aufgrund der vielen

Zwischenfälle geschlossen werden, was für ihn und seine Frau den Umzug in eine andere Gemeinde bedeutete. Mehrmals spürte Ash die Aufmerksamkeit Rosemarys auf sich ruhen. Ihr Weinkonsum war noch größer als seiner, und häufig beobachtete sie ihn, wandte den Blick nicht sofort von ihm ab, wenn er sie ansah. Sie wirkte jünger als ihr Mann, obgleich der Altersunterschied sicher nur einige Jahre betrug – eine rundliche, mollige Frau, doch alles andere als unattraktiv.

Ash seufzte leise und erleichtert, als sie das Essen beendeten und er das Haus verlassen konnte, um die in der Kirche aufgestellten Instrumente zu überprüfen. Clemens' Ausführungen klangen betrübt und kummervoll, und Rosemary zeigte zu großes Interesse an ihrem männlichen Gast.

Nach dem Kontrollgang durch St. Marks betrat Ash eine öffentliche Telefonzelle an der Hauptstraße und rief Kate an. Nicht viel zu berichten, meinte er. Und nicht viel zu sagen. Er konnte fast ihre Gedanken hören: Melde dich morgen wieder, wenn du möchtest. Hör mal, Kate, laß mich zuerst mit dieser Untersuchung fertig werden. Natürlich, David, sie hat Vorrang. Du verstehst mich falsch, ich . . . Ich weiß, David. Halt mich nur auf dem laufenden. Über alles.

Ash murmelte einen kühlen Gruß, legte auf und ging in die nächste Kneipe. Eine Weile später kehrte er zum Pfarrhaus zurück.

Er hatte einen eigenen Schlüssel bekommen und stieg auf leisen Sohlen die Treppe hoch, darauf bedacht, Mr. und Mrs. Clemens nicht zu stören. Als er die Tür seines Zimmers öffnete, spürte er eine Bewegung im Flur und sah sich um.

Rosemary stand auf der anderen Seite, hielt sich mit der einen Hand das aufgeknöpfte Nachthemd zu.

»Sie haben mich erschreckt«, sagte Ash.

»Ich möchte mich für das langweilige Gerede beim Abendessen entschuldigen«, erwiderte sie mit gedämpfter Stimme.

Er musterte sie überrascht.

»Mein Mann neigt dazu, sich endlos über die Arbeit und seine angeblichen Schäflein auszulassen. Kann einem ziemlich auf die Nerven gehen, nicht wahr?«

Ash kam sich unbeholfen vor, fand die Situation irgendwie peinlich. Die Frau stand nur gut einen Meter entfernt, ließ die Hand nun sinken. Er versuchte, den nackten Körper unter dem Nachthemd zu ignorieren. »Sie brauchen sich für nichts zu entschuldigen.«

Rosemary trat einen Schritt näher. »Möchten Sie einen Nachttrunk? Nur ein Gläschen. So früh kann ich noch nicht schlafen. Ganz im Gegensatz zu Michael.« Sie deutete auf eine geschlossene Tür etwas weiter entfernt. »Wir haben getrennte Zimmer, David. Schon seit Jahren.«

»Es ist ziemlich spät«, erwiderte Ash. »Fast Mitternacht. Und ich muß morgen früh raus.«

»Aber ein Drink könnte gewiß nicht schaden, oder?« Sie schob sich noch näher heran. »Ich möchte nur mit Ihnen reden, das ist alles. Sie ahnen ja nicht . . .«

Sie brach ab und lauschte. Ash hob den Kopf. Ein Glockenschlag hallte laut durch die Nacht.

Kate hockte im Wagen, fröstelte und langweilte sich. Vor zwei Tagen, bei ihrem Hinweis an David, sie wünsche sich wieder einen Außeneinsatz, hatte sie sich nicht vorgestellt, Wache zu schieben. Kate hauchte in die Hände, um sie zu wärmen.

Als sie St. Marks um diese Zeit beobachtete, in Finsternis gehüllt, die Grabsteine des Friedhofs auf der einen Seite bleiche Schemen, hielt sie einen Spuk in der Kirche durchaus für möglich. Allein der Glockenturm, der dunkel in die Höhe ragte und an träge dahinziehenden Wolken zu kratzen schien, wirkte unheimlich genug. Eine Zeitlang beobachtete sie die konturlosen Einschnitte und Öffnungen im alten Mauerwerk, dachte an die lichtlose Schwärze dahinter und schauderte. Sie hatte David in der vergangenen Nacht nicht beneidet, als er die lange und schmale Treppe erklomm, um festzustellen, warum die Glocke läutete. Seine Instrumente in der Kirche – umgestürzt oder zerschmettert. Blut an den Wänden und auf Heiligenbildern. Umgestürzte Bänke. Und alle Kerzen brannten.

Aber nirgends die Spur von einem Eindringling.

Nicht einmal oben im Turm.

Der einzelne, *dröhnende* Glockenschlag verklang, noch bevor Ash durch die Kirche eilte. Und als er schließlich den Glockenstuhl erreichte, fand er dort nur zerstörte Meßinstrumente.

Kate widerstand der Versuchung, den Motor des Saabs zu starten und die Heizung aufzudrehen. Sie hoffte, daß Ash, der den Schlüssel des Pfarrers behalten hatte und sich nun erneut in St. Marks umsah, ebenso fror wie sie. Reverend Clemens und seine Frau glaubten, sie seien nach London zurückgekehrt, um ihre defekten Geräte zu reparieren und die Ermittlungen einige Tage später fortzusetzen. Statt dessen war Kate noch am gleichen Abend zurückgekehrt, nachdem David ihr von einigen interessanten Gesprächen in der Dorfkneipe erzählt hatte – dem wichtigsten Informationszentrum eines jeden Ortes. Erneut fragte sie sich, ob sie nicht besser die lokale Polizei verständigen sollten. Schließlich handelte es sich nicht um etwas Übernatürliches, sondern ein *Verbrechen.* Andererseits: Diese Entscheidung fiel wohl kaum in den Zuständigkeitsbereich des Instituts. Sie mußte vom Pfarrer und seinen Vorgesetzten getroffen werden. Wenn Reverend Clemens nicht so sehr von einer ›dämonischen Besessenheit‹ überzeugt gewesen wäre, hätten sicher längst Wrextons Polizeibeamte eingegriffen.

Kate wischte über die beschlagene Windschutzscheibe und hielt dabei die Luft an, so daß ihr Atem nicht am Glas kondensierte. Erneut sah sie eine Bewegung. Jemand schlich durch die Nacht, eilte wie ein Schatten über den Friedhof. Der Unbekannte duckte sich hinter die Gedenktafeln, zögerte, näherte sich der Kirche.

Hoffentlich bist du nicht eingeschlafen, David, dachte Kate. So leise wie möglich öffnete sie die Wagentür.

Ash saß in einer der hinteren Reihen, in Dunkelheit gehüllt und zum Teil von einer steinernen Säule abgeschirmt. Das einzige Licht stammte von den bunten Kirchenfenstern, glühte jedesmal dann, wenn eine vorbeiziehende Wolke das narbige Gesicht des Mondes freigab. Er hatte die Hände tief in die Taschen des Mantels geschoben und den Kragen hochgeschlagen. Trotzdem zitterte er in der Kälte.

Plötzlich hörte er ein Geräusch in der Finsternis.

Ein Luftzug strich über seine Wangen. Irgendwo hatte sich eine Tür geöffnet.

Dann sah er sie: eine schwarze, gekrümmte Gestalt inmitten der Schemen.

Ash rührte sich nicht von der Stelle, beobachtete den Fremden mit neugieriger Aufmerksamkeit.

Ein Streichholz wurde entzündet, und in der Stille klang das Kratzen seltsam laut. Eine Kerze flackerte, kurz darauf eine zweite. Die Gestalt ging, *glitt* fast am Hauptschiff vorbei, und weitere Kerzen brannten. Die Schatten wichen aus jenem Teil der Kirche zurück, und Ash sank tiefer hinter die Bank, obwohl es in seinem Bereich noch immer dunkel war. Die Silhouette des Unbekannten zeichnete sich deutlicher ab.

Er hielt sich vornübergeneigt, wirkte fast bucklig, trug eine Art Mönchskutte. Eine lange Kapuze verbarg das Gesicht.

Einige Sekunden später begriff Ash, warum die Gestalt einen zusammengekauerten Eindruck erweckte. Sie hob etwas. Etwas Schweres.

Er gab keinen Laut von sich, als er sah, wie der Fremde einen Behälter kippte und Flüssigkeit über den Altar goß.

Kate nahm die Taschenlampe, schaltete sie aber nicht ein.

Sie wartete draußen vor dem Kirchentor, trat erst hindurch, als der Unbekannte außer Sicht geraten war. Die Angeln quietschten leise, und erschrocken preßte sie die Lippen zusammen.

Rasch eilte sie weiter, um den Fremden nicht zu lange aus den Augen zu verlieren. Wer es auch sein mochte: Kate vermutete, daß er auf die kleine Seitentür zuhielt. Kies knirschte unter ihren Sohlen; vorsichtshalber setzte sie den Weg übers Gras fort, achtete darauf, nicht an Grabplatten zu stoßen. Mehr als einmal dachte sie daran, die Taschenlampe zu benutzen.

An der Mauerkante St. Marks blieb sie stehen und spähte um

die Ecke. Nirgends regte sich etwas. Die Person, der sie gefolgt war, schien sich in Luft aufgelöst zu haben.

Kate hörte ein dumpfes Knistern und sah nach rechts – ein Schatten, der an grauweißen Namenstafeln vorbeihuschte, sich von der Kirche entfernte.

Kate kniff die Augen zusammen und konnte es kaum fassen. Die über den Friedhof schleichende Person näherte sich dem Pfarrhaus ...

Ash sank auf die Kniebank und duckte sich, als die Gestalt nach einer Kerze griff und durch den Mittelgang wanderte.

Sie blieb kurz stehen, als spüre sie eine andere Präsenz, und der Ermittler zog den Kopf ein, wartete mit angehaltenem Atem, bis er wieder Schritte hörte.

Als der Unbekannte die Kirchenbank passiert hatte, hinter der sich Ash versteckte, sah er vorsichtig auf. Von hinten betrachtet erweckte der in einen Kapuzenmantel gehüllte Fremde den Eindruck, als umgebe ihn ein matter Heiligenschein. Diesen Effekt rief das flackernde Licht der Kerze hervor, die er dicht vor der Brust hielt. Er näherte sich der schmalen Tür des Glockenturms.

Unstetes Glühen tanzte durchs Treppenhaus, während die dunkle Gestalt steinerne Stufen erklomm, und das trübe Schimmern verblaßte rasch. Die Schatten kehrten zurück. Ash schob sich leise an der Sitzbank entlang, hastete dann zum Altar, trat ins helle Licht der anderen Kerzen, die neben den großen Haltern brannten. Ihr Glanz spiegelte sich auf der vergossenen Flüssigkeit wider.

Der Ermittler nahm jeweils zwei Stufen auf einmal und fürchtete, daß der Unbekannte Petroleum ausgeschüttet hatte.

Doch kurz darauf nahm er einen anderen Geruch wahr, einen süßlichen, penetranten Gestank. Ash verharrte vor dem Altar, und seine Fingerkuppen berührten Blut.

»Bleiben Sie stehen.«

Kate schaltete die Taschenlampe ein und richtete den Lichtkegel direkt aufs Gesicht des Fremden. Sie hatte beobachtet, wie er sich verstohlen dem Haus näherte, durch helle Fenster blickte und sich dann der Hintertür zuwandte. Sie stieß gegen ein Hindernis, und das laute Knacken verriet sie. Der Mann wirbelte um die eigene Achse und duckte sich wie zum Sprung, als rechnete er damit, angegriffen zu werden. Daraufhin blieb Kate nichts anderes übrig, als die Flucht nach vorn anzutreten. Sie blendete ihn.

»Was machen Sie hier?« stieß sie hervor und hoffte, daß er die Besorgnis in ihrer Stimme überhörte.

»Schalten Sie die verdammte Lampe aus!« erwiderte er scharf.

Von wegen, dachte Kate. »Ich habe Sie etwas gefragt. Zum Teufel auch, was treiben Sie hier?«

»Kümmern Sie sich um Ihre eigenen Angelegenheiten. Himmel, ich kann überhaupt nichts sehen!«

Der Mann trat einen Schritt auf sie zu, und Kate wäre fast davongerannt. *Wir sind laut genug, um David zu alarmieren, ganz zu schweigen von den Leuten im Haus,* beruhigte sie sich. *Halt aus. Laß dich nicht einschüchtern.*

Die Hintertür des Pfarrhauses öffnete sich, und das herausströmende Licht vereinte sich mit dem Gleißen der Taschenlampe.

»Was ist denn los?«

Kate erkannte Rosemarys Stimme.

»Eric? Bist du das?«

Der Mann drehte sich nicht einmal zu ihr um. »Sei still, Rosemary. Sag kein Wort.«

Die Frau auf der Schwelle starrte an Eric vorbei und zwinkerte im hellen Schein der Lampe. »Michael, wolltest du dich heute abend nicht mit dem Dekan treffen? Ich habe dich erst viel später zurückerwartet.«

Kate begann zu verstehen. »Sie beide stecken dahinter, nicht wahr? *Sie* verwüsten die Kirche. Mein Gott, was für eine Gemeinheit gegenüber Ihrem Mann, Mrs. Clemens.«

»Wer sind Sie? Zeigen Sie sich.«

Kate kam näher, hielt den Lichtkegel wie eine Waffe auf den Mann gerichtet. »Ich bin's, Kate McCarrick vom Institut für Psychische Forschungen. Gestern habe ich David Ash begleitet.«

»Aber – aber was machen Sie hier?« Eine blasse Hand schloß sich zitternd um den Türrahmen. Die Frau schwankte.

»Was Sie außerhalb Ihrer Ehe treiben, geht mich nichts an«, fuhr Kate fort, und ihre Gestalt zeichnete sich deutlicher ab, als sie vor der Tür stehenblieb. »Meine Güte, inzwischen scheint der ganze Ort über Ihre Seitensprünge und kleinen Abenteuer Bescheid zu wissen. Doch ganz abgesehen davon: Wenn Sie Ihren Mann in ein nervliches Wrack verwandeln, indem Sie seine Kirche schänden, tragen Sie reichlich dick auf.« Sie schaltete die Taschenlampe aus, und der Mann rieb sich erleichtert die Augen. »Warum quälen Sie ihn auf diese Weise, Mrs. Clemens? Was wollen Sie damit erreichen?«

»Sie ist verrückt«, knurrte Eric, beobachtete Kate und schnitt eine finstere Miene. »Sie sind total irre«, fügte er hinzu.

»Ich schätze, Sie werden einige Dinge erklären müssen«, sagte Kate ruhig. »Der Polizei dürfte es wohl kaum gefallen . . .«

Sie unterbrach sich. Alle drei drehten sich zur dunkel aufragenden Kirche um, als der Klang einer Glocke durch die Finsternis dröhnte.

Ash ging die steinernen Stufen im Innern des Turms hoch, wie angelockt von dem Läuten, das im engen Treppenhaus fast ohrenbetäubend laut widerhallte. Er leuchtete mit der Taschenlampe, stieg höher, atmete schwer und schnaufend, in den Beinen ein bleiernes Gewicht.

Er stolperte, stieß mit dem Schienbein an eine harte Kante, zögerte kurz und preßte die Lippen zusammen, um keinen Laut von sich zu geben. Dann setzte er sich wieder in Bewegung, um herauszufinden, wer für den ›Spuk‹ in St. Marks verantwortlich war (obgleich er bereits einen ganz bestimmten Verdacht hegte). In dieser Kirche herrschte eine unheilvolle Aura: Ash spürte etwas Düsteres und Verdorbenes, das jedoch nichts mit Dämonen zu tun hatte. Die Fäule – ihm fiel kein besserer Begriff ein – stand nicht etwa im Zusammenhang mit einem geisterhaften Sakrileg, sondern betraf die Schwächen der menschlichen Natur. Für den Umstand, daß die Mitglieder von Reverend Clemens' Gemeinde das Gotteshaus mieden, gab es andere Gründe als mangelnde Religiosität oder Furcht vor Gespenstern und Phantomen.

Als Ash den zweiten Treppenabsatz erreichte, lehnte er sich an die Wand, rang nach Atem und schaltete die Taschenlampe aus. Von hier an bestand die Treppe aus altem, ausgetretenem Holz: Um nicht mit einem Knarren die Aufmerksamkeit des Unbekannten zu erwecken, durfte er sich nur dann bewegen, wenn die Glocke läutete. Der Ermittler starrte nach oben, sah trüben Kerzenschein durch die Luke, die Seillöcher im Boden. Nach einigen Sekunden setzte Ash den Weg fort. Das Dröhnen über ihm wurde immer lauter, und die Vibrationen erfaßten auch seinen Körper.

Das flackernde Licht weiter oben wich jäher Dunkelheit, als schirme jemand die Kerze ab. Ash kletterte langsam weiter, hielt sich mit der einen Hand an den Stufen über ihm fest. Vor der Luke wartete er erneut, schob sich langsam in die Höhe und spähte in den Glockenturm. Vor der gegenüberliegenden Wand zeichnete sich schattenhaft die in eine Kutte gehüllte Gestalt ab.

Ash kroch durch die Luke und näherte sich der Gestalt, die ihm den Rücken zukehrte. Sie hantierte an irgendeiner Vorrichtung in der Wand.

Erneut das donnernde Hallen, jetzt fast unerträglich – doch keine der Glocken neigte sich von einer Seite zur anderen. Und der Fremde kauerte zu weit entfernt, um an das gewölbte Metall zu pochen.

»Hören Sie auf!« rief Ash und preßte die Hände auf die Ohren. Die Gestalt schien ihn nicht zu hören.

Ash kletterte ganz durch die Luke und spürte, wie eher Zorn als neugierige Erwartung in ihm aufstieg.

»Aufhören!« schrie er, betätigte den Schieberegler der Taschenlampe und richtete ihren Lichtkegel auf den Unbekannten.

Wer es auch sein mochte: Er versteifte sich, blieb für kurze Zeit wie erstarrt. Dann drehte er sich langsam um.

Die Schwärze unter der langen Kapuze schien auf völlige Leere hinzudeuten, und sie füllte sich erst, als weißer Lampenschein die Finsternis verdrängte. Die Konturen eines Gesichts formten sich.

»Ausschalten.« Ash sprach das Wort und wußte, daß ihn der Mann im Getöse überhaupt nicht verstehen konnte. Das Dröhnen im kleinen Glockenturm war so ungeheuer laut, daß der Ermittler mit dem Gedanken spielte, den Mann einfach zur Seite zu stoßen und den Apparat zu zertrampeln. Aber der Pfarrer ahnte offenbar, was er meinte. Er streckte die Hand aus und drückte eine Taste.

Von einem Augenblick zum anderen herrschte Stille, doch es dauerte noch eine Weile, bis die letzten Vibrationen verebbten und endgültig Ruhe einkehrte.

»Sollen sie selbst damit fertig werden«, sagte Ash, als er zusammen mit Kate McCarrick über den Friedhof zum Wagen schritt. »Wir haben unsere Arbeit erledigt, und die Konsequenzen betreffen uns nicht.« Hinter ihnen schloß sich leise die Tür des Pfarrhauses, in dem der Landdekan noch immer mit Reverend Clemens sprach.

»Der Bericht des Instituts wird ihm nicht sehr helfen«, erwiderte Kate und seufzte. Ihre Niedergeschlagenheit gründete sich nicht etwa auf die Tatsache, daß es bei diesem Fall nur um banale menschliche Schwäche ging: Sie hatte Mitleid mit dem Pfarrer.

»Sein Problem«, sagte Ash schlicht. »Er hätte sich an seine Vorgesetzten wenden und sie um Hilfe bitten können.«

»Einem Geistlichen dürfte es sicher nicht leichtfallen, darüber zu sprechen, daß sich seine Frau durch die ganze Stadt bumst.«

Ash zuckte mit den Schultern. »Die ›ganze Stadt‹ ist übertrieben. Aber sie ließ sich mit genug Männern ein, um ins Gerede zu kommen. Ich vermute, der Reverend haßte nicht so sehr seine Angetraute, sondern in erster Linie das Geschwätz der Gemeindemitglieder.«

»Aber eine dämonische Besessenheit vorzutäuschen . . .«

»Er wollte, daß St. Marks geschlossen wird. Das hätte ihm die Möglichkeit gegeben, in irgendeinem anderen Ort ganz neu anzufangen. Ich glaube, deshalb kann man ihm keinen Vorwurf machen.«

Kate öffnete die Fahrertür, und Ash ging um den Saab herum,

nahm auf dem Beifahrersitz Platz und rieb sich die Augen. »Ich bin völlig erledigt«, brummte er.

»Bitte bleib wach, bis wir wieder zu Hause sind. So spät in der Nacht brauche ich Gesellschaft.« Sie blickte auf die Uhr im Armaturenbrett. »So früh am Morgen, meine ich.« Sie schloß die Tür. »Wußtest du sofort Bescheid?«

Ash schüttelte den Kopf. »Nein. Ich ahnte etwas. Zunächst einmal: Clemens kam mir viel zu neurotisch vor. Übrigens: Ich schätze, wir können darauf verzichten, das Blut auf dem Altartuch analysieren zu lassen. Ich wette, es stammt von einem Tier. Wahrscheinlich sind irgendwo außerhalb von Wrexton die Kadaver einiger streunender Hunde oder Katzen versteckt. Oder sie treiben im Fluß.«

»Schrecklich. Himmel, Clemens ist doch ein Mann Gottes.«

»Ein Priester, der nicht mehr ein noch aus wußte. Vielleicht auch ein wenig verrückt. Möglicherweise ist es *nicht nur* Rosemarys Schuld, wer weiß? Nun, ich wollte nur herausfinden, wie er es anstellt.« Ash zog ein Päckchen aus der Tasche, zog eine Zigarette daraus hervor und entzündete sie. »Das Blut, die Kerzen, das Feuer und die Verwüstungen – alles ganz leicht für jemanden, der Zugang zur Kirche hatte. Die Verheerungen sollten dämonisch wirken, ohne daß zu großer Schaden angerichtet wurde. Wenn Clemens völlig den Verstand verloren oder seinen heiligen Eid vergessen hätte, wäre er imstande gewesen, St. Marks einfach niederzubrennen. Nein, ich wollte feststellen, wie er das mit der läutenden Glocke bewerkstelligte.«

»Ein Timer, verbunden mit einem Recorder.«

»Genau. Heute ergab sich keine Gelegenheit für ihn, den Zeitschalter zu programmieren – er verbrachte den größten Teil des Tages beim Dekan.«

Kate drehte den Zündschlüssel, und der Motor sprang sofort an. »Rosemary glaubte, ihr Mann bliebe bis spät abends bei ihm – und lud ihren derzeitigen Liebhaber ein.«

»Aber der Reverend entschuldigte sich unter einem Vorwand und brach schon früh auf, weil er sicher war, wir seien nach London zurückgekehrt. Er verhielt sich nicht besonders klug: Früher oder später hätte ich den Recorder gefunden, selbst wenn es notwendig gewesen wäre, den ganzen Glockenturm auseinanderzunehmen.«

»Nun, Vernunft spielte dabei keine große Rolle.«

Ash hob die Zigarette, nahm einen tiefen Zug und lehnte sich zurück. »Er stellte sich ziemlich dumm an – es war alles so offensichtlich.« Etwas leiser fügte er hinzu: »Aber eine Sache gibt mir noch immer zu denken.«

Kate bedachte ihn mit einem fragenden Blick.

»Vor zwei Tagen, als ich die Kirche zum erstenmal betrat, fiel mir jemand am Altar auf. Eine kniende oder recht kleine Person. Inzwischen glaube ich, es handelte sich um ein Kind.

Ich nahm an, es habe St. Marks durch die Seitentür verlassen, aber als wir sie einige Minuten später untersuchten, stellte sich heraus, daß sie verschlossen und von innen verriegelt war. Doch es existierte keine andere Möglichkeit, das Gebäude unbemerkt zu verlassen.«

Kate folgte Ashs Blick und sah über den Friedhof zur Kirche zurück.

10

Dampf stieg empor, strich wie sanft über die Decke und formte eine milchige, feuchte Schicht auf den Badezimmerfliesen. Nur das Plätschern von Wasser war zu hören. Die Bewegungen des Mannes in der Wanne waren ruckartig und energisch. Er wusch sich mit einer Hingabe, die nicht nur eine physische Reinigung zu bezwecken schien: Ash schrubbte seine Haut mit solcher Entschlossenheit, als wolle er etwas entfernen, das sich darunter verbarg; nach wie vor glaubte ein Teil von ihm, das stinkende Wasser des Teichs habe sein inneres Selbst beschmutzt – eine irrationale Vorstellung, die er nicht ganz aus sich verdrängen konnte.

Die schmierigen Flecken lösten sich schon nach kurzer Zeit auf, doch das Empfinden der Unreinheit blieb.

Die Wanne hätte gleich mehreren Personen Platz geboten, ihre Füße platt, wie unter einem schweren Gewicht gespreizt. Braune Emaille zeigte sich unter altmodischen, geraden Hähnen. Dunstiger Kondensnebel bedeckte den kleinen Spiegel über dem kantigen Becken. Dicht daneben stand ein hellgrüner Stuhl, dessen Lack an vielen Stellen rissig und abgeblättert war.

Nach einer Weile stand Ash auf, das dunkle Haar glatt und naß. Er zwinkerte Feuchtigkeit aus den Augen, strich sich mit der flachen Hand übers rauhe Kinn und stieg aus der Wanne. Als er zur Tür ging, achtete er sorgfältig darauf, nicht auf dem glatten Boden auszurutschen, griff nach einem großen Handtuch und trocknete sich ab. Er begann mit Haar und Gesicht, rieb betont fest – eine Fortsetzung des rituellen Reinigungsprozesses. Einmal hielt er kurz inne und lauschte, sah zur Tür. Aber er hörte nichts, fühlte nur die Stille Edbrooks. Schließlich legte er das Handtuch beiseite und streifte sich einen Bademantel über, der Körper noch leicht feucht vom Dampf.

Er zog den Stöpsel, und als der Wasserspiegel sank, wischte er die dünne Schmutzlinie fort, die sich am Rand der Wanne abgesetzt hatte. Wie hypnotisiert beobachtete er das träge Wirbeln über dem Abfluß, doch seine Gedanken weilten in einer anderen Zeit, gefangen in einem wesentlich stärkeren Strudel ... Er schauderte und wurde sich wieder der Gegenwart bewußt. Ash atmete tief durch, und mit Wasserdampf angereicherte Luft strömte durch seine Kehle. Er ließ sie seufzend entweichen, kämpfte gegen die tief in ihm zitternde Unruhe an.

Das letzte Wasser gurgelte fort, und Ash trat erneut an die Badezimmertür heran, schloß die Hand um den schlüpfrigen Knauf. Seine Finger glitten daran ab. Er zögerte, bevor er fester zugriff und drehte, fragte sich verwundert, warum er den Eindruck gewann, auf der anderen Seite warte jemand auf ihn. Kühle wehte ihm aus dem dunklen, leeren Flur entgegen.

Ash fuhr sich mit den Händen durchs feuchte Haar, kehrte barfüßig in sein Zimmer zurück. Trotz der Anspannung verspürte er eine fast überwältigende Müdigkeit.

Er schloß die Tür und näherte sich dem Tisch, auf dem sowohl die Zettel mit den Notizen als auch die Pläne des Hauses lagen. Jetzt stand ein großes Glas daneben, und er füllte es mit Wodka, trank einen Schluck, dann noch einen, wartete darauf, daß die Wärme seine Brust erreichte und sich betäubende Ruhe hinter der Stirn ausbreitete.

Nach einigen Minuten trat er ans Fenster heran und stellte erleichtert fest, daß man von dort aus weder die Terrasse noch den Teich sehen konnte.

Ihm mißfielen die Statuen im Garten, die Schatten der Bäume und Sträucher. Durfte er *sicher* sein, daß es sich wirklich nur um Schemen handelte? Zum Teufel auch, was ging eigentlich vor? Er war in den Teich gefallen, weil ihn jemand – *jemand,* nicht der Hund! – gestoßen hatte, entsann sich an seine *Vorstellung* von einer anderen Präsenz in unmittelbarer Nähe, einer Person, die ihn tiefer zog, ihn ertrinken lassen wollte. Aber die Konturen jenes Bildes verflüchtigten sich, wichen einer vagen, viele Jahre alten Erinnerung, die kaum zwischen Realität und ausufernder Fantasie unterschied. Verdammt! Er mußte sich endlich beruhigen, logisch denken! Die Mariells hüteten irgendein Geheimnis –

er fühlte, daß sie etwas vor ihm verbargen. Idiot! Er hatte ihnen selbst gesagt, ihm in dieser frühen Phase seiner Untersuchungen nichts zu verraten. Er ließ sich zu sehr von einem erschütternden Erlebnis beeindrucken, gefährdete damit seine Objektivität. Die Familie glaubte fest daran, daß es im Haus spukte. Ash hielt es für seine Aufgabe, Beweise zu finden, um sie vom Gegenteil zu überzeugen, um die Zwischenfälle – ganz gleich, wie sie sich gestalteten – rational zu erklären. Geister, Gespenster, umherirrende Seelen konnten, *durften* nicht existieren. In ein oder zwei Tagen – Ash hoffte inständig, daß er nicht soviel Zeit brauchte – würde es ihm gelingen, Robert und den anderen die Augen zu öffnen. Und damit besiegte er auch seine eigenen Zweifel.

Voller Abscheu wandte er sich vom Fenster ab und ging zum Bett, nahm Glas und Wodkaflasche mit. Er stellte sie griffbereit aufs Nachtschränkchen, streifte den Bademantel ab und kroch unter die Decke.

Die Kühle der Laken ließ ihn frösteln. Als er die Lampe ausschaltete, schlich Finsternis ins Zimmer. Wolken trübten den bleichen Schein des Mondes. Ashs Augen blieben geöffnet: Er starrte zur grauen Masse der Decke empor ...

Kein Licht, kein Glühen aus dem Innern. Edbrook war eine gewaltige schwarze Masse, die mit der Dunkelheit der dahinziehenden Wolken verschmolz. Wind seufzte durch den Garten, ließ Blätter rascheln, bewegte die Zweige von Büschen und Bäumen. Im Wald jagten nachtaktive Wesen, fanden Beute, knurrten und zischten. Blaugrün leuchtende Pilze wuchsen auf vermoderndem Holz. Käfer krochen über welkes Laub. Der Mond war ein blasser Geist, der hinter zarten Himmelsschleiern hervorspähte.

Ash schlief in seinem Zimmer. Aber er fand keine Ruhe.

Er träumte von Wasser, einer reißenden Strömung, einem kalten Druck, der sich um ihn schloß. Gelegentlich durchstieß sein Kopf die gischtende Oberfläche, und dann fiel sein Blick auf die Ufer zu beiden Seiten des Flusses, viel zu weit entfernt, als daß er sie erreichen konnte. Er schrie, und kalte Nässe füllte seinen Mund. Das Gefühl, langsam zu ersticken, erschien ihm seltsam vertraut.

Vergeblich versuchte er, sich aus den Strudeln zu befreien, die ihn in eine dunkle Tiefe zerrten. Jemand anders befand sich in der Nähe, eine undeutliche Gestalt, die ebenfalls ums Überleben kämpfte. Ihr langes Haar wogte; Arme und Beine zuckten. Der Mund war zu einem lauten Schrei geöffnet, als entsetzte sie das, was mit ihm geschah. Das Mädchen trieb von ihm fort, und die Konturen des Körper verschwommen, verloren sich in den zornigen Fluten. Trotzdem bemerkte er eine weiße Socke. Der entsprechende Schuh fehlte.

Dann verschwand die Gestalt, verschlungen vom Fluß.

Ash stieg wieder auf, ein kleiner Junge, dem tosenden Strömen hilflos ausgeliefert – aber leicht genug, um wie Treibholz getragen zu werden.

Noch einmal sah er das Mädchen, eine blasse Hand, die wie ein Fanal aus dem schäumenden Wasser ragte, dann erneut darin versank. Für immer . . .

Ash erwachte, sein Schrei kaum mehr als ein Wimmern. Der Schrecken des Alptraums irrlichterte noch immer in seinen weit aufgerissenen Augen. Kurz darauf gesellten sich andere Empfindungen dem Grauen hinzu: eine tiefe Traurigkeit, fast so etwas wie Reue. Seine Haut war klamm und kalt.

Das Licht des frühen Morgens sickerte durchs Fenster, eine unsicher tastende Gräue, die keine Aufmunterung verhieß.

11

Ash ging in die Knie und untersuchte das feine Pulver auf dem oberen Treppenabsatz. Zu viele Schritte hatten die dünne Schicht verwischt, entweder am vergangenen Abend oder an diesem Morgen. Keine Spuren, mit denen er etwas anfangen konnte. Er strich sich ein wenig davon auf die Hand, stand auf und ließ es zu Boden rieseln, suchte nach Anzeichen für einen Luftzug. Doch nichts störte den schwebenden Fall der winzigen Staubkörner. Er blickte auf die Anzeige eines nahen Thermometers. Ein niedriger Wert, ja, doch der Quecksilberbalken war ein ganzes Stück von der Nullmarkierung entfernt, und die Temperatur entsprach durchaus der Jahreszeit.

Ash ging nach unten, hörte murmelnde Stimmen und betrat das Frühstückszimmer. Christina kicherte über eine Bemerkung Simons, und Robert Mariell, der am oberen Ende des Tisches saß, beobachtete seine beiden Geschwister lächelnd. Es wurde still, als der Ermittler hereinkam.

»Mr. Ash«, begrüßte ihn Robert und deutete auf den Stuhl neben Nanny Tess. »Ich hoffe, Sie konnten schlafen, trotz Ihres kleinen Unfalls gestern abend.«

Ash nahm Platz. »O ja«, erwiderte er. »Aber ich verstehe noch immer nicht, was eigentlich geschehen ist. Ich bin *ganz* sicher, daß ich draußen eine junge Frau gesehen habe.«

Die Mariells beobachteten ihn schweigend.

»Na schön«, fuhr Ash fort, »vielleicht war es der Hund, der mich in den Teich stieß – ich bin zu verwirrt, um Ihnen in diesem Punkt zu widersprechen. Doch ich weiß, daß ich einer Person gefolgt bin, die das Haus verließ. Einer Frau.« Er sah über den Tisch. »Sie sah Ihnen sehr ähnlich, Christina.«

Simon brach das Schweigen. »Ich glaube, es wird Zeit, daß wir dem Ermittler von den Vorfällen hier in Edbrook erzählen.«

Robert zögerte kurz, nickte dann. »Ja, in Ordnung. Gestern

abend haben wir Ihnen nichts gesagt, weil Sie ziemlich durcheinander waren. Außerdem wiesen Sie uns mehrmals darauf hin, wie wichtig es für Sie sei, einen objektiven Eindruck zu gewinnen. Simon hat recht. Es ist höchste Zeit, daß wir Ihnen den Spuk erklären.«

»Das meine ich auch«, sagte Ash.

»Nun, vielleicht sollte Nanny beginnen. Sie hat unseren Geist als erste gesehen.«

Alle Blicke richteten sich auf die alte Frau, die aufgestanden war, um Ashs Frühstück zu holen. Sie stellte den Teller vor ihm ab (eine klägliche Portion Rührei, Schinken und Pilze), setzte sich wieder und senkte den Kopf. Eine Zeitlang starrte sie auf ihre eigene Mahlzeit, die sie kaum angerührt hatte, und zögerte.

»Komm schon, Nanny, sei nicht so schüchtern«, wandte sich Simon an sie. »Mr. Ash will uns doch nur helfen.«

Ash wählte behutsamere Worte. »Bitte berichten Sie mir von Ihren Erlebnissen, Miß Webb. Ganz gleich, was Sie mir mitteilen – es wird mich bestimmt nicht schockieren.«

Es verstrichen einige Sekunden, und die Stimme der alten Frau klang unsicher, als sie sagte: »Ich – ich habe den Geist einige Male gesehen.«

»An den gleichen Orten?« fragte der Ermittler.

»Nein. In verschiedenen Teilen des Hauses. Und – und auch im Garten.«

»Am Teich?«

Sie mied seinen Blick. »Ja. Einmal.«

Ash musterte die anderen der Reihe nach und preßte kurz die Lippen zusammen. »In welcher Form zeigte er sich Ihnen?« fragte er und richtete seine Aufmerksamkeit wieder auf die Tante. »Wie sah die Erscheinung – der Geist – aus?«

»Es ist ein Mädchen«, antwortete Miß Webb. »Eine junge Frau.«

Ash bemerkte, wie Simon und Christina einen kurzen Blick wechselten und hintergründig lächelten. Er verbarg seinen Ärger. »Gekleidet in ein weites, weiches Gewand, vielleicht eine Art Nachthemd«, sagte er mehr zu sich selbst.

Nanny Tess nickte voller Unbehagen.

»Seit wann?«

Sie hob den Kopf. »Bitte?«

»Seit wann beobachten Sie dieses Phänomen?«

»Den Geist, Mr. Ash«, warf Robert Mariell ein.

»Das steht noch nicht fest«, erwiderte der Ermittler schroff. »Seit wann, Miß Webb?«

»Schon seit – Jahren«, entgegnete sie.

»Warum haben Sie sich nicht früher mit dem Institut in Verbindung gesetzt und um eine Untersuchung gebeten?«

Robert kam einer Antwort der alten Frau zuvor. »Tja, weil bis vor kurzem nur Nanny Zeugin des, äh, ›Phänomens‹ wurde. Inzwischen sehen wir es alle.«

Simon hob die Hand zum Mund und versuchte, ein Kichern zu unterdrücken.

Ash starrte ihn an. »Sie scheinen das sehr witzig zu finden.«

»Ich muß mich für meinen Bruder entschuldigen«, sagte Robert. »Er ist selbst unter ungewöhnlichen Umständen zum Scherzen aufgelegt.«

»Es geht nicht nur mir so«, erwiderte der jüngere Mann rasch.

Sein Bruder schenkte ihm keine Beachtung.

»Du bist sehr unhöflich zu unserem Gast gewesen«, tadelte Miß Webb.

»Da hast du völlig recht.« Robert lächelte und wandte sich wieder an den Ermittler. »Ich fürchte, Nanny Tess leidet schon seit einer Ewigkeit an unserem besonderen Humor. Seit wir Kinder waren. Es ist mir ein Rätsel, wie sie es so lange bei uns ausgehalten hat.«

»Jemand mußte sich um euch kümmern«, hauchte die Tante. »Irgend jemand . . .« Erneut senkte sie den Kopf, als betrachte sie ihren Teller.

Ash griff nach der Gabel, obwohl er kaum Appetit hatte. »Sie sagten eben, Sie alle sähen etwas, das Sie für den Geist einer jungen Frau halten.«

Einmal mehr sprach Robert sowohl für Miß Webb als auch für seine Geschwister. »Ja, recht häufig sogar. Jeder von uns hat ihn in einem anderen Bereich Edbrooks beobachtet. Aber nur Nanny begegnete der armen Seele auch jenseits der Mauern dieses Hauses.«

»Warum ›arme Seele‹?«

»Das ist doch die richtige Bezeichnung für solche Erscheinungen, nicht wahr? Die leidenden Seelen bedauernswerter Leute, die unter traumatischen, vielleicht sogar tragischen Umständen starben. Das hab' ich irgendwo gelesen.«

»Eine weit verbreitete Theorie«, sagte Ash.

Zum erstenmal meldete sich Christina zu Wort. »Aber Sie glauben nicht daran.«

Draußen klarte der Tag auf, und strahlendes Licht fiel durch die hohen Fenster hinter Christina, verlieh ihrem Haar einen rubinroten Schimmer.

In Christinas Augen blitzte es verschmitzt. Ash begann sich an ihre schelmische Fröhlichkeit zu gewöhnen, aber trotzdem überlegte er, ob sie sich über ihn lustig machte. »Ich bin bereit, folgendes zu glauben: Die Gefühle leidender Personen – Schmerz, Verzweiflung, tiefer Kummer – können im Augenblick des Todes so stark sein, daß ein emotionaler Schatten zurückbleibt. Ein Nachbild, wenn Sie so wollen, das sich erst nach vielen Jahren, vielleicht sogar Jahrhunderten, vollständig auflöst.« Ash wandte den Blick von Christina ab und sah Robert an. »Ich vermute, Edbrook hat eine lange Geschichte. Befand sich dieses Anwesen immer im Besitz der Mariells?«

»Seit dem Bau des Hauses im 16. Jahrhundert haben hier viele Generationen unserer Familie gelebt, Mr. Ash«, antwortete Robert.

»Dann wissen Sie vielleicht . . .«

Der ältere Bruder unterbrach ihn sofort. »Die Mariells legten immer großen Wert darauf, familiäre Schicksalsschläge so rasch wie möglich zu vergessen. Ich weiß von keinen aufgezeichneten Edbrook-Tragödien. Unsere Generation hat ihren eigenen Trauerfall – der viel zu frühe Tod unserer Eltern. Aber sie kamen weit von hier entfernt ums Leben.«

»Sind im Innern des Gebäudes niemals Gäste oder Hausangestellte unter mysteriösen Umständen gestorben?«

»Ach, das waren noch Zeiten, als wir uns eine Dienerschaft leisten konnten! Heute lasten die Haushaltspflichten allein auf der armen Nanny. Sie kommt gut damit zurecht . . .«

Die Tante schenkte Ash gerade Tee ein und schien nicht viel von dem Kompliment zu halten. Der Ermittler dankte ihr, als sie ihm die Tasse reichte, fragte sich nach dem Grund ihrer Schweigsamkeit.

»Nun«, fügte Robert hinzu, »von irgendwelchen Morden oder Selbstmorden in der langen Geschichte Edbrooks ist mir nichts bekannt.«

»Bei einem so alten Haus würde es mich überraschen, wenn nicht irgendwo das eine oder andere Skelett versteckt ist.« Ash goß Milch in seinen Tee und trank einen Schluck. »Es würde mir sehr helfen, wenn ich wüßte, wer die junge Frau ist.«

Christina beugte sich vor und legte die Hände auf den Tisch. »Dann glauben Sie also, daß sich hier wirklich ein Geist herumtreibt?«

Er zuckte mit den Schultern. »Möglicherweise handelt es sich um das visuelle Nachbild einer Person, die einst hier wohnte. Vielleicht ist das die richtige Erklärung für mein Erlebnis gestern abend. Eine Art Manifestation.«

»Eine komische Umschreibung für ›Geist‹«, warf Simon abfällig ein.

»Nein, nur ein anderer Ausdruck für ›paranormale Erscheinung‹. Es muß nicht unbedingt ein Geist in Ihrem Sinne sein.« Ash sah sich am Tisch um. »Heute morgen möchte ich mit jedem einzelnen von Ihnen ein ausführliches Gespräch führen . . .«

Nanny Tess stieß einen gedämpften Schrei aus. In der einen Hand hielt sie den Pfefferstreuer, dessen oberer Teil nun auf ihrem Teller lag. Daneben bildeten graue Körper einen kleinen Haufen.

Simon und Christina kicherten, und als die alte Frau zu niesen begann, brachen sie in ein schallendes Gelächter aus. Selbst Robert grinste.

Ash musterte die Mariells, verwirrt von ihrem kindischen Streich.

Schließlich konzentrierte er sich auf Christina, und während sie noch lachte, spürte sie seinen forschenden, nachdenklichen Blick. Ihre heitere Fröhlichkeit wich plötzlichem Ernst. Sie sah ihre Brüder an, als erhoffe sie sich Beistand von ihnen, doch Simon und Robert schienen überhaupt nichts zu bemerken.

Ash beobachtete sie weiterhin, und nach einer Weile drehte Christina den Kopf zur Seite, als sei ihr seine Aufmerksamkeit unangenehm. *Warum?* überlegte er.

12

Kate McCarrick stieß die Pendeltür des Instituts für Psychische Forschungen auf und näherte sich dem Empfangstresen. Sie begrüßte die Frau dahinter, nahm einen Stapel Briefe und Päckchen entgegen und sah auf die Absender, während sie den Weg in ihr Büro fortsetzte und einigen Kollegen zunickte.

In ihrem Zimmer angelangt, legte sie die Umschläge auf den Schreibtisch, nahm Schal und Mantel ab und hängte sie an den Haken neben der Tür. Dann setzte sie sich, blätterte in ihrem Terminkalender, griff nach dem Telefon und betätigte eine Taste.

»Jenny, hat sich David Ash bereits gemeldet?« fragte sie. »Nein? Würden Sie bitte eine Nummer für mich heraussuchen?« Sie nannte den Namen Mariell und die Edbrook-Adresse, legte wieder auf und begann damit, ihre Post zu öffnen.

Zur gleichen Zeit war Ash in der Bibliothek des Hauses damit beschäftigt, eine Polaroidkamera auf einem Stativ auszurichten. Sorgfältig achtete er darauf, nicht die Drähte zu berühren, die den Apparat mit den Sensoren verbanden. Robert Mariell stand in der Nähe, legte die Hände auf den Rücken und sah dem Ermittler in amüsiertem Schweigen zu.

»Ist das hier die richtige Stelle?« fragte Ash und drehte sich um.

»Ja, dort habe ich die Erscheinung zuerst gesehen«, bestätigte Robert. Er winkte lässig, deutete durchs Zimmer. »Dann da drüben – und in den Ecken.«

Ash richtete sich auf und stellte zufrieden fest, daß die Kamera einen großen Teil der Bibliothek erfaßte. »Hat das Phänomen jemals etwas gesagt? Haben Sie versucht, mit ihm zu sprechen?«

Robert runzelte die Stirn. »Wissen Sie, mein lieber Junge, ich mache es mir nicht zur Angewohnheit, mit Geistern zu reden. Die Erscheinung allein ist schon unheimlich genug.« Er hob die

Schultern und schauderte. »Wie dem auch sei: Ihre Kamera scheint gut positioniert zu sein und sollte eigentlich erstklassige Bilder liefern. Was hat es mit den anderen Instrumenten auf sich?«

Ash streckte die Hand aus. »Das dort ist ein Kapazitanzdetektor. Wenn sich hier irgend etwas bewegt, löst er sowohl die Kamera als auch das Aufzeichnungsgerät aus. Ich schalte ihn später ein, wenn ich sicher sein kann, daß niemand mehr die Bibliothek betritt.« Er griff in seine Jackentasche und holte einen Mikrorecorder hervor. »Bitte schildern Sie mir jetzt Ihre Beobachtungen. Ich nehme alles auf.«

Robert hob die Brauen. »Warum?«

»Nur fürs Archiv des Instituts. Absolute Vertraulichkeit ist garantiert.« Ash schaltete das kleine Gerät ein und legte es auf den Tisch.

Der ältere Mariell-Bruder beäugte es einige Sekunden lang. »Na gut«, brummte er schließlich. »Ich habe die junge Frau in diesem Zimmer gesehen, zuerst nur als undeutliche, nebelhafte Erscheinung. Sie schien etwa zwanzig Jahre alt zu sein. Einige Tage – nein, einige *Nächte* – später beobachtete ich sie erneut. Ich muß zugeben, der Anblick jagte mir einen ziemlichen Schrecken ein. Ihre Gestalt wirkte irgendwie fester, so als sei sie kräftiger geworden.«

»Ich verstehe, was Sie meinen. Und Ihre Vermutung ist keineswegs abwegig. Manifestationen dieser Art absorbieren offenbar psychische Kraft von den Menschen in ihrer Nähe, verstärken damit die eigene Präsenz. Darüber hinaus entnehmen sie auch der Atmosphäre Energie – deshalb kann die Temperatur in einem Raum ganz plötzlich sinken. Auch Auswirkungen auf die Elektrizität sind bekannt.«

»Bemerkenswert. Aber in diesem Fall geht es nicht um irgendeine Manifestation, sondern einen Geist, Mr. Ash.«

»Nein. Ich glaube nach wie vor an ein bisher unerklärtes Phänomen. Bitte fahren Sie fort.«

Robert wanderte auf und ab, erinnerte sich dann an den Recorder auf dem Tisch und kehrte wieder zurück. »Ich fühlte einen – einen tiefen Kummer, der – dieses Phänomens – als sei die Frau auf der Suche oder als habe sie sich verirrt . . .«

Die kleinen Spulen drehten sich langsam und geduldig, fingen die Geräusche im Zimmer ein, selbst das Knarren der Dielen, wenn sich Robert bewegte, auch das leise Kratzen des Streichholzes, als sich Ash eine Zigarette anzündete.

Kate wandte sich vom offenen Aktenschrank ab und griff nach dem Hörer des klingelnden Telefons.

»McCarrick«, sagte sie, lauschte einige Sekunden lang der Stimme Jennys und runzelte die Stirn. »Es muß dort einen Anschluß geben«, beharrte sie. »Vielleicht haben die Mariells eine Geheimnummer, die nicht im Verzeichnis steht.«

Sie hörte stumm zu.

»Fehlanzeige? Seltsam.« Sie überlegte kurz. »In Ordnung, Jenny, besten Dank.«

Kate legte wieder auf und blickte nachdenklich ins Leere.

Das Tonbandgerät war zwar recht groß, aber leicht genug, um es ohne Mühe zu tragen. Ash verband es mit einem Vibrationsdetektor, und Simon Mariell sah interessiert zu, wie er den Apparat und die anderen Instrumente auf ein niedriges Regal im Keller stellte. Dicht daneben stand das Stativ einer Zeitraffer-Kamera, ausgestattet mit einem elektronischen Blitzlicht. Der Filter davor ließ nur infrarote Strahlung passieren. Im Gehäuse der Kamera befand sich ein schwarzweißer IR-Film, und der Auslöser bestand aus einem integrierten IR-Detektor, der auf Körperwärme reagierte.

Die feuchte Kühle in den Gewölben unter Edbrook behagte Ash überhaupt nicht, und der muffige Geruch war ihm zuwider, aber er ignorierte diese Empfindungen, griff nach einem großen Treibhausthermometer und hängte es ans Weingestell. Das einzige Licht in der großen Kammer stammte von einer matt leuchtenden Glühbirne an der Decke, deren trüber Schein nicht die Schatten aus den Ecken und Nischen vertreiben konnte. Ash klopfte Staub von den Händen und drehte sich um.

»Haben Sie mit Ihrem Brimborium in der vergangenen Nacht irgend etwas festgestellt?« fragte Simon.

»Ich hatte keine Gelegenheit, hier unten etwas zu installieren.«

»Und die anderen Etagen?«

»Nein, nichts. Aber ich mußte erst die richtigen Plätze für meine Geräte finden.«

»Vielleicht hätten Sie uns sofort um genauere Angaben bitten sollen.«

Ash schüttelte den Kopf. »Inzwischen dürfte Ihnen meine Arbeitsmethode bekannt sein. Ich beginne meine Untersuchungen, indem ich mir selbst ein Bild mache.«

Simon lächelte. »Ich schätze, jetzt sind Sie ziemlich überrascht, was? Hier geht's unheimlicher zu, als Sie dachten.« Er schob die Hände tiefer in die Hosentaschen und schien die Situation zu genießen. »Also gut: Was möchten Sie von mir hören? Wie ich Lady Phantom hier unten im Keller begegnete?«

»Klingt interessant. Aber beantworten Sie mir vorher eine andere Frage: Wie alt war Ihre Mutter, als sie starb?«

Simon grinste, offen und fröhlich – kein Hauch von Kummer in seinen Zügen. »Ein ganzes Stück älter als unser Geist, Teuerster. Da sind Sie auf der falschen Fährte.«

»Wie reagierte Christina?«

»Auf den Tod unserer Eltern? Lieber Himmel, wie wir anderen – sie heulte sich die Augen aus dem Kopf. Was dachten Sie denn? Damals waren wir noch Kinder, und wir können von Glück sagen, daß sich jemand wie Nanny Tess um uns kümmerte.«

Ash bemerkte nicht ohne eine gewisse Genugtuung, daß er es endlich geschafft hatte, das ständige Grinsen aus Simons Gesicht zu tilgen. Der jüngere Mann trat unruhig von einem Bein aufs andere, der Ärger in seinen Zügen deutlich sichtbar.

»Wenn Sie nichts dagegen haben, beschränken wir unser Gespräch auf den Spuk«, sagte er fast trotzig. »Es gibt angenehmere Orte als diesen feuchten und kalten Keller.«

»Entschuldigen Sie.« Ash holte den Mikrorecorder hervor und schaltete ihn ein. »Bitte erzählen Sie mir genau, was Sie hier unten gesehen haben.«

»Das gleiche wie die anderen«, erwiderte Simon, noch immer ein wenig gereizt. »Eine junge Frau. Ich beobachtete, wie sie im Schatten lauerte oder schwebte – was solche Phantome eben treiben. Als ich ihr das erstemal begegnete, ging ich in den Keller, um Wein zu holen. Und da stand sie, dort drüben, starrte mich an.« Er deutete in die entsprechende Richtung und schauderte, um seinen Worten Nachdruck zu verleihen. »Meine Güte, mir lief's kalt über den Rücken.«

»Sah sie jemandem ähnlich, den Sie kennen, gekannt haben?«

»Natürlich nicht. Das ist ja gerade das Schreckliche an der Sache.« Simon schnitt eine Grimasse. »Mit Gesicht und Körper – stimmte etwas nicht. Sie – sie wirkte irgendwie – *entstellt.*«

Ash hob den Recorder, damit die leisen Worte Simon Mariells aufgezeichnet wurden.

Im Saal über ihnen beugte sich Nanny Tess näher an die halbgeöffnete Kellertür heran und lauschte.

13

Kate sah von der Schreibmaschine auf, als sich die Bürotür öffnete. Ihre Lesebrille zitterte auf der Nasenspitze. Edith Phipps sah herein und zögerte auf der Schwelle, das Gesicht eine Maske der Sorge.

»Du hast versprochen, mir Bescheid zu geben . . .« Die Stimme des Mediums vibrierte.

»Ja, tut mir leid«, erwiderte Kate und winkte. Edith betrat das Zimmer. »Aber ich fürchte, es gibt überhaupt nichts zu berichten. Eine komische Sache: Offenbar haben die Mariells überhaupt kein Telefon.«

Edith nahm vor dem Schreibtisch Platz und musterte die Institutsdirektorin. »Hat sich David noch nicht gemeldet?«

Kate lächelte besänftigend. »Nein, und das ist keineswegs ungewöhnlich. Manchmal verschwindet er tagelang, ohne mich zu benachrichtigen. Wenn er eine Untersuchung durchführt, geht er oft so sehr in seiner Arbeit auf, daß er einfach vergißt, Bericht zu erstatten.« Sie nahm die Brille ab und lehnte sich im Sessel zurück. »Außerdem: Wenn die Mariells tatsächlich keinen Anschluß haben, müßte er in den Ort zurück, um hier anzurufen. Denk daran: Er hat keinen Wagen. Und ich kann mir nicht vorstellen, daß er über eine einsame Landstraße geht, um nach einer Telefonzelle zu suchen.« Sie lächelte, um Edith aufzumuntern.

Das Medium blieb ernst, und ihre angespannten Züge lockerten sich nicht. »Das Haus ist so abgelegen?« fragte es.

»Nach den Briefen zu urteilen, die ich von Edbrook bekam, beträgt die Entfernung bis zur nächsten Ortschaft einige Meilen. Darum schlug Miß Webb vor, David am Bahnhof abzuholen.« Kates Lächeln verflüchtigte sich. Ediths Anruf am vergangenen Abend hatte Unruhe in ihr geweckt, doch das kalte Licht des Tages gab der Situation die Farben von Realität. Sie hielt es für töricht, sich Sorgen zu machen, nur weil sich David nicht meldete.

Edith Phipps gehörte zu den besten Spiritistinnen, die Kate kannte, aber selbst sie konnte sich irren. Kein Medium war unfehlbar – alles andere als das. Trotzdem regte sich Mitgefühl in der Direktorin. »Bist du noch immer so sehr beunruhigt?« fragte sie sanft.

Edith faltete die bebenden Hände im Schoß. »Gestern abend – das Gefühl der Gefahr, die ihm drohte – es löschte alle anderen Empfindungen aus.«

»Nun, ich muß zugeben, du hast auch mir einen Schrecken eingejagt. Aber ich schätze, uns bleibt nichts anderes übrig, als einfach abzuwarten. David ist erfahren und vernünftig genug, auf sich zu achten, das weißt du ja.«

Edith errötete und sah verlegen zu Boden. »Du glaubst, ich sei eine närrische alte Frau.«

»Ich bin viel zu sehr von deinen besonderen Fähigkeiten überzeugt, um so etwas anzunehmen«, tröstete Kate. »Ich bitte dich nur darum, praktisch zu denken. Uns sind die Hände gebunden, solange David nichts von sich hören läßt. Ich schlage vor, wir gedulden uns noch ein wenig.«

Doch diesmal fehlte es ihrem Lächeln an Zuversicht.

14

Die dichten Wolken am Himmel zogen fort, und das trübe Grau wich strahlendem Sonnenschein, eine letzte, melancholische Erinnerung an den Sommer, bevor die entmutigende Herrschaft des Winters begann. Die Luft war weiterhin kalt, aber ihr Atem vermittelte den Eindruck von Frische und Kraft.

Christina und Ash wanderten durch den schattigen Wald, erreichten ab und zu Lichtungen, gelbe und rotbraune Oasen glitzernder Helligkeit. Sie blieben stehen, wenn irgendwo im Dikkicht ein Tier über welke Blätter huschte und vor ihnen floh, beobachteten ein graues Eichhörnchen, das die Schwerkraft herausforderte, indem es mit weiten Sätzen von Ast zu Ast sprang. Christina übernahm die Führung. In einem dunkleren Bereich des Waldes lachte sie in kindlichem Vergnügen, als sie einen dünnen Zweig losließ und sah, wie er Ash an der Brust traf. Der Ermittler war nur überrascht, fühlte keinen Schmerz. Schmunzelnd musterte er das fröhliche, heitere Gesicht der jungen Frau.

Flink wie ein Reh lief Christina voraus und forderte Ash auf, ihr zu folgen. Sie neckte den Ermittler, indem sie ihn einen ›altersschwachen Greis‹ nannte. Er beobachtete, wie sie an einem steilen Hang emporkletterte, sich an Grasbüscheln und aus dem Boden ragenden Wurzeln festhielt. Der lange Rock offenbarte schlanke Waden und zarte Fußknöchel. Ashs düstere Stimmung verflog, vielleicht deshalb, weil er die bedrückende Kühle Edbrooks verlassen hatte. Christinas Munterkeit wirkte irgendwie ansteckend.

Er verlor das Gleichgewicht, als er die Böschung zu erklimmen versuchte, rutschte auf welken Blättern und lockerem Boden zurück. Seine Begleiterin lachte vergnügt, ein perlender Laut, der durch den Wald hallte.

Ash klopfte seine Kleidung ab, grinste verlegen und spürte, wie die Anspannung der vergangenen Nacht aus ihm verschwand. Erneut kletterte er, und diesmal schaffte er es, zu Christina aufzuschließen. Roberts Schwester kommentierte seine Bemühungen mit gutmütigem Spott.

Sie setzten die Wanderung fort, genossen gegenseitig ihre Gesellschaft und schwiegen die meiste Zeit über. Es war auch gar nicht notwendig, daß sie sich unterhielten.

Nach einer Weile erreichten sie eine Lichtung. Bäume und dichtes Buschwerk schirmten sie vor dem Wind ab, und das helle Licht der Sonne badete sie in spätherbstliche Wärme. Ash lehnte sich an den dicken Stamm einer Eiche, schöpfte Atem, schloß die Augen und hob das Gesicht dem Sonnenschein entgegen. Christina nahm neben ihm Platz, zog die Beine an und strich mit den Händen durchs Gras.

»Ich bin nicht mehr richtig in Form«, sagte er und verscheuchte ein Insekt von der Wange. »Ich fühle mich so, als sei ich eine Meile weit gelaufen – mit Schuhen aus Blei.«

»Die Nachteile des Stadtlebens«, erwiderte Christina leise.

»All die Verlockungen – so was bleibt nicht ohne Folgen.« Ash griff in die Jackentasche und holte den Mikrorecorder hervor. »Haben Sie was dagegen, wenn ich unser Gespräch aufzeichne?«

Sie schüttelte den Kopf und betrachtete das kleine Gerät amüsiert. »Ganz und gar nicht. Worüber möchten Sie reden?« Ihre Frage klang fast scherzhaft.

»Über Ihre Brüder. Und das Haus.«

Sie lachte. »Sie scheinen das für sehr wichtig zu halten.«

»Sind Sie anderer Meinung?«

Eher spielerisch gab Christina auf. »Womit soll ich beginnen?«

Er schaltete den Apparat ein. »Sagen Sie mir, wo Sie den Geist gesehen haben.«

»Also schließen Sie sich jetzt unserer Ausdrucksweise an.«

»Um die Dinge zu vereinfachen. Derzeit spielt der Unterschied kaum eine Rolle.«

»Warum sind Sie so skeptisch?« fragte die junge Frau mit überraschendem Ernst.

»Skeptisch?« wiederholte Ash. »Ich würde mich eher als Realisten bezeichnen.«

Christina dachte kurz darüber nach und erwiderte: »Ich sah ihn im Saal und auch auf den Fluren. Auch in Ihrem Zimmer. Einmal, als ich mich im Garten aufhielt, beobachtete mich die Erscheinung durch ein Fenster.«

»Und sie hat nie versucht, mit Ihnen zu kommunizieren?«

Christina senkte die Stimme, als sie antwortete: »Wahrscheinlich möchte sie das. Ich glaube, sie ist verzweifelt. Vielleicht fehlt ihr die nötige Kraft. Sie kann sich nur – manifestieren, mehr nicht.«

»Haben Sie Angst vor ihr?«

Die junge Frau schüttelte andeutungsweise den Kopf. »Nein. Sie macht mich traurig. Sie ist so – einsam.«

Ash überlegte. »Unter welchen Umständen starben Ihr Eltern, Christina?«

Ein Schatten schien ihre Züge zu verdunkeln, und möglicherweise täuschte dieser Eindruck nicht. Plötzlicher Wind kam auf und bewegte die Baumwipfel hin und her. Graue Schemenmuster tanzten über die Lichtung.

»Es ist schon lange her«, sagte sie schließlich, und Ash stellte fest, daß der Verlust sie noch immer bekümmerte, ein unterdrückter Schmerz, der sich jetzt deutlicher offenbarte. »Sie überließen uns der Obhut von Nanny Tess – der jüngeren Schwester meiner Mutter. Sie selbst liebte das Leben viel zu sehr, um sich mit Kindern zu belasten – nehme ich an. Nun, aus diesem Grund kümmerte sich Nanny praktisch von Anfang an um uns.«

»Sie waren noch Kinder, als Ihre Eltern ums Leben kamen?«

»Wir waren noch sehr jung.«

Eine seltsame Antwort, dachte Ash. Ein Blatt sank zwischen ihnen ins Gras, die Ränder braun und gewellt. Andere folgten. Trotz des warmen Sonnenscheins spürte der Ermittler, wie sich die Kühle des Bodens in seinem Körper ausbreitete.

»Aber Sie fragten nach den Umständen«, fuhr Christina fort. »Nun, es handelte sich um einen Autounfall. Unsere Eltern fuhren durch Frankreich, um Freunde in Dijon zu besuchen. Niemand weiß genau, wie es passiert ist. Offenbar kam das Auto von der Straße ab. Später ließ sich nicht einmal mehr bestimmen, wer am Steuer gesessen hatte – der Wagen verbrannte völlig. Man fand nur zwei bis zur – Unkenntlichkeit verkohlte Leichen . . .«

Ash schaltete den Recorder aus, beugte sich vor und berührte Christina sanft am Arm. »Tut mir leid«, sagte er. »Ich wollte keine derart unangenehmen Erinnerungen in Ihnen wecken.«

»Oh, es geschah vor langer, langer Zeit. Ich habe den Schock längst überwunden. Inzwischen kommt mir alles wie ein – wie ein übler Traum vor.«

»Bestimmt vermissen Sie Ihre Eltern.«

»Wir hatten Glück, daß uns Nanny Tess unter ihre Fittiche nahm. Und daß wir genug Geld erbten.«

»Miß Webb wurde als Vermögensverwalterin eingesetzt?«

Christina nickte. »Nanny hat die Familie während all der Jahre zusammengehalten, obwohl wir sie manchmal fast bis zum Wahnsinn trieben.«

Abrupt veränderte sich ihre Stimmung. Sie lachte, als sie Ashs Verwirrung sah.

»Unsere Spiele«, erklärte sie. »Von Kindesbeinen an fanden wir großen Gefallen daran, uns gegenseitig aufzuziehen. Wir ließen uns die verrücktesten Streiche einfallen. Nanny meint, diese Eigenschaft stamme von unserer Mutter – gelegentlich ging sie unserem Vater damit ganz schön auf die Nerven. Nanny teilt sein Schicksal.«

»Ja, das hab' ich gemerkt, beim Frühstück«, erwiderte Ash trokken. »Wird sie nie böse auf euch?«

Erneut lachte die junge Frau, ausgelassen und verschmitzt. »Sehr oft sogar. Aber sie hat gelernt, unser Verhalten hinzunehmen.« Christina zupfte an einem Grashalm, hob ihn an die Lippen. »Früher tadelte sie uns oft, wenn wir uns zu besonderen Gemeinheiten hinreißen ließen – Sie wissen ja, wie Kinder sind. Vermutlich war ich noch schlimmer als Robert und Simon, aber was erwarten Sie von einem Mädchen mit zwei älteren Brüdern?«

»Sie brauchen mir nicht zu erzählen, wie gehässig kleine Mädchen sein können.«

Christina musterte ihn neugierig. »Das klingt so, als hätten Sie in dieser Beziehung eigene und recht bittere Erfahrungen gesammelt.«

Ash wandte den Blick von ihr ab. »Ja, das stimmt. Mit meiner – Schwester. Sie hieß Juliet.«

»Hieß?«

Er starrte in die Ferne. »Sie ...« Ein dicker Kloß schien sich in seinem Hals zu bilden. »Sie ertrank. Wir fielen beide in einen Fluß, aber ich hatte Glück und wurde gerettet.« Er entsann sich an die kleine, bleiche Hand, die aus dem Wasser ragte, an Finger, die sich ihm entgegenstreckten.

Diesmal beugte sich Christina vor und griff behutsam nach seinem Arm. Er zuckte unwillkürlich zusammen.

»Fürchten Sie sich noch immer vor Wasser?« fragte sie leise. »Sind Sie deshalb gestern abend in Panik geraten?«

Ash gab keine Antwort, begegnete jedoch ihrem Blick, fühlte noch immer ihre Hand. Einmal mehr drehte er unsicher und verlegen den Kopf zur Seite.

»Ich weiß nicht mehr genau, was damals geschah«, sagte er schließlich. »Aber ich habe nach wie vor Alpträume wegen Juliets Tod. Vielleicht vermischten sich die Schreckensvisionen gestern mit der Wirklichkeit.« Er stellte sich Arme vor, die ihn aus dem Wasser zogen. Waren diese Reminiszenzen nur einige Stunden alt oder viele Jahre?

»Sie denken noch immer an Juliet«, sagte Christina leise.

»Ich kann mich kaum an sie erinnern«, erwiderte er kühl.

Er kramte in den Jackentaschen und holte ein zerknittertes Päckchen hervor. Die Zigarette steckte bereits zwischen seinen Lippen, als ihm einfiel, auch der jungen Frau eine anzubieten. Sie lehnte wortlos ab und beobachtete ihn. Ash hob das Feuerzeug und inhalierte tief. Er wollte noch etwas hinzufügen, hatte die immer noch brennende Flamme ganz vergessen, als er plötzlich den trüben Blick Christinas bemerkte. Mit seltsamer Faszination starrte sie auf seine rechte Hand, wie hypnotisiert von dem Flakkern.

Sie zwinkerte, als er das Feuerzeug zuklappte.

Und dann war sie mit einem Satz auf den Beinen und strich ihren Rock glatt. »Wir sollten jetzt zum Haus zurückkehren«, sagte sie.

Ash lächelte und blieb sitzen.

»Ich bin schneller als Sie«, forderte ihn Christina heraus. Lachend wirbelte sie herum und lief los.

Der Ermittler drückte die Zigarette in den Boden und stand auf. »He, nicht so eilig!« rief er der Frau nach. »Oder wollen Sie, daß ich mich im Wald verirre?« Aber Christina ignorierte ihn, und Ash seufzte resigniert, als er sah, wie sie sich immer weiter entfernte.

Er folgte ihr und wußte nicht so recht, ob er ihr kindisches Verhalten amüsant oder ärgerlich finden sollte. Der frühe Tod ihrer Eltern hatte Christina und ihren Bruder Simon nicht im üblichen Sinne erwachsen werden lassen. Vielleicht fehlte ihrer Reife genau das – die feste Hand des Vaters, der richtungweisende Einfluß der Mutter. Offenbar war es Nanny Tess nicht gelungen, die natürlichen Pflichten der Eltern zu erfüllen. Robert schien eine Art patriarchische Rolle zu spielen, obwohl sein Gebaren wohlwollender Unnahbarkeit gleichkam.

Weit voraus sah er Christina kurz im Gebüsch, ein heller Schatten, der durchs Dickicht glitt.

»Christina!« rief Ash. »Gönnen Sie mir eine Atempause . . .« Aber er vernahm nur fernes Lachen.

Stille herrschte im Wald, und das Knistern seiner Schritte auf dem Laub klang seltsam laut. Vergeblich hielt er nach der jungen Frau Ausschau.

Der Ermittler blieb stehen und blickte sich um. Versteckte sich jemand hinter ihm? Erneut rief er Christinas Namen.

Keine Antwort. Nicht einmal das Gelächter.

Er ging weiter, nur um gleich darauf erneut zu verharren.

Eine Gestalt, die sich irgendwo links hinter einem Baumstamm duckte?

Ash wartete einige Sekunden lang, doch nichts bewegte sich. Er setzte den Weg fort, wütend auf Christinas närrische Spielereien.

Kurz darauf ließ ihn ein Geräusch wie ein kindliches Kichern abrupt innehalten.

Jäh drehte er sich um, und aus den Augenwinkeln bemerkte er ein gestaltloses Huschen weiter rechts. Es verschwand innerhalb eines Sekundenbruchteils.

Ash runzelte die Stirn. Er glaubte, ein kleines Mädchen erkannt zu haben, war jedoch nicht ganz sicher. Es hatte sich viel zu schnell bewegt.

Er wandte den Kopf zur Seite. Nein, unmöglich: Es konnte keine raunende, flüsternde Stimme gewesen sein. Wahrscheinlich nur der im Geäst seufzende Wind.

Weit entfernt der Hauch eines Lachens.

Ash atmete ganz flach und spürte, wie sich ein seltsames Gefühl in seiner Magengrube ausbreitete und durch seinen Leib *kroch*. Ein eigentümlicher Frost erfaßte ihn, tastete sich durch seinen Körper, sickerte in Arme und Beine, prickelte über die Haut. Ein Unbehagen, für das er keine Erklärung fand, sich jedoch verdichtete und Aufmerksamkeit verlangte. Er schritt rascher aus, als er durch den Wald wanderte.

Ab und zu blickte er zurück. Manchmal starrte er abrupt nach rechts oder links, immer mehr davon überzeugt, daß ihm jemand folgte. Doch er sah nur Bäume und Sträucher.

Ash lief nicht, aber er ging hastig.

Er hörte ein spöttisches Zischen, fühlte eine Hand auf seiner Schulter. Die Berührung stammte vermutlich nur von vorbeistreichenden Blättern, doch das höhnische Fauchen bildete er sich nicht ein.

Er stolperte, stützte sich an rauher Borke ab und wankte eilig weiter.

Der Wald erschien ihm nun düsterer und finsterer, so als setze die Abenddämmerung vorzeitig ein. Die Kühle beschränkte sich nur auf seine Gedanken, denn er begann zu schwitzen, fühlte klamme Feuchtigkeit am verlängerten Rücken, spürte, wie das Hemd an der Haut festzukleben begann. Er hastete weiter, schenkte dem leisen Knistern und Rascheln in seiner Nähe keine Beachtung mehr, ignorierte auch die Schatten, die ihre Substanz verloren, wenn er den Blick auf sie richtete.

Und plötzlich trat er in glänzenden Sonnenschein. Vor ihm erstreckte sich eine Lichtung, gehüllt in laue Wärme, als sei hier ein Rest des Sommers gefangen. Er hörte sogar das dumpfe Brummen einer Schmeißfliege, die an diesem Ort Schutz vor herbstlicher Kälte suchte. Ash kniff die Augen zusammen, geblendet von der unerwarteten Helligkeit.

Die Lichtung erwies sich als eine unordentliche Ansammlung aus dichtem Gras und welken Blättern. Am fransig anmutenden Rand zeigten sich mehrere Öffnungen, vielleicht Pfade, die tiefer in den Wald führten. In der Mitte stand ein kleines, quadratisches Gebäude, die fleckigen Mauern mit Moosen und Flechten bewachsen. Die Tür – ein rostiges Eisentor, die unteren Gitterstangen unkrautüberwuchert – war geöffnet. Zwei tönerne, mit Blumen gefüllte Vasen standen zu beiden Seiten.

Das alte und vernachlässigt wirkende Haus konnte nur ein Mausoleum sein. Ein Grab. Die letzte Ruhestätte verstorbener Mariells? Neugierig trat er näher.

Der Sonnenschein vertrieb langsam die Kühle aus ihm.

Ein Laut drang aus dem Innern der Gruft. Etwas rührte sich.

Ash blieb stehen. Hinter ihm zitterten lange Grashalme.

»Sind Sie das, Christina?«

Er wartete vergeblich auf eine Antwort. Doch jenseits der Tür knarrte es leise.

Der Ermittler rang sich ein Lächeln ab. »In Ordnung, Christina, Scherz beiseite. Sie hatten Ihren Spaß.«

Die Stille bedrückte ihn.

Ash seufzte verärgert. »Christina . . .«

Selbst die Luft schien völlig unbewegt. Ash näherte sich dem alten Gebäude, streckte die Hand nach dem Tor aus. Seine Finger schlossen sich um eine rostige Stange. Neben dem Zugang bemerkte er eine verwitterte Tafel, die Aufschrift durch Wind und Regen verblaßt. Ganz oben entzifferte er einige Buchstaben des Namens Mariell.

Er drückte gegen das Tor, und die Angeln quietschten, als es nach innen aufschwang. Ein feuchter, muffiger Geruch erfüllte das Grab, und Ash spürte völlige Leere. Sein Blick fiel auf einige stufenartige Erhebungen an den Wänden, kleine Plattformen aus Beton, auf denen steinerne Särge ruhten.

Eine Sekunde später vernahm Ash ein dumpfes, drohend klingendes Knurren, und die dunkle Gestalt eines Hundes schlich ihm durchs Zwielicht entgegen. Sucher bleckte die Zähne, hielt den Kopf gesenkt. Die Schultermuskeln zuckten.

Ash wich langsam und vorsichtig zurück. Der Hund folgte ihm, das Maul geöffnet. Dunkle, feuchte Haut zitterte über den langen, spitzen Zähnen. Das Tier duckte sich, grollte noch einmal – und sprang.

15

Ash zerrte am Tor, kämpfte gegen den Widerstand der verrosteten Angeln an. Der Aufprall des Tiers warf das Gitter zu, und der Ermittler verlor plötzlich den Halt und fiel. Sucher raste, sprang immer wieder an die dicken Eisenstäbe, heulte und starrte den Mann an, der auf der anderen Seite lag. Schleimiger Speichel tropfte aus seinem Maul.

Ash stemmte sich wieder in die Höhe, ließ den Hund nicht aus den Augen. Das zornige Winseln hallte sonderbar laut in der Gruft wider. Er eilte fort vom Mausoleum, taumelte halb geduckt über die Lichtung, befürchtete, daß es Sucher doch noch gelang, das Gitter zu durchbrechen und ihm zu folgen. Als er die ersten Bäume erreichte, drehte er sich um, sah zurück – und lief. Knurrendes Bellen begleitete ihn, das Schaben von Metall auf Stein. Ash bahnte sich einen Weg durchs Dickicht, sprang über niedrige Hindernisse hinweg, strich Zweige zur Seite und überlegte entsetzt, wie lange der Hund brauchte, um eine Lücke im eisernen Zaun zu schaffen. Er war bestrebt, die Zeit zu nutzen und eine möglichst große Entfernung zwischen sich und das Tier zu legen.

Stimmen. Nein, ausgeschlossen. Er konnte keine Stimmen hören. Nicht hier. Nicht an diesem Ort. Und doch vernahm er welche. Irgendwo im Wald.

Ash rief etwas.

Jemand kicherte. *Himmel, sie lachen mich aus.* Schatten huschten durchs Gebüsch.

»Hört endlich auf!« brachte er hervor. Schrie er diesmal?

Flüstern und Raunen antworteten.

Dann das Knacken und Knirschen von Zweigen hinter ihm, so als folge ihm jemand – jemand oder *etwas,* das sich sehr schnell bewegte. Sich näherte. Sucher, der durchs Unterholz stürmte?

»Hilfe!« entfuhr es Ash. Gelächter verspottete ihn.

Er wagte es nicht, sich umzudrehen oder einen Blick über die

Schulter zu werfen, aus Angst davor, eine Wurzel zu übersehen, zu fallen, wertvolle Zeit zu verlieren, dachte an einen muskulösen, vierbeinigen Körper, ein zum Zuschnappen aufgerissenes Maul. Das Knistern und Rascheln wurde lauter, und Ash war sicher, daß er das Keuchen des Tieres, sein wütendes Knurren hören konnte. Er glaubte sogar, den heißen Atem im Nacken zu spüren.

Seine Beine fühlten sich seltsam schwer an, die Knie steif. Er lief ohne Rhythmus, schwerfällig und ungelenk; jeder Schritt erschütterte den Körper, und die Rippen übten einen schmerzhaften Druck auf seine Lungen aus. Der Hund hatte ihn fast erreicht, daran zweifelte er nicht. Er *hörte* ihn, klar und deutlich – das kehlige Grollen, das hungrige Klacken der Zähne, das leise Schmatzen der Zunge ...

Plötzlich wölbte sich verwirrend blauer Himmel über ihm, und Hände berührten ihn an der Brust, eine Gestalt, die ihm den Weg versperrte. Er wäre sicher zu Boden gesunken, wenn sie ihn nicht festgehalten und gestützt hätte.

Ash zwinkerte, um den Dunst vor seinen Augen zu vertreiben – verursacht von der jähen Helligkeit oder den Tränen der Furcht?

Vor ihm auf dem Pfad, so nahe, daß er den Puder im faltigen Gesicht riechen konnte, stand Nanny Tess, die Hände noch immer um seine Arme geschlossen. Schnittblumen lagen auf dem Boden.

Ash war so außer Atem, daß er kein Wort hervorbrachte. Hilflos deutete er in den Wald zurück, und seine Beine bebten, wollten die Flucht fortsetzen.

Doch nichts folgte ihm. Er hörte das protestierende Zwitschern der Vögel, die er aufgescheucht hatte, beobachtete stilles, ruhiges Dickicht. Nur der Wind bewegte einige Blätter.

16

Ash stützte die Ellenbogen auf das rauhe Holz des Küchentischs, und die Zigarette zitterte zwischen seinen Lippen. Ganz in der Nähe sah er die Herbstblumen, die Nanny Tess am Waldrand gepflückt hatte. Ihre Blütenblätter verloren allmählich den Glanz, doch der Duft war noch immer stark und aromatisch. Er atmete tief durch, nahm die Zigarette aus dem Mund und beobachtete, wie sie zwischen seinen Fingern bebte.

Miß Webb musterte ihn besorgt, als sie ihm einen Cognac einschenkte. Ihre Hände zitterten ebenfalls, wenn auch nicht ganz so heftig wie die des Ermittlers. Sie stellte die Flasche zur Seite, hielt sie fest und schloß kurz die Augen. Dann gab sie sich einen Ruck und trug das Glas zum Tisch.

»Trinken Sie das«, sagte sie. »Es wird Sie beruhigen.«

Ash nahm einen großen Schluck, als die alte Frau einen Stuhl heranzog und ihm gegenüber Platz nahm. Er spürte ihren durchdringenden Blick auf sich ruhen.

»Sie behaupten also, erneut dem Hund begegnet, von ihm verfolgt worden zu sein«, sagte sie unruhig.

Ash nickte, hielt das Glas mit beiden Händen.

»Aber ich habe keine Spur von ihm gesehen«, wandte Miß Webb ein. »Wenn Sucher wirklich hinter Ihnen her war, was hat ihn dann aufgehalten?«

»Keine Ahnung.« Er sprach leise, die Stimme rauh vom Brandy. »Vielleicht versteckte er sich, weil er Sie bemerkte. Ich weiß nur, daß er auf mich zusprang, als ich die – verdammte Gruft betrat.«

Miß Webb zuckte zusammen. »Mr. Ash, was veranlaßte Sie dazu, das Familiengrab aufzusuchen?«

»Himmel, ich hatte gar nicht die Absicht, dorthin zu gehen. Ich verirrte mich im Wald und fand es rein zufällig. Warum hat mir niemand gesagt, daß die Mariells über ein eigenes Mausoleum verfügen?«

»Ich dachte, es sei nicht weiter wichtig«, erwiderte die Tante. »Und dieser Meinung bin ich nach wie vor. Einmal in der Woche fülle ich die Vasen mit frischen Blumen, aber ich fürchte, wir haben jenen Ort sehr vernachlässigt, so wie viele Dinge auf diesem Anwesen.« Einige Sekunden lang schienen ihre Gedanken in einer anderen Zeit zu weilen.

Ash trank Cognac und räusperte sich. »Christinas Eltern, die in Frankreich verbrannten – sind sie hier begraben?«

»Ihre – Leichen wurden hierher überführt, damit sie in Edbrook die letzte Ruhe finden. Sucher war in dem Gebäude?«

»Ja. Er lauerte in irgendeiner dunklen Ecke. Ich dachte . . .« Ash zögerte, schüttelte den Kopf. »Ich dachte, Christina verstecke sich vor mir. Sie ließ mich einfach im Wald zurück. Ein törichter Streich . . .«

»Bitte verzeihen Sie ihr, Mr. Ash. Eigentlich ist sie noch immer ein Kind, ebenso wie ihre Brüder. Ich hoffte, sie würden sich im Laufe der Jahre ändern – durch all das, was passiert ist.« Miß Webb ließ die Schultern hängen und schien zu schrumpfen. »Ich dachte, der Tod ihrer Eltern bewirke eine charakterliche Reifung, aber aus irgendeinem Grund geschah genau das Gegenteil. Die Tragödie führte dazu, daß sich die Kinder in sich selbst zurückzogen, in eine Welt der Spielerei.«

Ash verlor allmählich die Geduld. »Hören Sie, der Hund . . . Er ist viel zu gefährlich, um ihn frei herumlaufen zu lassen.«

Nanny Tess straffte die Gestalt und erwiderte scharf: »Nein, nein, Sucher ist harmlos, Mr. Ash. Er hätte sie bestimmt nicht angegriffen, das versichere ich Ihnen. Er wollte nur seine Herrin beschützen, Sie erschrecken und verjagen.«

»Zum Teufel auch, wovon reden Sie überhaupt? Christina war gar nicht in der Nähe.«

Seine zornigen Worte verblüfften die Tante nicht, stimmten sie nur traurig. »Ich hatte keine Ahnung, daß Sucher noch immer ihr Grab bewacht.«

»Ich versuche, diese Sache zu verstehen, Miß Webb«, sagte Ash etwas beherrschter. »Leider sind Sie mir dabei keine große Hilfe. Wessen Grab meinen Sie?«

Sie mied seinen Blick, faltete nervös die Hände im Schoß.

»Christina . . .«, begann sie, brach jedoch wieder ab und strich eine Strähne beiseite. »Christina hatte eine Zwillingsschwester.«

Ash erstarrte förmlich.

»Sie waren sich sehr ähnlich«, fuhr Nanny Tess fort. »Auch in ihrem Wesen, und doch . . .« Sie bemerkte die neugierige Aufmerksamkeit des Ermittlers. »Ja, eine Schwester, Mr. Ash. Aber zwischen ihnen gab es einen fatalen Unterschied.«

Er wartete, die Zigarette noch immer einige Zentimeter vom Mund entfernt.

»Das andere Mädchen war schizophren: in einem Augenblick ein ganz normales Kind, im nächsten völlig verrückt.«

»Ist sie tot?« fragte er ruhig und leise.

»Sie wurde in der Gruft bestattet. Neben ihren Eltern.«

»Noch ein Punkt, den Sie für so unwichtig hielten, daß Sie mich nicht darauf hinweisen.« Ash inhalierte und blies Rauch an die fleckige Decke.

»Spielt das irgendeine Rolle?«

»Begreifen Sie denn nicht? Mein Gott, der Geist einer jungen Frau manifestiert sich in diesem Haus, und Sie halten es für bedeutungslos, daß Robert, Simon und Christina eine Schwester hatten? Warum erwähnten Sie sie nicht einmal, als ich mich nach Todesfällen in Edbrook erkundigte?«

»Wir sprechen nicht gern darüber.«

»Scheint eine Familientradition zu sein, wie?« entgegnete er aufgebracht. »Nun, wenn Sie mir bei meiner Untersuchung helfen – wenn Sie sich *selbst* helfen wollen, verdammt, dann sollten Sie die Karten endlich offen auf den Tisch legen.«

Die alte Frau stand auf, und der Stuhl kratzte über die Fliesen. Sie ging zum Schrank, griff nach der Flasche und genehmigte sich ebenfalls einen Cognac.

Ash hielt sein fast leeres Glas hoch, und sie füllte es wieder auf, stellte die Flasche vor ihm ab und nahm wieder Platz.

Nanny Tess trank und verzog das Gesicht. »Ich bin nicht sicher, ob . . .«

»Sie *müssen* mir alles erzählen«, beharrte der Ermittler.

»Es liegt schon so lange zurück, und ich habe zu vergessen versucht, was damals geschah . . .«

»Ich möchte Ihnen etwas erklären«, sagte Ash sanfter. »Wenn Sie – Sie alle – unangenehme Erinnerungen an ein schreckliches Ereignis unterdrücken, so könnte es sein, daß Ihr kollektives Unterbewußtsein die betreffenden Reminiszenzen bündelt und entsprechende Gedanken stimuliert. Glauben Sie mir: So etwas ist durchaus möglich. Vielleicht schaffen Ihre Bewußtseine ein Bild des Mädchens, in Form eines Geistes. Verstehen Sie, was ich meine?«

Miß Webb wirkte sehr nachdenklich. »Ich – ich glaube schon. Aber Sie lehnen doch alles Übernatürliche ab, oder?«

»In der Tat. Doch das Paranormale hat einen Platz in meiner Vorstellung von der Wirklichkeit. Sind Sie jetzt bereit, mir die damaligen Ereignisse zu schildern?«

Nanny Tess hob ihr Glas, nippte an dem Brandy und trank einen größeren Schluck. Einige Sekunden lang musterte sie Ash, rang sich schließlich zu einer Entscheidung durch und begann:

»Meine Schwester und ihr Mann wollten Außenstehenden gegenüber nie zugeben, daß eins ihrer Kinder nicht ganz normal war. Stellen Sie sich die damaligen Verhältnisse vor, die Welt, in der sie lebten, die gesellschaftlichen Normen . . .«

»Die typische Mariell-Haltung, nicht wahr?« unterbrach er sie.

»Es kam ihnen nie in den Sinn, ihre Tochter irgendeinem Institut anzuvertrauen. Nicht *nur* wegen der Schande, sondern auch, weil sie ihr Kind liebten. Von ganzem Herzen. Wenn ich heute daran zurückdenke, erscheint es mir seltsam, wie oft mich meine Schwester Isobel darum bat, die Verantwortung für ihre Kinder zu übernehmen, falls ihr und ihrem Mann etwas zustieße. Man könnte fast meinen, sie hätte ihren Tod vorausgeahnt. Ist das möglich, Mr. Ash? Kann Isobel irgendwie gewußt haben, daß sie beide sehr jung sterben würden?«

»Einige meiner Kollegen glauben an solche Arten von Hellseherei«, erwiderte er.

Die alte Frau neigte den Kopf, grübelte über seine Antwort nach. »Der gräßliche Unfall bestürzte uns alle, aber für Christinas Schwester muß der Schock besonders schlimm gewesen sein. Der schreckliche Verlust war einfach zuviel für sie. Der kranke Teil ihres Ichs verdrängte den gesunden immer mehr. Sie spielte ebenso wie die anderen, aber ihre Streiche wurden immer gefährlicher. Christina und ihre beiden Brüder fürchteten sich allmählich vor ihr, lehnten sie schließlich ab. In ihren dunklen, düsteren Stimmungen glaubte sie, Sucher sei ihr einziger Freund. Manchmal war sie so boshaft und gemein, daß wir sie einsperren mußten, zu ihrer eigenen Sicherheit und der ihrer Geschwister.«

Die alte Frau trank noch mehr Brandy, um sich zu stärken. Ash drückte seine Zigarette auf einer Untertasse aus und wartete.

»Eines Nachts gelang es ihr, ein Feuer zu legen – vielleicht durch Zufall, vielleicht mit Absicht. Wie dem auch sei: Wir entdeckten den Brand noch rechtzeitig genug und löschten ihn. Aber von Christinas Schwester fanden wir zunächst keine Spur. Wir durchsuchten das ganze Haus, vom Dachboden bis zum Keller. Erst als Simon entdeckte, daß die Hintertür offenstand, begriffen wir, was geschehen war. Die Leiche lag im Teich.«

Ash musterte Miß Webb betroffen. Ihre Gedanken kehrten zu jenem schrecklichen Abend zurück.

»Ihr Nachthemd hatte Feuer gefangen, und sie sprang ins Wasser, um die Flammen zu ersticken. Aber offenbar war sie aufgrund ihrer Verletzungen zu geschwächt, um wieder ans Ufer zu kriechen. Sie ertrank, Mr. Ash. Das arme Kind ertrank.«

Der Ermittler schwieg eine Zeitlang und versuchte, das Chaos hinter seiner Stirn zu ordnen. »Gestern, als Christina mir das Anwesen zeigte, mied sie den Teich . . .«

»Selbst nach all den Jahren gehen wir nicht gern dorthin. Aus diesem Grund befindet sich der kleine See in einem so schlechten Zustand.«

Ash lehnte sich verwirrt zurück und dachte gründlich über Miß Webbs Ausführungen nach. »Mir ist noch immer unklar, warum Sie mir das erst jetzt erzählen«, brummte er.

»Warum sollten wir mit einem Fremden über ein verrücktes Familienmitglied reden? Wir haben uns immer gegenseitig geschützt, auch unsere Erinnerungen. Sie sollten nichts davon erfahren, Mr. Ash. Aber inzwischen hat sich die Situation geändert. Ich glaube, jetzt ist es nur recht und billig, daß Sie Bescheid wissen.«

»Haben Sie mir sonst noch etwas zu sagen?«

Sie schüttelte langsam den Kopf. »Hier in Edbrook gibt es einige Dinge, die Außenstehende nichts angehen.«

Nanny Tess leert ihr Glas und stand auf.

»Warten Sie . . .«, stieß Ash hervor, als sie fortging.

Sie öffnete die Küchentür und drehte sich noch einmal um. »Wenn Sie einen Rat möchten . . . Verlassen Sie dieses Haus. Ihre Untersuchungen wecken das Grauen. Spüren *Sie* das nicht auch?«

Sie verließ das Zimmer.

17

Zigarettenrauch verpestete die Luft, wirbelte in jenen Lichtbalken, die durchs Schlafzimmerfenster wuchsen. Ash las seine Notizen, legte den Filzstift beiseite und lauschte dem Brodeln des Ärgers tief in ihm. Ruckartig drückte er den Zigarettenstummel im metallenen Aschenbecher aus und griff nach der Wodkaflasche, deren Pegel schon beträchtlich gesunken war. Doch er kam nicht dazu, einen Schluck zu trinken: Jemand klopfte an die Tür.

Simon Mariell wartete keine Aufforderung ab, kam einfach herein. »Haben Sie ein paar Minuten Zeit?« fragte er, auf den Lippen jenes hochnäsige Lächeln, das Ash noch wütender stimmte. »Robert möchte mit Ihnen reden. Im Wohnzimmer.«

Ash versuchte, seinen Zorn zu kontrollieren. »In Ordnung. Es ist höchste Zeit für ein offenes Gespräch.«

Er zog die Jacke von der Stuhllehne, streifte sie über und trat auf den Flur. Simon wanderte bereits durch den Korridor, und Ash folgte ihm. Ihn störte das düstere Zwielicht in diesem Teil des Hauses, der Geruch von Staub und altem Holz.

Er ging die breite Treppe hinab, müde vom Brandy in der Küche, dem Wodka in seinem Zimmer. Zum erstenmal fielen ihm die Fransen am Rand des Teppichs auf, der die Stufen bedeckte.

Robert, Christina und Nanny Tess warteten im Salon auf ihn. Simon schloß die Tür hinter dem Ermittler, nahm dann neben seiner Schwester auf dem Sofa Platz.

Robert stand an einem der großen Fenster, drehte sich um und kam näher. Er lächelte kühl. »Wie wär's, wenn Sie uns vom gegenwärtigen Stand Ihrer Untersuchungen berichten, Mr. Ash?«

»Was für ein dummes Spielchen treiben Sie jetzt?« erwiderte er.

Christina hob abrupt den Kopf, überrascht von der Antwort.

Robert lächelte weiterhin, und seine Stimme klang sanft. »Ich fürchte, ich verstehe nicht ganz . . .«

»Der Zwischenfall gestern abend. Und heute führt mich Christina zum Familienmausoleum, wo der verdammte Hund auf mich lauert.«

»Aber ich . . .«, begann die junge Frau.

Ash sah sie an. »Sie sind ganz zufällig in Richtung Grab gelaufen, nicht wahr? Und die Stimmen, die ich im Wald hörte – nur Einbildung?« Er wandte sich wieder an Robert. »Vor einer Weile hat mir Ihre Tante eine ziemlich verrückte Geschichte über eine angebliche Zwillingsschwester Christinas erzählt, die vor einigen Jahren im Teich ertrunken sein soll.« Er warf der alten Frau einen wütenden Blick zu. Sie saß auf der Kante eines Lehnstuhls, der zarte Leib steif und gerade. »Sie hätte mich fast überzeugt. Es paßt ja so wunderbar zu dem Spuk, dem ich hier nachgehen soll.«

»Ich glaube, aufgrund Ihrer bisherigen Erfahrungen sind Sie zu voreingenommen«, erwiderte Robert glatt. »Warum sollten wir uns solche Mühe geben, Sie zu täuschen?«

»Diese Frage wollte ich *Ihnen* stellen. Veranstalten Sie dieses ganze Theater, um mich in Mißkredit zu bringen? Stecken vielleicht noch andere dahinter? Vergeltung für all den falschen Spuk und die spiritistischen Schwindler, die ich entlarvt habe? Ist dies vielleicht eine Verschwörung, um mir einen Denkzettel zu verpassen?«

Robert ließ sich nicht aus der Ruhe bringen. »Ihnen scheint nicht klar zu sein, wie lächerlich Ihre Anschuldigungen sind. Nun, Ihr Groll gegen bestimmte Parapsychologen und übernatürliche Phänomene ist mir durchaus bekannt, aber die Mariell-Familie hat damit nichts zu tun. Uns geht es ausschließlich um die Vorgänge in diesem Haus.«

»Das behaupten Sie. Aber woher soll ich wissen, ob Sie's ernst meinen, verdammt?«

Ash musterte die Anwesenden der Reihe nach. Christina wirkte unsicher und nervös, während Nanny mit offensichtlicher Sorge auf seine Emotionen reagierte. Simon hingegen hob die Hand und versuchte, sein Grinsen zu verbergen. Was den Ermittler noch mehr in Rage brachte.

Robert trat an den leeren Kamin und lehnte sich an den Sims. »Wir haben Ihnen alles gesagt, was wir für notwendig hielten.

Wenn Sie mehr wissen wollen, sind wir gern bereit, Ihnen Auskunft zu geben. Aber offenbar mißtrauen Sie sogar Nanny.«

»Weil sie so von Christinas Zwillingsschwester sprach, als sei sie damals ein Kind gewesen und schon seit vielen Jahren tot. Wie kann Sucher ihr Liebling gewesen sein?« Erregt strich sich Ash übers Haar. »Miß Web erwähnte eine besondere Freundschaft zwischen ihr und dem Hund. Nun, ich bin kein Fachmann auf diesem Gebiet, aber bestimmt ist das Tier nicht annähernd so alt. Mit anderen Worten: Miß Webb tischte mir eine Lügengeschichte auf.« Er gestikulierte, schüttelte den Kopf. »Dadurch muß ich auch alles andere in Frage stellen. Sagen Sie mir nur eins: Was hoffen Sie zu erreichen, indem Sie mich in Verruf bringen?«

»Wir möchten die Wahrheit, Mr. Ash«, sagte Robert. »Sonst nichts.«

Christina stand auf und näherte sich dem Ermittler, der sie aufmerksam beobachtete. »David, vielleicht sind es Ihre eigenen Vorurteile, die Sie an uns zweifeln lassen.«

»Vorurteile?« entgegnete Ash kühl. »Skepsis, meinen Sie wohl. Und sie scheint mir angebracht. Ganz im Gegensatz zu Ihren Spielereien.«

»Sie glauben also, alles sei nur ein Spiel«, sagte Robert, der nach wie vor am Kaminsims lehnte. »Nun gut, dann beweisen Sie's. Und wenn Ihnen das nicht gelingt: Beweisen Sie, daß die Vorfälle im Haus von unterirdischen Quellen verursacht werden, von dünnen Mauerrissen oder irgendwelchen elektromagnetischen Impulsen. Aber denken Sie dabei daran, daß Sie selbst einige ungewöhnliche Dinge erlebt haben. Überzeugen Sie uns davon, daß die ›Phänomene‹ natürlichen Ursprungs sind – oder ein Trick. Weisen Sie nach, daß es in Edbrook gar nicht spukt, daß wir uns irren. Wir alle sind sehr gespannt auf ihre Erklärungen, Mr. Ash. Und auch das Institut für Psychische Forschungen dürfte daran interessiert sein.«

»Warum sollte ich mir die Mühe machen?«

Simon lachte leise. »Wegen Ihrer beruflichen Neugier. Weshalb sonst?«

»Oh, und das ist noch nicht alles«, fügte sein Bruder hinzu. »Sie brauchen auch Ihren ganz persönlichen Glauben, Mr. Ash, eine Bestätigung für Ihre Skepsis. Und wenn das nicht genügt ... Ich bin bereit, Ihnen für die hiesigen Ermittlungen das dreifache Honorar zu zahlen und die allgemeinen Forschungsarbeiten des Instituts mit einer großzügigen Spende zu finanzieren. Allerdings: Das zweite Versprechen gilt nur, wenn Sie schlüssig beweisen, daß sich kein Geist in Edbrook herumtreibt.« In einer versöhnlichen Geste breitete er die Arme aus. »Nehmen Sie diese Herausforderung an?«

Ash musterte die Gesichter der Mariells, bevor er antwortete: »Na gut. Einverstanden. Unter einer Voraussetzung: Heute abend bleiben Sie alle in Ihren Zimmern, ganz gleich, was passiert. Nur auf diese Weise kann ich sicher sein, daß keiner von Ihnen mit eventuellen Erscheinungen zu tun hat.«

Robert nickte lächelnd. »Simon und ich verbringen den Abend in London; dort müssen wir morgen einen geschäftlichen Termin wahrnehmen. Von uns brauchen Sie also keine Einmischung zu befürchten. Ich bin sicher, Christina und Nanny stimmen Ihrer Bedingung zu.«

Die alte Frau starrte zu Boden. Christina sah Ash an und nickte, ihre Nervosität war wie weggewischt.

»Vielleicht habe ich das Problem gelöst, wenn Sie zurückkehren«, sagte der Ermittler.

»Das hoffe ich«, sagte Robert. »Ja, das hoffe ich sehr.«

18

Der Mann marschierte über die Landstraße. Dichter Wald flankierte den Asphalt, verwehrte den Blick auf ferne Hügel. Zwar war es noch immer recht hell, aber die Sonne neigte sich allmählich dem Horizont entgegen, und die Luft wurde kühler.

Ash schlug den Jackenkragen hoch und bedauerte es, sich nicht die Zeit genommen zu haben, den Mantel überzuziehen, bevor er Edbrook verließ. Er schritt rasch aus. Seine Bewegungen und die Frische belebten ihn, vertrieben die Reste der Müdigkeit aus Körper und Geist.

Doch als er die Telefonzelle erreichte – sie stand an einer Kreuzung, auf einem kleinen Dreieck aus wucherndem Gras –, schnappte er nach Luft, die Beine steif von der ungewohnten Anstrengung. Die Zelle gehörte zu den älteren Ausführungen, ganz in jenem Rot gehalten, das sich auf eine seltsam perverse Art für jede Umgebung eignete. Einige Scheiben fehlten, andere waren zersprungen. Ash hoffte, daß sich die Telefongesellschaft wenigstens ab und zu an diesen Anschluß erinnerte. Nicht ohne eine gewisse Mühe zog er die Tür auf und nahm den Hörer ab. Ein leises Summen – gut. Der Ermittler legte einige Münzen bereit, suchte nach der Nummer und wählte.

»Kate McCarrick«, sagte er.

Während er auf die Verbindung wartete, blickte er durch eins der kleinen Fenster und beobachtete die Straße. Sein Atmen kondensierte auf dem Glas.

»Kate? Ich bin's, David.«

Ihre Stimme klang beunruhigt. »David. Warum rufst du erst jetzt an? Wir haben uns Sorgen um dich gemacht.«

»Ging leider nicht anders«, erwiderte er. »Der Apparat in Edbrook ist außer Betrieb. Offenbar schon seit einer ganzen Weile.«

»Nach dem Verzeichnis zu urteilen gibt es dort überhaupt kein Telefon.«

Ash schwieg und runzelte die Stirn.

»Hast du mich verstanden, David? Ich sagte: Im Verzeichnis fehlt der Name Mariell. Und sie haben auch keine Geheimnummer.«

»Ja, ich hab's gehört«, erwiderte er irgendwie niedergeschlagen. »Eine Familie mit vielen Überraschungen. Äh, weißt du etwas über die Mariells, ihren Hintergrund?«

Kate saß in ihrem Büro, nahm die Lesebrille ab und legte sie auf den Schreibtisch. »Nur das, was in den beiden Briefen Miß Webbs steht«, antwortete sie. »Es ist nicht sehr viel. Wenn du möchtest, veranlasse ich entsprechende Nachforschungen. Ich selbst habe heute nur wenig Zeit. Ich muß noch einige Vorbereitungen für die morgen beginnende parapsychologische Konferenz treffen. Du weißt ja, wie . . .« Sie unterbrach sich und hielt den Hörer zur Seite, als lautes statisches Knistern aus der Muschel drang. »Bist du noch da, David?« fragte sie einige Sekunden später. »Die Leitung scheint gestört zu sein.«

»Ich brauche mehr Informationen, Kate«, hörte sie David in weiter Ferne. »Ich bin mir nicht sicher, womit ich es hier zu tun habe. Vielleicht steckt Betrug dahinter. Aber es könnte sich auch um ein echtes Phänomen handeln.«

»Wenn du in Schwierigkeit gerätst, laß die Sache sausen«, sagte Kate fest. »Geh keine Risiken ein.«

Ash wischte den dunstigen Beschlag vom Fenster und lächelte humorlos. »Wenn du von dem Angebot der Mariells wüßtest . . .«, brummte er.

Erneut knisterte und knackte es, als knülle jemand eine Aluminiumfolie zusammen.

»Ich verstehe dich nicht«, erwiderte Kate. »Was hast du gesagt?«

Ash sprach lauter. »Nicht weiter wichtig. Ich setze die Untersuchungen fort, Kate. Es ist ein ungewöhnlicher Fall. Hör mal: Ich habe kaum noch Münzen, muß jetzt Schluß machen. Morgen melde ich mich wieder.«

»Dann bin ich in der Konferenz. Erzähl mir von Edbrook. Was passiert dort?«

»Ich wünschte, darauf könnte ich dir eine klare Antwort geben«, gab Ash zurück. »Wie dem auch sei: Robert Mariell hat mich auf eine recht interessante Weise herausgefordert . . .«

Ein beharrliches *Piep-piep* forderte ihn auf, eine weitere Münze einzugeben.

»Ich rufe dich morgen abend an, Kate«, sagte er hastig. »Zu Hause. Dann erkläre ich dir mehr . . .«

Die Verbindung wurde unterbrochen, und das Freizeichen summte.

Kate starrte aufs Telefon. »David! Verdammt!«

Sie legte den Hörer auf und schnitt eine finstere Miene. Auf der anderen Seite des Schreibtischs saß Edith Phipps und musterte sie stumm.

Ash näherte sich dem Haus durch die Gartenanlagen, kürzte den Weg ab, indem er über weite Rasenflächen schritt. Nach einer Weile blieb er stehen und lehnte sich an einen Baum, um seinen Füßen eine Pause zu gönnen. *Du wirst langsam alt,* dachte er und zog das Zigarettenpäckchen aus der Tasche. Nachdenklich beobachtete er das Gebäude mit der verblaßten, verwitterten Fassade; es wirkte nicht mehr so prächtig, wie es vor hundert Jahren der Fall gewesen mochte. In dem einen und anderen Schornstein fehlten dicke Mauerbrocken, und selbst aus dieser Entfernung konnte Ash an den Fenstern rissigen, abblätternden Lack sehen. Hier und dort hatten sich Regenrinnen gelöst, und an einigen Stellen zeigten sich kleine Löcher im Dach. Er fragte sich, warum die Mariells nichts gegen den langsamen Verfall ihres Hauses unternahmen. War ihre finanzielle Situation zu angespannt? Nun, an Geld mangelte es offenbar nicht. Immerhin hatte Robert dem Ermittler sowohl eine Verdreifachung seines Honorars als auch eine großzügige Spende für das Institut in Aussicht gestellt. Nun, Ash erinnerte sich an andere Untersuchungen in ähnlichen oder sogar noch größeren Gebäuden: Manchmal neigte der niedere Adel dazu, seinen Besitz zu vernachlässigen, aber meistens ließ sich dieses Verhalten mit schlichter Gedankenlosigkeit erklären. Es sei denn, die Erbschaftssteuern verschlangen einen großen Teil des Familienvermögens.

Ash wollte sich gerade eine Zigarette anzünden, als ihm etwas auffiel. Einige Dutzend Meter weiter vorn beobachtete noch jemand das Haus. Die Gestalt, ganz in Weiß gekleidet, stand so still, daß er sie erst jetzt bemerkte.

Es lief ihm kalt über den Rücken.

Eine junge Frau, dunkles Haar, das bis zu den Schultern herabreichte.

Ash nahm die Zigarette aus dem Mund und schob sie in die Jakkentasche zurück. Er trat auf die Frau zu, vorsichtig und angespannt, als fürchte er, sie – ihr *Bild* – könne verschwinden, wenn er irgendein Geräusch verursachte. Eine törichte Vorstellung, sagte er sich, aber trotzdem ging er auf leisen Sohlen.

Als er sich der Gestalt näherte, vernahm er ein sanftes, melancholisches Summen, eine Melodie, die er schon einmal gehört hatte, irgendwo – die einfache Tonfolge eines Kinderlieds, schlicht und – unheimlich.

Dicht hinter der jungen Frau verharrte er, brauchte nur die Hand auszustrecken, um die schmalen Schultern zu berühren, das lange, wallende Haar. Sie schwieg plötzlich und drehte sich um. Christina musterte ihn lächelnd.

»Ich wollte Sie nicht erschrecken«, entschuldigte sich Ash verlegen.

»Ich habe auf Sie gewartet.«

Dem Ermittler fiel ein, daß sie jene Melodie auf dem Weg vom Bahnhof nach Edbrook gesummt hatte. Er schritt um die Gartenbank herum und nahm neben Christina Platz.

»Ist Ihnen nicht kalt?« fragte er. Zwar trug sie ein bis zu den Füßen herabreichendes Gewand mit langen Ärmeln, doch der Stoff wirkte sehr dünn.

Sie zuckte mit den Schultern. »Sie waren recht lange fort«, erwiderte sie.

»Bis zur nächsten Telefonzelle ist es ziemlich weit.«

Sie bedachte ihn mit einem verwirrten Blick.

»Ich mußte das Institut anrufen und Bericht erstatten«, erklärte er. »Leichter gesagt, als getan: Immerhin weiß ich selbst nicht genau, was hier geschieht. Was ist mit dem Apparat im Haus? Warum funktioniert er nicht?«

»Oh, wir *hassen* Telefone, finden es abscheulich, mit körperlosen Stimmen zu reden.« Sie lächelte erneut, ein Hauch von Spott in den Augen.

Ash sah darüber hinweg. »Aber wie kommen Sie zurecht? Auf welche Weise gehen Robert und Simon ihren Geschäften nach?«

»Sie schaffen es irgendwie.«

Christina begann erneut zu summen, als sei sie nicht an dem Gespräch interessiert.

Ash beugte sich vor, stützte die Ellenbogen auf die Knie und beobachtete wieder das Haus. »Warum haben Sie mich allein im Wald zurückgelassen?« fragte er.

Die junge Frau schwieg einige Sekunden lang, und als sie schließlich antwortete, klang ihre Stimme bedauernd. »Ich wollte es gar nicht. Ich dachte, Sie seien ebenso schnell wie ich. Verzeihen Sie mir?«

»War es wieder eins Ihrer Spielchen? Ein Streich, den Sie zusammen mit Simon und vielleicht auch Robert ausgeheckt haben? Um mir einen Schreck einzujagen?«

Einmal mehr die sanfte Melodie, diesmal in einem anderen Tonfall, traurig und kummervoll.

»Was für Geschäfte schließen Ihre Brüder ab, Christina?« fuhr Ash fort. »Wie gelingt es ihnen, für die Unterhaltskosten eines so großen Anwesens aufzukommen?«

»Oh, ich dachte, das hätte ich Ihnen bereits gesagt. Mein Vater hinterließ uns eine Menge Geld, Aktien und Wertpapiere, ich weiß nicht genau. Deshalb müssen Simon und Robert nach London.«

»Aber Sie sind nicht reich genug, um sich eine Dienerschaft zu leisten. Und Ihre Tante kann sich nicht um alles kümmern.«

»Sie stellt einige Leute ein, wenn es notwendig wird. Im Frühling und Sommer halten Gärtner den Park in Ordnung. Wie dem auch sei. Die meiste Zeit über sind wir allein. Das ist uns lieber.«

»Warum?«

»Wir ziehen das Leben in der Familie vor, brauchen keine Außenstehenden.«

Ash richtete seinen Blick auf die junge Frau. »Spüren Sie nie das Bedürfnis, Edbrook zu verlassen, Christina? Gehen Sie nie fort?«

»Oh, natürlich.« Wieder das verschmitzte Lächeln. »Sogar sehr häufig. Und manchmal bleibe ich lange weg.«

Ash schien sie gar nicht mehr zu hören, starrte an ihr vorbei und beobachtete jemanden, der auf der anderen Seite des Rasens stand, unter einigen Bäumen. Eine kleine Gestalt, halb im Schatten verborgen. Ein Mädchen, zu weit entfernt, um die Gesichtszüge zu erkennen oder das Alter zu bestimmen. Weiße Socken deuteten darauf hin, daß es sehr jung war.

Christina sprach noch immer, merkte nicht, daß Ashs Aufmerksamkeit etwas anderem galt. »Es zieht mich immer wieder nach Edbrook zurück. Hier fühle ich mich am wohlsten . . .«

Er berührte ihren Arm. »Dort drüben, Christina. Sehen Sie die Gestalt?«

Sie blickte in die entsprechende Richtung und schüttelte den Kopf. »Nein.«

»Bei den Bäumen.«

Sie zwinkerte einige Male, zuckte hilflos mit den Schultern. »Was meinen Sie?« fragte sie verwirrt.

Ash hob überrascht die Brauen. »Sie sind doch nicht blind . . .« Behutsam drehte er ihren Kopf.

Doch das Mädchen war verschwunden. Niemand stand unter den Bäumen.

19

Ash wanderte durchs Haus, durch bedrückende Leere, lauschte den dumpfen Echos seiner Schritte. Er war nicht völlig allein, denn Christina und Miß Webb befanden sich in ihren Zimmern, aber das Gefühl der Einsamkeit und Isolation ließ sich nur schwer verdrängen. Draußen löste eine klare, wolkenlose Nacht den Tag ab: Der Mond glitt stolz und hell über den Himmel, seine perlmuttene Herrschaft unbestritten. Die alten Mauern Edbrooks schienen die Kühle der Luft aufzusaugen, anstatt sie fernzuhalten. Eine frostige Aura umhüllte alle Gegenstände.

An jenem Abend speiste Ash allein. Nanny Tess gab kaum einen Ton von sich, als sie ihm die Mahlzeit servierte, und der Ermittler war ebensowenig zu einem Gespräch aufgelegt. Er vermutete, daß sich Simon und Robert bereits auf den Weg nach London gemacht hatten, und als er sich nach Christina erkundigte, antwortete die alte Frau, ihre Nichte habe sich schon früh zurückgezogen, müde von den Ereignissen der vergangenen Nacht. Miß Webb ließ keinen Zweifel daran, daß sie Ash dafür verantwortlich machte.

Er überprüfte die Überwachungsinstrumente in den verschiedenen Zimmern und vergewisserte sich, daß alle Geräte einwandfrei funktionierten. Er streute mehr Pulver aus, entdeckte neue Stellen, die er auf diese Weise präparierte, schloß die Türen. Bodendielen knarrten unter seinen Schritten, als er von Zimmer zu Zimmer ging, und wo seine Finger über Wände und Geländer strichen, spürte er Staub. Er wurde auch auf etwas anderes aufmerksam, das er bisher noch nicht bemerkte hatte: Spinnweben. Sie hingen in dunklen Ecken wie zerfledderte Miniaturvorhänge, zarte Gespinste, die sich mit Staubfladen vereinten. Die meisten sah er in den abgelegenen Bereichen des Gebäudes, in jenen Räumen, die offenbar nur selten benutzt wurden. Voller Abscheu schüttelte er den Kopf. Die Mariells erwarteten zuviel von ihrer

Tante, wenn sie glaubten, sie werde ganz allein mit allen Haushaltspflichten fertig. Kein Wunder, daß sie so nervös und abgespannt wirkte.

In einem Zimmer kroch ihm eine Spinne über die Hand, als er nach dem Lichtschalter tastete. Ash zuckte zusammen, schauderte, beobachtete, wie das eklige, haarige Wesen in einem Wandloch verschwand. Das matte, trübe Glühen der Lampe versuchte vergeblich, alle Schatten aus der Kammer zu vertreiben, in der sich Ash jetzt zum erstenmal umsah. Er erinnerte sich daran, daß sie bisher verschlossen gewesen war: Da es hier nach Auskunft der Mariells nie zu irgendwelchen Erscheinungen kam, hatte er dem Zimmer keine Beachtung geschenkt. *Vermutlich hat Miß Webb die Tür aufgeschlossen,* dachte er. *Damit ich mich frei im Haus bewegen kann, Zugang zu allen Räumen habe.*

Weiße Tücher bedeckten die Möbel, und das Bild über dem Kaminsims auf der anderen Seite zeigte einen Mann und eine Frau, beide förmlich gekleidet. Voller Unbehagen fühlte Ash ihre Blicke auf sich ruhen.

Er wußte sofort, um wen es sich handelte, denn die Frau wies große Ähnlichkeit mit Christina auf, obgleich ihre Züge nicht ganz so sanft waren. Ihr Haar schien ein wenig heller und anders frisiert zu sein. Doch die Augen entsprachen denen ihrer Tochter: Der Maler hatte geschickt das humorvolle, schelmische Funkeln in ihnen zum Ausdruck gebracht – sie verspotteten nicht, aber es fehlte ihnen Wärme. Ein geheimes Wissen verbarg sich in ihnen.

Der Mann sah wesentlich ernster und strenger aus, eine ältere Version Roberts. Wenn Scherzhaftigkeit in ihm ruhen sollte, so ließ er sich nichts davon anmerken. Die ausdruckslose Miene gewährte kaum Einblicke in sein Wesen.

Thomas und Isobel Mariell, die verstorbenen Eltern von Robert, Simon und Christina. Isobel, Miß Webbs Schwester.

Ihr ruhiges, durchdringendes Starren weckte beklemmende Empfindungen in Ash. Er löschte das Licht wieder und schloß die Tür.

Als er durch den Flur schritt, stellte er fest, daß sein Atem kondensierte. Er sah aufs nächste Thermometer: eine recht niedrige Anzeige, nur neun Grad. Wie kalt mußte es im Haus werden, bevor die Familie die Heizung einschaltete – falls überhaupt eine existierte – oder wenigstens Feuer in den Kaminen entzündete?

Er erreichte die Bibliothek, trat ein. Weißes Grellen blendete ihn.

Ash fluchte, rieb sich die Augen und vermutete, daß er vergessen hatte, den Kapazitanzdetektor zu desaktivieren. Mit einem leisen Summen schob sich ein weißes Quadrat aus der Polaroidkamera und fiel zu Boden. Die Spulen des Tonbandgeräts drehten sich langsam. Der Ermittler zwinkerte mehrmals, schirmte die Augen vor einem zweiten Blitz ab und näherte sich dem Stativ. Wieder glitt ein Foto hervor und landete auf dem anderen. Licht gleißte.

Er suchte die Taste des Detektors und entdeckte, daß der Apparat bereits ausgeschaltet war. Unmöglich! Ohne den Auslöser konnte die Kamera nicht funktionieren. Er riß das Verbindungskabel fort.

Ein weiterer Blitz, der die Konturen des Zimmers der Nacht entriß. Das elektrische Summen eines Motors. Ein drittes Foto. Und die Spulen des Recorders bewegten sich noch immer.

»Unmöglich!« sagte er laut.

Blendende Helligkeit, in rascher Folge. Belichteter Film surrte aus der Kamera. Und die Spulen des Tonbandgeräts drehten sich schneller.

Ash wankte zur Steckdose, stolperte über Möbel, sah jeweils nur für wenige Sekunden. Er ging in die Hocke, tastete nach dem Anschluß, zog den Stecker.

Finsternis kehrte zurück. Die Kamera schnurrte nicht mehr. Das Aufzeichnungsband bildete eine lange, braunschwarze Schlange, als die Spulen plötzlich verharrten. Stille herrschte, nur unterbrochen von Ashs Atemzügen.

Der Ermittler runzelte verwundert die Stirn. Es gab keine Erklärung für die seltsame Fehlfunktion der installierten Instrumente. Ohne eine Verbindung mit dem Auslöser *durften* Kamera und Blitzlicht nicht funktionieren. Ash dachte an eine andere Energiequelle, die der Kapazitanzdetektor registriert haben mochte. Verwirrt blinzelte er zur Lampe hoch, sah sich um. Ihm war nichts aufgefallen, als er das Zimmer betreten hatte, aber vielleicht entlud sich die fremde Kraft genau in dem Augenblick, als er die Tür öffnete – und der anschließende Blitz überstrahlte alles. Konnte der Detektor auch in ausgeschaltetem Zustand reagieren? Nein, wohl kaum. Ash richtete sich auf und argwöhnte irgendeinen Trick.

Langsam trat er an die Fotos heran, auf denen sich allmählich Umrisse formten. Er bückte sich, nahm zwei der weißen Quadrate zur Hand und betrachtete sie aufmerksam. Das eine zeigte eine Gestalt in der Tür, das andere einen Ash, der sich der Kamera näherte. Der Ermittler griff nach den übrigen Bildern. Farben und Konturen gewannen an Konsistenz, und er beobachtete mehrere Aufnahmen von sich selbst: Auf einigen wurde er größer, auf den restlichen kleiner, als er sich der Steckdose näherte. Abgesehen davon sah er nur die Möbel des Zimmers, sonst nichts.

Er sammelte die Fotos ein und verstaute sie in seiner Jackentasche. Dann verließ er die Bibliothek, ohne die Instrumente anzurühren. Als er die Tür schloß, blieb er einige Sekunden lang im Flur stehen und lauschte.

Irgendwo hörte er gedämpfte Stimmen, kaum mehr als ein Flüstern.

»Christina?« fragte er. »Miß Webb?«

Schweigen.

Er trat an andere Türen heran, blickte in verschiedene Räume. Nichts. Nur reglose Leere.

Ash ging die Treppe hoch, schritt durch den Flur, blieb vor Christinas Schlafzimmer stehen und klopfte an. Es blieb alles still. Noch einmal rief er ihren Namen, aber er bekam keine Antwort.

Zögernd setzte er den Weg fort, erreichte kurz darauf eine schmalere Treppe, die nach oben führte, in den nächsten Stock. Irgendwann hatten die dortigen Zimmer Hausangestellten als Unterkunft gedient, aber jetzt wohnte Miß Webb in ihnen. Ash wanderte durch den mit grobem Holz vertäfelten Korridor und klopfte an mehrere Türen. Niemand reagierte darauf.

Eine Zeitlang blieb er inmitten grauer Schemen stehen und überlegte. Abgesehen von ihm selbst schien das Haus leer zu sein.

Energisch und entschlossen kehrte er ins Erdgeschoß zurück. Er vermutete, daß ihm die Mariells einen ihrer Streiche spielten, um ihn zu beunruhigen, ihn aus der Fassung zu bringen. Vielleicht beabsichtigten sie, seine Fantasie zu stimulieren – aber aus welchem Grund? Was planten sie? Glaubten sie im Ernst, sie könnten ihm, David Ash, Angst einjagen? Wollten sie ihn seinen Kollegen gegenüber der Lächerlichkeit preisgeben? Er lächelte grimmig. *Da sind sie schiefgewickelt.*

Auf der letzten Treppenstufe hielt er inne und horchte.

Diesmal nur eine Stimme.

Ein leises, melancholisches Summen.

Die gleiche Melodie, die er vor einigen Stunden von Christina gehört hatte.

Ash wanderte durch den Saal, und als er die Mitte der weiten Halle erreichte, drehte er sich langsam um die eigene Achse und versuchte festzustellen, woher das Geräusch kam.

Die Kellertür stand einen Spaltbreit offen, und die Stimme wehte aus der finsteren Tiefe dahinter.

Er ging mit leisen, behutsamen Schritten, doch als er sich dem Zugang näherte, verstummte das Summen plötzlich.

Er beugte sich an den dunklen Spalt heran, wartete, lauschte, spürte einen kalten Luftzug an den Wangen. Wieder nur Stille, sonst nichts.

Ash zog die Tür weiter auf und streckte die Hand nach dem Lichtschalter aus, der sich rechts über der Treppe befand. Das Glühen der Lampe erschien ihm noch trüber als beim letztenmal, und die Schatten im Gewölbe wirkten besonders dicht.

Vorsichtig setzte er einen Fuß vor den anderen, und die hölzernen Stufen knarrten unter seinem Gewicht.

Unten blieb er stehen, sah sich in der großen Kammer um: Wände aus alten, bröckeligen Ziegeln, Nischen auf der einen Seite, darin massive Schwärze, Spinnweben an niedrigen Dekkenbalken, zugedeckte Möbel, hier und dort gesplitterte Statuen. Der Geruch von Dunkelheit und Schimmel seltsam intensiv.

»Sind Sie hier unten, Christina?« Ash sprach ruhig und beherrscht, aber seine Stimme hallte dumpf und verzerrt von den Mauern wider. Nur Stille antwortete ihm.

Es fiel ihm schwer, den aufkeimenden Zorn unter Kontrolle zu halten. »Wenn dies eins Ihrer verdammten Spiele ist ...«

Das Schweigen kam wortlosem Spott gleich.

Ash schauderte, fröstelte in der Kälte. Das am Weingestell hängende Thermometer zeigte nur 3 Grad an. Ein leises Klicken – sofort wirbelte der Ermittler herum. Er stand im Erfassungsbereich des Infrarotdetektors, und der Kameramotor drehte den Film weiter. Das Klicken der Blende wiederholte sich, als er an das Gerät herantrat und es rasch ausschaltete. Der Recorder im Regal lief, und Ash fragte sich, ob er den Vibrationsmesser ausgelöst hatte. Oder vielleicht jemand anders? Er betätigte die Rückspultaste.

Während er wartete, zündete er sich eine Zigarette an, der inhalierte Rauch ein schwacher Trost in eisiger Kühle. Am Bandanfang hielten die Spulen automatisch an, und Ash drückte die Play-Taste. Mehrere Sekunden lang vernahm er nur leises Rauschen, versteifte sich dann. Schritte.

Sie wurden lauter, kamen die Treppe herab. Kurze Stille. Der Ermittler fühlte eine sonderbare Mischung aus Erleichterung und Enttäuschung, als er seine eigene Stimme hörte: »Sind Sie hier unten, Christina?«

Er drückte auf ›Stop‹ und schaltete das Gerät aus. Eine Zeitlang lehnte Ash an dem Weingestell, rauchte und überlegte. Warum? Verdammt, worauf hatten sie es abgesehen? Was wollten sie erreichen? Erneut ließ er seinen Blick durch den Keller schweifen, bis er ganz sicher sein konnte, daß sich außer ihm niemand im Gewölbe aufhielt. Der Hund war für die Nacht aus dem Haus verbannt, durchstreifte draußen den Park. *Christinas Stimme?* dachte er. Entweder hatte er sich geirrt – oder es gab Rohrleitungen und verborgene Schächte, die das Geräusch von einem anderen Teil des Gebäudes ins untere Geschoß trugen. Das mußte die Erklärung sein. Ash wußte noch immer nicht, wie es den Mariells gelungen sein mochte, die Geräte in der Bibliothek so zu manipulieren, daß sie auch ohne die primäre Energiequelle funktionierten, aber er zweifelte nicht daran, daß sie ihm einen neuerlichen Streich spielten. Er beschloß, sich am nächsten Tag Klarheit zu verschaffen, selbst wenn es notwendig werden sollte, die Instrumente Stück für Stück auseinanderzunehmen.

Es kratzte in seiner trockenen Kehle, und trotz seiner betont logischen Erwägung spürte er Unruhe in sich. Verärgert zog er eine Weinflasche hervor und wischte Staub vom Etikett. Chateau Cheval-Blanc, 1932. Ein sehr guter Jahrgang. Ash schob die Flasche an ihren Platz zurück und wählte eine andere, seufzte anerkennend. Chateau Climens, 1929. Der Ermittler ging am Gestell entlang, und kurz darauf fand er Cognac, griff nach einem Armagnac und löste das Wachssiegel. *Sollen sich die Mariells ruhig beschweren,* fuhr es ihm durch den Sinn, blies Zigarettenrauch an die Decke und öffnete den Verschluß.

In irgendeiner dunklen Ecke kicherte jemand.

Ash drehte sich abrupt um, gerade noch rechtzeitig, um einen huschenden Schemen zu erkennen. Er war so überrascht, daß er die Zigarette fallen ließ und ihm die Flasche aus den Händen rutschte. Das Glas splitterte. Teurer Cognac spritzte auf Ashs Hosenbeine, floß über den Boden und bildete eine dunkle Lache.

Der Ermittler gab einen verblüfften Schrei von sich, als sich der Alkohol entflammte.

Erschrocken sprang er zurück. Knisternde Glut tastete über seine Hose, und rasch löschte er das Feuer, wich fort von dem Prasseln und Lodern.

Er griff nach einem langen Staubtuch, trat einige Schritte vor und stülpte es übers Feuer, erstickte die züngelnde Hitze. Er stampfte auf die Decke, hörte das Knirschen von Glas, arbeitete entschlossen und systematisch und fürchtete dabei, daß sich auch der Stoff entzündete.

Ash vergaß das seltsame Geräusch, das den Zwischenfall verursacht hatte, machte seine Zigarette fürs Feuer verantwortlich. Er konzentrierte sich ganz darauf, die Flammen zu löschen, bevor sie neue Nahrung fanden und sich im Keller ausbreiteten.

Nach einer Weile gewann er die Schlacht, lehnte sich an die Wand und starrte auf das an einigen Stellen verbrannte und verkohlte Tuch. Der Schock und die hastigen Bewegungen trieben ihm Schweiß aus den Poren. Hitze schien ihm entgegenzuwallen, und er schnappte keuchend nach Luft.

Vorsichtig hob er die schwelende Decke. Das Feuer war aus, und auf den Steinen zeigte sich nicht die Spur von Ruß. Doch als er sich wieder aufrichtete, sah er orangefarbenen Widerschein an der Decke des Gewölbes.

Entsetzt blickte er sich um. Unmöglich! Er hatte das Feuer erstickt! Aber die tanzenden Schatten behaupteten das Gegenteil.

Ashs Beine brannten. Er trat zurück, schlug dabei auf seine Hose. Nein, keine Glut. Die Hitze nicht mehr als eine Erinnerung. Trotzdem konnte er sie *fühlen*! Das Atmen fiel ihm immer schwerer, da die Flammen den Sauerstoff für sich beanspruchten. Und er *hörte* das bedrohlich klingende Knistern.

Aber es loderte überhaupt kein Feuer!

Ash sah aufs Thermometer, als wolle er auf diese Weise in eine ihm vertraute Wirklichkeit zurückkehren, sich aus einem Alptraum befreien. Bestürzt stellte er fest, daß der Quecksilberbalken rasch stieg, mit beängstigender Geschwindigkeit über die dünnen Markierungsstriche kletterte.

Die Hitze erschien ihm schier unerträglich.

Ash taumelte, in Schweiß gebadet. Die Glut erfaßte auch seine Lungen, dörrte ihn innerlich aus.

Er wankte zur Seite, als das Thermometerglas splitterte, hob schützend die Hände vors Gesicht.

Das laute Knallen weckte ihn aus der Starre. Ash stakte in Richtung Treppe, zerrte am Hemdkragen, hustete laut, als unsichtbarer Rauch durch seine Kehle strömte. Blindlings stolperte er über hölzerne Stufen, spürte ihre zunehmende Hitze, als er emporkletterte, dazu bestrebt, den Keller so schnell wie möglich zu verlassen. Flammen und zitternde Schatten entwickelten ein sonderbares Eigenleben, flackerten neben ihm über die Wände. Er vernahm das *Knarren* von brennendem Holz. Es konnte nicht mehr lange dauern, bis die Flaschen explodierten, und Ash stellte sich vor, wie der Alkohol das Feuer weiter entfachte. Er roch die Glut, die über seine Kleidung glitt, fühlte, wie sich die Haut an Stirn und Schläfen spannte, wie ihm die Hitze das Haar versengte.

Ash zwang sich dazu, einen Fuß vor den anderen zu setzen. Jeder Atemzug kam einer Qual gleich. Irgendwann erreichte er die oberste Stufe – doch die Kellertür war geschlossen. Er streckte die rechte Hand nach dem Knauf aus, und seine Finger schlossen sich um heißes Metall.

Wimmernd sank er auf die Knie, hielt die verbrannte Hand mit der anderen. Die Konturen seiner Umgebung verschwammen hinter tödlichem Dunst, und der Sauerstoffmangel verdichtete die Dunkelheit einer fatalen Ohnmacht. Ash holte ein Taschentuch hervor, wickelte es um den Knauf und griff erneut zu.

Er fand keinen Halt, rutschte ab.

Unter ihm wütete das Inferno, ein tosendes Donnern, das ihn zu verhöhnen schien.

Diesmal umfaßte er die Klinke mit beiden Händen, ignorierte den stechenden Schmerz, drückte fest zu.

Das Schloß gab mit einem leisen Klicken nach. Er zog die Tür nach innen – und riß die Augen auf, als neues Grauen in ihm emporquoll.

Vor ihm stand die dunkle Gestalt einer jungen Frau. Das Haar bildete einen langen, wie vom Wind erfaßten Schleier, und das Nachthemd wogte und wallte.

20

Die Gestalt beugte sich ihm entgegen, ein schwarzes Etwas, dessen Züge in der Finsternis verborgen blieben. Ash duckte sich unwillkürlich, spannte die Muskeln und wich zurück.

Als die junge Frau näher kam, fiel der Schein des unsichtbaren Feuers auf ihr Gesicht, und der Ermittler fühlte Christinas besorgten Blick auf sich ruhen. Behutsam berührte sie ihn an der Schulter. Ihre Lippen formten seinen Namen, obwohl er nichts hören konnte. Das heiße Flackern spiegelte sich in ihren Augen wider, die fressende Glut der Flammen, die sich nun langsam auflösten, in die dunklen Ecken des Gewölbes flohen und dort einen lautlosen Tod starben. Der Ermittler spürte, wie ihm Kühle entgegenwehte und das Knistern und Prasseln verklang.

Aus den Augenwinkeln bemerkte er eine Bewegung. Sucher begleitete Christina, blieb jedoch zurück, hielt den Kopf gesenkt. Die Schultern des Tiers bebten, als es kummervoll auf die Kellertreppe starrte. Der Hund knurrte leise und qualvoll, und es hörte sich fast an wie ein kindliches Schluchzen.

Die junge Frau half Ash, sich aufzurichten. Sein Schock war so groß, daß die Knie unter ihm nachzugeben drohten. Sie schlang ihm den Arm um die Taille, und er schauderte heftig, hielt sich an der Tür fest, um nicht zu fallen.

Er lehnte sich auf Christina, die unter seinem Gewicht wankte. Als er den Kopf drehte, um das Feuer zu verfluchen, sah er nichts weiter als ein dunkles Gewölbe. Nirgends brannte etwas, und Kühle verdrängte erstickende Hitze.

Die hölzernen Stufen führten in den dunklen, feuchtkalten Keller hinab. Die Glühbirne an der Decke zitterte hin und her, projizierte unstete Schatten auf die Wände.

Edith erwachte, und die gräßlichen Visionen wanderten noch immer an ihrem inneren Auge vorbei. Ruckartig richtete sie sich im Bett auf, das Entsetzen eine Reaktion auf den Traum.

Ihr Hals fühlte sich rauh und wund an, während sie nach Luft schnappte, und einige Sekunden lang befürchtete sie, der Rauch durchziehe auch das Zimmer, beschränke sich nicht nur auf die Welt ihres Unterbewußtseins. Ihre Brust hob und senkte sich wie in einem Krampf, das Atmen eine mühsame, erschöpfende Anstrengung. Der Qualm aus ihrer Erinnerung schien die Kehle zu verätzen. Einige Sekunden später wanderte der Schmerz weiter, vibrierte in ihrem ganzen Körper.

Edith kannte die Symptome und wußte, daß sie sich das brennende Stechen nicht nur einbildete. Es war ihr vertraut, gehörte zu den Dingen ihres Lebens, von denen sie sich nicht trennen konnte. Mit kaum unterdrückter Panik beugte sie sich zum Nachtschränkchen vor, zwinkerte Tränen der Angst und der Pein fort. Klamme Finger ertasteten einen Schalter, und das Licht der kleinen Lampe fiel auf eine Schachtel mit Tabletten. Hastig öffnete Edith den Verschluß, griff unsicher nach einer Dosis Glycerintrinitrat, schob sich die Kapsel in den Mund und wartete darauf, daß sie sich auflöste, den Schmerzdämon aus ihr verbannte. Eine Zeitlang befürchtete sie, daß sich das Ungeheuer diesmal nicht verjagen ließ, aber schließlich wich die Agonie aus ihr, und sie atmete wieder ruhig und gleichmäßig. Das Medium seufzte erleichtert und gab sich dem künstlichen Frieden hin.

Manchmal auch spuckte Edith die Glycerintrinitrat-Tablette aus, bevor sie sich vollständig aufgelöst hatte, denn sie bewirkte ein Pochen hinter der Stirn, das noch schlimmer sein konnte als das Brennen in ihrer Brust. Doch in dieser Nacht entschied sie sich dagegen.

Ash stützte sich auf die junge Frau und schlurfte ins Schlafzimmer, betrunken nicht vom Alkohol, sondern von Schock und Erschöpfung. Die Anstrengung des Atmens war fast zuviel für ihn. Christina ließ ihn aufs Bett sinken und hob seine Beine, so daß er auf dem Rücken lag. Dann wandte sie sich von ihm ab, trat an die Kommode heran und griff nach der Wodkaflasche.

»Das Feuer ...«, murmelte Ash, als sie zurückkehrte.

Christina drückte ihm das gefüllte Glas in die Hand. »Es brannte nirgends, David. Begreifen Sie denn nicht? Die Flammen gehören zum Spuk in diesem Haus.«

Er stemmte sich auf einem Ellenbogen in die Höhe, gab keine Antwort, trank einen Schluck und stöhnte leise, als sich das Stechen in seiner Kehle wiederholte. Nach einigen Sekunden sah er zu der jungen Frau auf und schüttelte den Kopf. »Das ist – unmöglich. Die Hitze ...«

»Sie haben sich das alles nur eingebildet«, erwiderte Christina sanft. »Das Feuer im Keller – nur eine Erinnerung.«

Ash versuchte, seine verwirrten Gedanken zu ordnen. »Es – es stimmt also. Sie hatten wirklich eine Zwillingsschwester. Sie legte das Feuer im Gewölbe, vor vielen Jahren.«

Christina sah auf ihn herab, und er glaubte, Mitgefühl in ihren Zügen zu erkennen. »Jetzt besteht keine Gefahr mehr, David. Sie sind in Sicherheit.«

»Das Mädchen verbrannte dort unten ...«

»Sie zittern ja. Warten Sie, ich decke Sie zu.«

Sie half ihm aus der Jacke, zog ihm dann die Schuhe aus und hüllte ihn in eine Decke. Anschließend nahm sie auf der Bettkante Platz und strich ihm einige dunkle Haarsträhnen aus der Stirn. Ihre Fingerkuppen verharrten auf seiner Wange.

Ash keuchte noch immer, starrte fast flehentlich zu ihr empor. »Christina, bitte sagen Sie mir, was hier in Edbrook geschieht.«

»Ich dachte, das wollten Sie *uns* erklären«, erwiderte sie. Es klang freundlich, nicht wie ein Vorwurf. Ihre Hand bewegte sich, glitt zu Ashs Schulter. »Ruhen Sie sich aus, David. Denken Sie nicht mehr an das, was Sie eben gerade erlebt haben. Sie sind so blaß, so müde ...«

Sein Blick blieb weiterhin auf Christina gerichtet.

»Gestern – kurz nach meiner Ankunft ... Ich dachte, ich hätte Sie zusammen mit Simon im Garten gesehen. Aber das war einfach nicht möglich, denn kurz darauf kamen Sie herein ...«

»Beruhigen Sie sich.«

»Es muß eine andere Frau gewesen sein ...«

»Sie glauben doch nicht an Geister, oder? Entspannen Sie sich, David.«

Ash kämpfte gegen seine Erschöpfung an und umfaßte Christinas Handgelenk. »Vor einer Weile habe ich an Ihre Tür geklopft. Sie gaben keine Antwort.«

Trotz seiner Nervosität blieb sie ganz ruhig und gefaßt, entgegnete besänftigend: »Ich bin den ganzen Abend über in meinem Zimmer geblieben, so wie Sie es verlangten. Und ich schlafe ziemlich fest, David.«

»Aber Miß Webb – auch sie reagierte nicht.«

Christina lächelte aufmunternd, so wie eine Mutter, deren Kind sich vor dem schwarzen Mann fürchtet. »Nanny nimmt oft Tabletten – schon seit Jahren klagt sie über Schlafstörungen. Wahrscheinlich wäre sie nicht einmal erwacht, wenn Sie die Tür aufgebrochen hätten.« Geistesabwesend zupfte sie an der Decke, glättete einige Falten. »Ich weiß nicht, was mich geweckt hat. Ich erinnere mich vage an einen Alptraum, und als ich erwachte, spürte ich, daß irgend etwas nicht in Ordnung war. Es blieb mir gar keine andere Wahl, als Ihren Anweisungen zuwiderzuhandeln, David. Ich *mußte* mein Zimmer verlassen und nach dem Rechten sehen.«

»Dafür bin ich Ihnen sehr dankbar«, erwiderte der Ermittler. Er seufzte und spürte die Müdigkeit wie ein schweres, auf ihm lastendes Gewicht. Er schloß kurz die Augen, die Hand noch immer ums Wodkaglas geschlossen. Christina griff danach und stellte es aufs Nachtschränkchen.

Ash zwinkerte und sah wieder zu ihr hoch. »Erzählen Sie mir von Ihrer Schwester . . .«

Sie wandte den Blick von ihm ab und schüttelte den Kopf. Offenbar stimulierte seine Frage traurige Erinnerungen: Eine Träne rollte ihr über die Wange. Vorsichtig rückte Ash ein wenig näher an die junge Frau heran.

»Ich weiß, Christina«, flüsterte er. »Ich weiß, wie sehr es schmerzt. Ich vermisse meine eigene Schwester, obwohl viele Jahre vergangen sind, seit sie – sie . . .«

Christina hob den Kopf und musterte ihn. »Warum fällt es Ihnen so schwer, darüber zu sprechen? Sie *ertrank*, und aus irgendeinem Grund schrecken Sie vor diesem Wort zurück. Warum, David?«

Seine Antwort klang kühl, dumpf und monoton, kam einem Eingeständnis gleich. »Weil es meine Schuld war.«

Christinas Gesicht offenbarte eine Mischung aus Ungläubigkeit und Verwirrung, und Ash klagte sich erneut an. »Es war meine Schuld, daß sie ertrank.«

Er starrte an der jungen Frau vorbei in eine Ferne, deren Maßstab aus Zeit bestand. Plötzlich entsann er sich wieder, klar und deutlich: Vor seinem inneren Auge formten sich Szenen aus der Kindheit, Bilder, die er seit Jahren aus seinem Gedächtnis zu löschen versuchte. Er empfand sie als eine mentale Fäule und befürchtete, daß sie sein ganzes Wesen verderben mochte, wenn er sie freigab. Überrascht beobachtete er den Strom der Reminiszenzen und fragte sich, warum er nichts unternahm, um sie zurückzuhalten, um ihrem Spott zu entgehen, warum sie ihn mit unerbittlichem Nachdruck an Ereignisse erinnerten, die er vergessen wollte. Aber einmal Erlebtes geht nicht völlig verloren: Manche Traumata können zwar verdrängt und betäubt werden, aber nicht alle finden Ruhe in den staubigen Archiven des Geistes – einige warten nur auf die Gelegenheit, sich wieder zu entfalten, wie der Phönix aus der Asche emporzusteigen. Seltsamerweise begleitet sie dabei eine besondere Erleichterung. Ash sprach und sprach, beschrieb dabei nur die Bilder, die an seinen mentalen Pupillen vorbeizogen. Er schauderte, doch Zunge und Lippen bewegten sich weiterhin, gesteuert von einer Kraft, die sich seiner Kontrolle entzog.

»Juliet war ein recht boshaftes Kind – eine ihrer Eigenschaften, die ich nie vergessen werde. Um ganz ehrlich zu sein: Ich habe sie in ziemlich schlechter Erinnerung. Ist das nicht schrecklich, Christina? Meine eigene Schwester, die viel zu früh starb – und ich kann kaum etwas Gutes über sie sagen. Obgleich ich sie vermisse. Sie war zwei Jahre älter als ich und machte sich einen Spaß daraus, mich aufzuziehen, mir üble Streiche zu spielen. Vermutlich haßte sie es, die elterliche Liebe mit mir teilen zu müssen. Aber ihr bösartiges Verhalten mir gegenüber ließ sich nicht nur mit Eifersucht erklären ...«

Er sah sich selbst als neunjährigen Jungen.

»Oft begegnete sie mir mit ganz bewußter Gemeinheit . . .«

Der kleine Junge bricht in Tränen aus, als seine Schwester die Tragfläche eines Modellflugzeuges abbricht und dabei höhnisch lächelt. In ihren Augen blitzt mitleidlose Verachtung . . .

Ein schmaler Fuß, der sich verstohlen unter dem Tisch hervorschiebt und den Jungen, der einige Teller und Tassen trägt, zu Fall bringt . . .

Der Junge, inzwischen ein wenig größer geworden, schreckt aus dem Schlaf, als eine Kralle über seine Wange kratzt. David schreit. Schritte nähern sich. Juliet eilt zu ihrem Bett zurück, kriecht rasch unter die Decke und versteckt die Kralle . . .

Ash ging ganz in seinem jüngeren Selbst auf, beobachtete, was er damals sah . . .

Aufgeregt hält er den Atem an, den Blick auf einen schuppigen Leib gerichtet, der sich langsam dem Köder nähert. Der Fisch bewegt sich geschickt und vorsichtig, widersteht der Strömung des Flusses mit eleganten Schlägen der Schwanzflosse. Er berührt den Wurm, und Davids Hände schließen sich fester um die einfache Angelrute. Aber plötzlich fällt ein Stein ins Wasser und verscheucht den Fisch, der sofort davonsaust. Der Junge schreit enttäuscht.

Er dreht sich um und sieht Juliet, die ihn auslacht. Seine Wut verstärkt ihre Schadenfreude, und sie verspottet ihn. David legt die Rute, die er selbst angefertigt hat, zur Seite und läuft auf seine Schwester zu, die kleinen Fäuste geballt. Juliet weicht ihm mühelos aus und greift nach der dünnen Gerte, richtet sie auf ihren Bruder, schwingt sie hin und her und zwingt ihn dazu, auf Distanz zu bleiben.

David wimmert, als sie ihn an der Wange trifft und sich ein blutiger Striemen auf seiner Haut bildet.

Er berührt die Wunde, betrachtet die roten Flecken auf seinen Fingerkuppen.

Das Mädchen tritt einige Schritt zurück, aber nicht etwa aus Furcht. Es lacht noch immer, freut sich über die Verletzung seines Bruders. Dicht vor dem Fluß bleibt es stehen, holt weit aus und wirft die Angelrute ins Wasser. Der dünne Bambusstock treibt fort, wird von der stärkeren Strömung in der Mitte des Flusses erfaßt.

Es ist nicht nur diese eine Gemeinheit, die den Jungen so sehr erzürnt: Schon seit Jahren sieht er sich ihrer Boshaftigkeit ausgesetzt, und tief in ihm schwelt eine Wut, die nun hoch aufflammt. Von einem Augenblick zum anderen füllt sie sein ganzes Wesen aus, verwandelt ihn in ein Instrument des Hasses. Mit Tränen in den Augen stapft er auf seine Schwester zu, die Hände ausgestreckt, um sie zu ergreifen.

Juliet sieht seinen Zorn und begreift, daß ihr Bruder nun entschlossen ist, es ihr heimzuzahlen. Doch nun regt sich Furcht in ihr, und sie weicht zurück.

David bemerkt die Gefahr, hebt die Hände auf eine andere Art und Weise, will seine Schwester festhalten.

Aber sie mißversteht seine Absicht – oder vielleicht verachtet sie ihn so sehr, daß sie sich nicht von ihm berühren lassen möchte. Noch ein unsicherer Schritt in Richtung Fluß. Und plötzlich fällt sie.

David greift nach ihrem Kleid und wird mitgerissen; sein eigenes Bewegungsmoment schleudert ihn in den Fluß. Wie aneinandergefesselt stürzen sie ins Wasser.

Kältewellen erfassen sie. Ein Kosmos aus Nässe, Schatten und formlosem Zerren nimmt sie auf. Ein Ort ohne Luft. Ein Ort ewiger Gräue.

Der Junge ist wie erstarrt, kehrt aber trotzdem an die Oberfläche zurück: Die Strömung trägt ihn wie Treibgut fort. Er dreht sich, schnappt nach Luft, starrt über die gischtenden Wellen und sieht seinen Vater, der zum Ufer läuft, dichtauf gefolgt von der Mutter, die noch immer den Picknickkorb hält. Ihre Lippen sind zu lautlosen Schreien geöffnet.

Wie von unsichtbaren Händen wird David in die Tiefe gerissen, und er kneift die Augen zu, um das stechende Gewicht fernzuhalten, das an die Lider preßt. Er weiß, daß er den Mund geschlossen halten muß, um der Gräue nicht die Möglichkeit zu geben, Kehle und Lungen zu füllen. Dennoch versucht er, nach seinen Eltern zu rufen.

Kurz darauf spürt er Hände, die mehr Substanz haben: Sein Vater ist dicht neben ihm im Fluß. David wird von der anderen Gestalt fortgezogen, die sich an ihm festzuhalten versucht, einer hilflosen Puppe, die sich zwei verschiedenen Kräften ausgesetzt sieht: der habgierigen Strömung und dem väterlichen Rettungsversuch. Allmählich setzt sich der Mann durch.

Erneut durchstößt Davids Kopf die Wasseroberfläche, und diesmal sieht er das dunkle Haar seiner Schwester, kaum einen Meter entfernt. Aber der Fluß reißt Juliet mit sich.

Sie verschwindet, wie von der Strömung verschluckt. Einige Sekunden lang ragt ihre kleine Hand aus den Fluten, dann erinnert nichts mehr an sie.

David wird ans Ufer gebracht. Seine Mutter läßt endlich den Korb fallen und zieht den zarten, nassen Körper an Land. Der Vater springt in den Fluß zurück, taucht an den tieferen Stellen, rudert energisch mit Armen und Beinen. Über ihm schließen sich die Wellen, und Mutter und Sohn starren entsetzt.

Stunden scheinen zu vergehen, bevor Davids Vater wieder auftaucht und Luft holt, dann erneut versinkt.

Und für den Jungen ist die Welt plötzlich still – eine düstere Leere ohne Geräusch und Zeit, ein sich endlos dehnender Augenblick, der nur für den Fluß Platz läßt, für das Gras, das sich im Wind hin und her neigt. Eine Ewigkeit – gefüllt mit Warten.

Beendet schließlich vom verzweifelten Heulen des Vaters, der nun wieder schwimmt, seine Tochter in der finsteren Tiefe verloren.

David zuckt zusammen, erschrocken von dem Schmerz im Schrei des Mannes. Seine Mutter schlingt die Arme um ihn, drückt ihn so fest an sich, als wolle sie ihn nie wieder freigeben.

Der Junge kauert sich an ihre Brust, den Blick auf die Wellen gerichtet, die seine Schwester entführten. Ein sonderbarer Dunst verdichtet sich vor ihm, als sein Vater noch einmal schreit, als er heult und klagt, und das Rauschen des Flusses wird zu einem donnernden Tosen . . .

. . . Ashs Kopf ruhte auf dem Kissen, dicht neben Christina, und er starrte ins Leere, so wie damals der neunjährige Knabe. Lärmender Schmerz pochte in ihm, eine fühlbare Erinnerung.

»Ich habe es ihnen nie gesagt«, brachte er dumpf hervor. »Niemand erfuhr, daß ich die Verantwortung trug, daß ich Juliet in den Fluß stieß.«

»Es war doch ein Unfall«, erwiderte Christina.

»Nein. Ich wollte, daß sie ertrank. In jenem Augenblick des Wahns und der Wut wollte ich, daß sie starb. Sicher, ich habe versucht, ihr zu helfen, aber . . . Als mein Vater ans Ufer zurückkehrte, fühlte irgendein dunkler Teil meines Ichs Erleichterung.« Dieses Eingeständnis erschüttert ihn, nachdem er viele Jahre lang vergeblich versucht hatte, die Gewissenslast zu leugnen. »Manchmal frage ich mich, was schlimmer ist: das Wissen um meine Schuld oder die Furcht vor den Konsequenzen.«

»Haben Sie sich die ganze Zeit über auf diese Weise gequält? Sie waren damals nur ein Kind . . .«

»Ich hatte schreckliche Angst, bestraft zu werden. Ich zweifelte nicht daran, irgendwann für mein abscheuliches Verbrechen büßen zu müssen. Ich dachte, man sähe es mir an. Ich stellte mir vor, wie alle Leute auf mich deuteten und sagten: ›Das ist er – der Mörder.‹ Meine Eltern würden begreifen, was ich getan hatte, mir nie verzeihen ... Ebensowenig wie Juliet.«

»Juliet?«

Ash verlagerte sein Gewicht, wandte sich von der jungen Frau ab und starrte an die Wand.

»Manchmal glaube ich fast, sie aus den Augenwinkeln zu sehen«, sagte er leise. »Ich nehme einen Schatten wahr, eine schemenhafte Bewegung, doch wenn ich mich darauf konzentriere, rührt sich nichts. Gelegentlich fühle ich mich – beobachtet. Ich glaube, meine Fantasie gaukelt sie mir so vor, wie sie damals war, als elfjähriges Mädchen, gekleidet wie bei unserem Ausflug, der so schrecklich endete ...«

Ash schloß die Augen, das geistige Bild von Juliet noch immer sehr klar. Nur ihr Gesicht blieb leer, ein konturloser, blasser Fleck, der ihm Unbehagen bereitete. Er hob die Lider wieder. »In der Nacht vor der Beerdigung hörte ich ein Geräusch. Meine Schwester rief mich. Ich schlief, aber ihre Stimme erreichte mich selbst im Traum. Ich konnte sie auch hören, als ich erwachte. Sie nannte meinen Namen. Ihre Leiche lag unten in einem offenen Sarg. Ich ging die Treppe herab und fürchtete mich sehr, aber ich sah mich außerstande, dem Ruf zu widerstehen. Ich mußte zu meiner Schwester. Vielleicht wollte ich insgeheim, daß sie lebt – um nicht länger die entsetzliche Schuld zu fühlen.«

Er atmete ungleichmäßig. »Juliet bewegte sich, Christina«, fügte er hinzu. »Sie sah mich an und sprach zu mir.«

Die junge Frau an seiner Seite musterte ihn fasziniert. Ash drehte den Kopf.

»Möglicherweise ist es ein Alptraum gewesen. Ich weiß es nicht. Ich war erst neun Jahre alt und hatte ein traumatisches Erlebnis hinter mir. Aber irgend etwas überzeugte mich davon, daß es *wirklich* geschah. Meine Eltern hörten mich schreien. Als sie mich fanden, lag ich reglos auf dem Boden. Ich hatte das Bewußtsein verloren.«

Der rauhe, trockene Hals erinnerte Ash an die Hitze im Keller. Seine Zunge tastete über die Lippen, befeuchtete sie kaum.

»Zwei Wochen lang litt ich an hohem Fieber. Ich versäumte alles: die Andacht, die Bestattung, die rituelle Familientrauer. Man führte meinen Zustand darauf zurück, daß ich fast im Fluß ertrunken sei. Die Leute glaubten, ich hätte mich erkältet. Kaum zu fassen! Meine Güte, ich war froh, daß niemand die Wahrheit erkannte.«

Christina griff nach seiner Hand. »Ach, David«, sagte sie. »Das ist der Grund, nicht wahr?«

Er sah verwirrt zu ihr hoch.

»Deshalb Ihre parapsychologischen Untersuchungen: Sie wollen beweisen, daß das Übernatürliche nicht existiert, daß es kein Leben nach dem Tod gibt. Begreifen Sie das nicht?« Sie beugte sich ein wenig vor. »Ihre Skepsis beruht auf einem ausgeprägten Schuldbewußtsein. Sie lehnen die Vorstellung von Geistern und Phantomen ab, verbannen sie ins Reich der Fantasie. Sie fürchteten sich vor dem Alptraum, davor, daß er mehr war als nur eine gräßliche Vision. Sie fürchten, Juliet könne sich *tatsächlich* bewegt und zu Ihnen gesprochen haben. Und wenn das stimmt, wenn es sich nicht nur um einen Traum handelte, so kehrt Ihre Schwester vielleicht irgendwann zu Ihnen zurück, um Vergeltung zu fordern. Diese Vorstellung erfüllt Sie mit Grauen. David, verstehen Sie denn nicht, was für ein Narr Sie gewesen sind?«

Christina rückte an Ash heran, hauchte ihm einen Kuß auf die Wange.

Er hielt sie fest. Ihre Worte bestürzten ihn, und doch hörte er Wahrheit in ihnen, eine gewisse Logik. Nach einigen Sekunden verdrängte er die Gedanken, die sein bisheriges Leben in Frage stellten: Das Unbehagen war viel zu tief in ihm verwurzelt. Er brauchte Zeit, um nachzudenken, um sich auszuruhen, um mit sich selbst ins reine zu kommen. Und unter den gegenwärtigen Umständen brauchte er Christina, mehr als alles andere.

Er stöhnte leise, als sie sich an ihn schmiegte.

21

Ash schlug die Augen auf.

Es war dunkel im Zimmer, abgesehen vom blassen Mondschein, der durchs Fenster fiel.

Schweiß bildete eine dünne, klebrige Schicht auf seinem nackten Leib. Ein trockener, wie ausgedörrter Hals. Er erinnerte sich an das Feuer.

Er erinnerte sich an alles.

Ash tastete nach Christina, sehnte sich nach ihrer sanften Wärme und spürte dabei, daß er sie noch immer begehrte.

Aber die junge Frau lag nicht mehr neben ihm. Die andere Seite des Bettes war leer, und als er ihren Namen murmelte, bekam er keine Antwort. Die Schatten schwiegen.

Sein Blick fiel auf zurückgezogene Decken, auf eine schmale Vertiefung – die gestaltlose Erinnerung eines geschmeidigen Körpers.

Er berührte die entsprechende Stelle, als könne er dadurch Christinas Präsenz beschwören. Doch er spürte sonderbare Kälte, schnappte erschrocken nach Luft und zog die Hand zurück.

Es war, als habe er seine Fingerspitzen in eine eisige Flüssigkeit getaucht: Die Kälte beschränkte sich nicht nur auf die Laken, sie ging auch von der Matratze darunter aus.

Ash legte sich wieder hin, wich von dem Frost fort, der dicht neben ihm herrschte. Erneut kroch Furcht heran, und tief in ihm begann etwas zu zittern. Er gab der bleiernen Müdigkeit nach, einem willkommenen Anästhetikum, das gedankenlose Ruhe induzierte, unangenehme Überlegungen verhinderte.

Schwere Lider schlossen sich über trüb blickenden Augen.

22

Edith Phipps eilte die kurze Treppe vor dem Institut für Psychische Forschungen hoch, und ihr Atem kondensierte in der frischen Morgenkühle. Hinter ihr kroch der Rush-hour-Verkehr im Schneckentempo über die Straße. Hunderte von Fahrern gaben Gas, traten wieder auf die Bremse, fluchten leise vor sich hin und trommelten nervös aufs Lenkrad. Nur einige wenige machten ihrem Ärger Luft, indem sie die Hupe betätigten. Edith blinzelte durch die gläserne Eingangstür und sah Kate McCarrick, die gerade die breite Innentreppe herabkam. Mit neuer Entschlossenheit betrat sie das Gebäude und ging der Direktorin entgegen.

»Kate ...«, begann sie, ein wenig außer Atem.

Die andere Frau bedachte sie mit einem überraschten Blick, blieb jedoch erst vor dem Empfangstresen stehen. »Hallo, Edith. Tut mir leid, aber ich bin sehr in Eile. Die Konferenz beginnt gleich.« Sie wandte sich an die Angestellte hinter dem Tresen. »Würden Sie bitte ein Taxi rufen?«

»Wartet bereits draußen«, lautete die Antwort.

»Wunderbar. Hier ist meine Post – muß noch heute morgen raus.« McCarrick reichte der Empfangsdame einige Umschläge.

»Ich möchte kurz mit dir sprechen, Kate«, sagte Edith und trat näher.

»Keine Zeit.« McCarrick drehte sich um. »Ich bin sehr spät dran. Wie wär's, wenn ich dich später anrufe? Kann ich dich hier im Institut erreichen?«

»Ja. Heute morgen erwarten mich drei Sitzungen. Kate, es ist wichtig ...«

»Die Konferenz ebenfalls. Mich erwarten noch einige Vorstellungen, bevor die ersten Reden gehalten werden, und man wird mir das Fell über die Ohren ziehen, wenn ich nicht rechtzeitig zur Stelle bin.«

Kate schob sich so höflich wie möglich an Edith vorbei und hielt auf den Ausgang zu.

»Es geht um David!« rief ihr das Medium nach.

Kate zögerte, die eine Hand auf der Türklinke, rang mit sich selbst. Dann: »Wir unterhalten uns später darüber.«

Sie ging nach draußen. Edith folgte, verharrte jedoch, als sie beobachtete, wie die Direktorin ins wartende Taxi stieg. Sie kaute auf der Lippe und wußte, daß es sinnlos war, auf einem Gespräch mit Kate zu bestehen.

Rasch traf sie eine Entscheidung, stieg die Stufen zum ersten Stock hoch – wodurch sie erneut außer Atem geriet – und betrat Kate McCarricks Büro.

Sie stellte ihre Handtasche auf den Schreibtisch, öffnete den Aktenschrank, zog eine Schublade hervor und las die Namen.

Es dauerte nicht lange, bis sie die Mariell-Akte fand.

Edith öffnete sie und erinnerte sich dabei an ihr erstes seltsames Erlebnis mit David Ash . . .

23

»Edith, das ist David Ash.«

Der dunkelhaarige Mann war aufgestanden, als Edith das Zimmer betreten hatte, und nun streckte er die Hand aus. Er machte keinen Hehl aus seiner Reserviertheit. Interessantes Gesicht, dachte sie. Ausdrucksvolle Augen . . .

Als sie zugriff, entstand ein eigentümliches Gefühl in ihr, so als strichen ihre Fingerkuppen über weichen Samt. Der sanfte Schock überraschte sie.

Auch Ash erzitterte kaum merklich, drückte dann wieder fester zu. »Kate hat mir eine Menge von Ihnen erzählt«, sagte er.

»Und ich kenne Ihren Ruf«, antwortete Edith. Sie faßte sich ebenso schnell wie der Mann, erwiderte sein Lächeln und gab ihm dadurch zu verstehen, daß ihre Worte nicht feindselig gemeint waren.

»Es wundert mich, daß Sie Kate um meine Hilfe baten.«

Kate McCarrick musterte sie beide und strahlte. »Ob du's glaubst oder nicht, David: Edith bewundert deine Arbeit.«

Ash hob die Brauen.

»Ich halte Ihre Motive für anerkennenswert, Mr. Ash«, sagte Edith. »In meiner Branche *wimmelt* es geradezu von Scharlatanen. Wir sehen uns praktisch ständig dem Spott der Öffentlichkeit ausgesetzt, und solche Leute machen alles nur noch schlimmer.«

Ash nahm kein Blatt vor den Mund. »Ich möchte Ihnen nicht zu nahe treten, aber . . . Nun, ich dachte bisher, Leute wie sie bildeten mir gegenüber eine geschlossene Front.«

»Wir machen Ausnahmen. Zum Beispiel dann, wenn wir selbst Betrug argwöhnen. Es mag Jahre dauern, doch meistens gelingt es, die Schwindler zu entlarven – was dann ein schlechtes Licht auf unseren ganzen Berufsstand wirft. Wir müssen solchen Leuten möglichst schnell das Handwerk legen, bevor zu großer Schaden angerichtet wird.«

»Und bevor die angeblichen Medien eine zu große Anhängerschaft gewinnen«, fügte Kate hinzu. »Je mehr Mitglieder der Fanclub hat, desto schwieriger ist es, die Verehrung für das Idol in Verachtung umzukehren.«

Ash nickte. Für viele Leute kamen Hellseherei und Nekromantie einer Religion gleich, und das bedeutete: Man mußte nicht nur die Tricks des Betrügers aufdecken, sondern auch den *Glauben* der ›Gemeindemitglieder‹ erschüttern.

»Dieser Ermittlungsfall betrifft jemanden, der die tolerierbaren Grenzen überschritten hat«, sagte Kate.

»›Tolerierbare Grenzen?‹« wiederholte Ash und sah Edith an. »Also sind gewisse Täuschungen erlaubt, solange sie banal genug bleiben?«

»Das theatralische Gebaren einiger Medien mag ich nicht leugnen«, erwiderte die Parapsychologin. »Aber eigentlich ist es eine harmlose Sache, die nur dazu dient, die richtige Stimmung zu schaffen.«

Ash lächelte süffisant, und Edith unterdrückte ihren Ärger.

Kate stand auf, trat um ihren Schreibtisch herum und wandte sich an Edith. »Ich schlage vor, ich hole uns Tee oder Kaffee, während du David den Fall erklärst«, sagte sie. Offenbar spürte sie die wachsende Spannung zwischen Ash und dem Medium. »Ich bin sicher, er wird sich für den Fall interessieren.«

»Das glaube ich auch«, entgegnete Edith, als Ash mit ausdruckslosem Gesicht Platz nahm und ein Päckchen Zigaretten hervorholte. »Vielleicht erwartet Sie nachher sogar eine Überraschung . . .«

Das Szenarium blieb nicht ohne eine gewisse Wirkung auf Ash: Er fühlte eine fast greifbare Atmosphäre der Anspannung und Aufregung. Der Raum war recht groß, und das matte Licht genügte nicht, um alle Winkel und Ecken zu erhellen. Eigentlich typische Vorbereitungen für eine Seance, doch in diesem besonderen Fall unterschied sich die Düsternis kaum von völliger Finsternis. Ein *sehr* dramatischer Effekt . . .

Ash musterte das Medium, das einige Meter entfernt stand.

Eine ziemlich beeindruckende Frau: pechschwarzes Haar (es *mußte* getönt sein!), straff zurückgekämmt und im Nacken verknotet; lange Lider, schwer von Wimperntusche; die großen Augen ellipsoid, wie von gespannter Haut in die Länge gezogen; volle, blutrote Lippen; eine hervorstehende Nase, die sofort auffiel, ohne die anmutigen Züge zu stören. Natürlich trug sie schwarze Kleidung: eine seidene Bluse mit hohem Kragen, einen langen Rock, dunkle Schuhe. *Sie bietet was fürs Geld,* dachte Ash ironisch. *Wenn ich zahlender Gast wäre* – er wußte, daß an diesem Abend einige Banknoten den Besitzer wechseln würden –, *käme ich mit solchen Erwartungen hierher.* Die Frau hieß Elsa Brotski, und Ash fragte sich, warum sie sich nicht ans übliche Klischee hielt und auf den Titel ›Madame‹ verzichtete. Ja, beeindruckend, in der Tat – aber auf eine groteske Art und Weise. Dennoch schien sie die Verehrung ihrer Anhänger zu genießen.

Er musterte die übrigen ›Gäste‹, hauptsächlich Frauen, nur einige Männer in mittleren Jahren. Sie gaben kaum einen Ton von sich, während sich die Vertreter des weiblichen Geschlechts flüsternd unterhielten.

Ash hatte noch nie an einer Seance dieser Größe teilgenommen. Bei manchen spiritistischen Sitzungen waren noch mehr Leute zugegen, aber für gewöhnlich fanden sie in Sälen statt, die für derartige Versammlungen genug Platz boten. In diesem Fall aber handelte es sich um eine private Zusammenkunft, und Ash zählte mehr als fünfundzwanzig Personen (abgesehen von dem Medium und ihren Helfern). Sie saßen auf mehreren U-förmig angeordneten Bänken. Elsa Brotski nahm am offenen Ende Platz; der Innenbereich blieb leer.

Edith Phipps hockte auf der anderen Seite und beobachtete Ash unauffällig, während er seinen Blick über die Anwesenden schweifen ließ.

Im Verlauf der vergangenen Wochen hatte sie ihn ein wenig – nur ein wenig – besser kennengelernt und wußte inzwischen, daß seine (wenn auch fehlgeleitete) Skepsis auf dem ehrlichen Wunsch nach Wahrheit basierte. Er führte keineswegs eine heilige Mission durch – sein Intellekt gestattete nichts so Direktes. Hinzu kam, daß es ihm an apostolischem Eifer mangelte. Vermutlich wurde er von etwas angetrieben, das auch er nicht recht zu erklären wußte. *»Es ist ein Job, keine Berufung«,* hatte er vor einer Weile behauptet, doch Edith fragte sich jetzt erneut, ob das wirklich stimmte. Es fiel ihr alles andere als leicht, ihn zu verstehen – wahrscheinlich deshalb, weil er sich selbst nicht verstand. Sie glaubte, Frustration in ihm zu spüren – nein, es war mehr als nur das. Sein geradezu pathologischer Argwohn lebte aus tieferen Wurzeln. Möglicherweise eine ganz persönliche, verzweifelte Suche? *Vielleicht liege ich auch damit falsch,* dachte Edith. Aus irgendeinem Grund glaubte sie eher an das genaue Gegenteil. Konnte die Suche nach der Wahrheit auf einem Leugnen der Realität beruhen? Edith begriff, daß David Ash sie nur deshalb so sehr verwirrte, weil sich ihre Gedanken berührt hatten. Auch das blieb ein Rätsel.

Sie erwachte aus ihren Grübeleien, als das leise Murmeln um sie herum verklang. Rasch richtete sie ihre Aufmerksamkeit auf die in Schwarz gekleidete Frau, die abseits ihrer ›Gäste‹ saß und bisher geschwiegen hatte, so als sammle sie mentale Energie für die Seance. Als sich zwei Männer näherten und wie Wächter hinter ihr stehenblieben, lächelte sie fast gebieterisch.

Einige Sekunden lang herrschte völlige Stille, und dann begann Elsa Brotski: »Ich freue mich, daß Sie heute abend zu mir gekommen sind. Ich glaube, ich spüre bereits die Aufregung der Freunde und Verwandten im Jenseits. Ja, ja, sie können es gar nicht abwarten, mit uns zu sprechen.« Eingehend musterte sie die Versammelten, und ihr Blick verharrte auf den einzelnen Personen. Einige der Männer und Frauen rutschten unruhig hin und her, schauderten in wohliger Beklommenheit.

Edith spürte, wie sich ihre Wangen röteten, als sei sie mitverantwortlich für die Farce. Ash hatte sie zuvor gefragt, warum sie so sicher sei, daß Elsa Brotski ihre Anhänger betrog. »Ein wahres Medium weiß sofort Bescheid«, erwiderte sie und begriff gleich darauf, wie doppeldeutig ihre Antwort klang. Als sie spürte, daß Ash mit einer solchen Auskunft kaum etwas anfangen konnte, fügte sie rasch hinzu, im Verlauf der vergangenen Jahre habe Elsa zu viele ›Spenden‹ entgegengenommen: Wer wirklich die Gabe besäße, lehne es ab, daraus Profit zu schlagen. In diesem Zusammenhang gehöre es sich einfach nicht, in erster Linie ans Geld zu denken. Es komme vielmehr darauf an, zu helfen, Trost zu spenden. David Ash gab sich mit dieser Erklärung zufrieden. Ob er sie akzeptierte, stand auf einem ganz anderen Blatt.

Es gab noch einen anderen Grund, an Elsa Brotskis Redlichkeit zu zweifeln, fuhr Edith fort: Sie sei *unfehlbar*, irre sich nie. Es gelang ihr immer, Kontakt mit irgendeiner Wesenheit aus dem Jenseits aufzunehmen, und das war schlichtweg unmöglich. Um ganz ehrlich zu sein: Jedes Medium versagte mehr oder weniger häufig – das ließ sich kaum vermeiden. Doch bei dieser besonderen Frau schien das nicht der Fall zu sein. Ash sprach offen von beruflichem Neid, woraufhin ihn Edith daran erinnerte, sie und das Institut bäten ihn nur darum, in Hinblick auf Elsa Brotski zu ermitteln: Stellen Sie fest, ob sie eine Schwindlerin ist oder nicht. Die Schlußfolgerungen ergeben sich dann von ganz allein.

Es fiel ihnen nicht weiter schwer, eine Einladung für die Seance zu bekommen, denn es gab überhaupt keine Zugangsbeschränkungen. Auch das wunderte Edith: Für gewöhnlich versuchten falsche Medien, möglichst viele Informationen über potentielle Sitzungsteilnehmer zu bekommen, um damit später ihre angeblichen hellseherischen Fähigkeiten unter Beweis zu stellen. Aber niemand war an Ash oder sie selbst herangetreten; niemand hatte Nachforschungen über sie angestellt. Das einzige Problem bestand in einer langen Warteliste interessierter ›Gäste‹, denn Elsa Brotski erwarb sich allmählich den Ruf, das beste Medium weit und breit zu sein. Fast zwei Monate vergingen, bevor Ash und Edith an die Reihe kamen (aus Sicherheitsgründen nannten sie falsche Namen), und Phipps mußte sich eine Ausrede einfallen lassen, damit sie beide die gleiche Seance besuchen konnten. Das lange Warten hatte auch seine Vorteile, denn es versetzte Ash in die Lage, in Hinsicht auf den persönlichen Hintergrund Elsa Brotskis zu ermitteln.

Edith sah, wie David andeutungsweise nickte, als es noch dunkler wurde. Sie hörte das leise Seufzen ihrer Nachbarin, einer Frau in mittleren Jahren, die nach Puder und Seife roch. Das Licht eines kleinen Scheinwerfers fiel aufs ›Medium‹. Im weißen Glanz wirkte ihre Haut besonders blaß, das Rot der vollen Lippen wie geronnenes Blut. Zwar war es in der Kammer nicht völlig finster, aber die Anwesenden fühlten sich trotzdem von dem hellen Schimmern angezogen, das Elsa Brotski umschmiegte. Es trübte sich allmählich, wurde sanfter, weniger aufdringlich, als begleite es Elsa Brotski in die Trance.

Kurz darauf sahen die Lippen aus wie eine klaffende Wunde im Gesicht, und das leise Stöhnen klang irgendwie ekstatisch. Sie hob die Hände, und die beiden Helfer griffen danach, traten vor, wandten sich dann den Wartenden zu.

»Schließt euch mir an«, flüsterte die Frau atemlos, und die Sitzungsteilnehmer reagierten sofort, faßten sich an den Händen. Die Finger des älteren Mannes neben Ash waren so trocken und hart wie Sommerholz, während sich die Haut der Frau links von ihm so weich und feucht wie Metzgerfleisch anfühlte. In Gedanken gratulierte er Elsa Brotski zu ihrer eindrucksvollen Vorstellung und beobachtete interessiert, wie sie den Kopf sinken ließ, wie sich ihre Brüste unter der dünnen Bluse hoben und senkten. Sie hatte die Augen geschlossen, öffnete sie jetzt wieder und nannte einen Namen.

»Clare.«

Heiser und rauh wiederholte sie ihn.

Einige Meter entfernt bewegte sich etwas. Ein leises, fast ehrfürchtiges Seufzen ertönte.

»Jemand von der anderen Seite möchte mit Clare sprechen«, sagte Brotski. Sie neigte den Kopf zur Seite, als lausche sie einer Stimme, die links von ihr erklang. »Ja, ich weiß, Jeremy. Bitte gedulde dich ein wenig.« Erneut wandte sie sich ihrem Publikum zu. »Gib dich zu erkennen, Clare. Heute abend warten viele darauf, sich mit uns in Verbindung zu setzen.«

Ash schnitt eine Grimasse. *Meine Güte, sie verliert keine Zeit. Nur eine kurze Einleitung und schon beginnt die Show.*

»Wahrscheinlich bin ich gemeint«, sagte einer der Schatten auf den Bänken.

Sofort glühte ein zweiter Scheinwerfer. Sein Lichtkegel wanderte über die Reihe, in der auch Ash saß, hielt inne und fiel auf eine Frau, die wie Espenlaub zu zittern begann.

Ihr Mund bildete ein stummes ›O‹, und in ihren Augen funkelte Aufregung. Sie zwinkerte, obgleich das Licht nicht sehr hell war.

Ash hatte noch nie zuvor erlebt, daß einzelne Sitzungsteilnehmer auf diese Weise in den Vordergrund gestellt wurden. Verwunderung regte sich in ihm.

»Jeremy möchte, daß du dir keine Sorgen mehr machst«, meinte Brotski und verzichtete auf das unpersönliche ›Sie‹. »Er ist glücklich in seiner neuen Welt, aber er möchte, daß du ihn öfter auf diese Weise besuchst. Er hat dir eine Menge zu sagen. Bist du bereit, ihm diese Bitte zu erfüllen, Clare?«

Clare nickte hastig. Tränen strömten über ihre Wangen.

»Er versichert dir, daß er keine Schmerzen mehr hat. Selbst mit seinem Bein ist alles in Ordnung. Du hast mit ihm gelitten, nicht wahr, Clare?«

Erneut nickte die Frau und schluchzte leise.

»Beim nächstenmal wird Jeremy über andere Dinge mit dir sprechen. Freu dich, Clare. Du brauchst nicht mehr zu trauern. Und komm bald wieder. Jetzt ist der Kontakt hergestellt, und Jeremy wartet auf dich.«

»Ja«, murmelte Clare, erzitterte einmal mehr. »Ich – ich komme wieder . . .«

Ziemlich geschickt, dachte Ash. *Eine neue treue Anhängerin, vielleicht für viele Jahre. Das Einkommen ist gesichert.* Er fragte sich, ob Brotski Gebühren verlangte, regelmäßige Beiträge für ihren Club. Oder überließ sie es ihren Gästen, freiwillig zu spenden? Nun, es spielte kaum eine Rolle: Emotional zufriedengestellte Kunden waren meistens recht großzügig.

»Ich höre einen älteren Herrn mit weißem Haar und einem hübschen Bart«, verkündete das Medium. »Er hat ebenfalls eine Botschaft, für jemanden namens . . .«

In diesem Stil ging es weiter. Die hinter Brotski und ihren beiden Helfern stehende Gestalt bediente den auf einem Stativ angebrachten Scheinwerfer, richtete das Licht auf die jeweiligen Personen, die ›Nachrichten aus dem Jenseits‹ empfingen. Eine klug vorbereitete, aber einfach zu durchschauende Choreographie, wenn man sich ein gesundes Mißtrauen bewahrte. Der Ermittler überlegte nur, woher Brotski ihr Wissen sowohl über die Sitzungsteilnehmer als auch die verstorbenen Freunde und Verwandten bezog. Aus welcher Quelle stammten ihre Informationen?

Die Frau mit dem pechschwarzen Haar schien ihre spiritistischen Gesprächspartner willkürlich, ohne ein erkennbares System zu wählen. Jedesmal flammte der zweite Scheinwerfer auf, und dann hatte es den Anschein, als befänden sich nur zwei Personen im Zimmer. Eine zwar eindrucksvolle, doch auch recht oberflächliche Methode, zwei Bewußtseine aufeinander zu konzentrieren. Die Botschaften der Toten klangen eher banal: *Laß deinen Rücken vom Arzt untersuchen, Liebling, er wird dir helfen; in diesem Jahr verbringst du deinen Urlaub im Ausland und wirst dabei jemanden kennenlernen, der eine wichtige Mitteilung für dich hat; mach dir keine Sorgen um mich, mir geht es prächtig; sag Oma Rose, daß ihr Tom hier bei mir ist und sie in Empfang nehmen wird, wenn ihre Zeit kommt; ich habe dich immer geliebt, selbst damals, als du an mir gezweifelt hast; sei vorsichtig mit dem neuen Herd: Er verliert Gas, und deshalb leidest du dauernd an Kopfschmerzen; bitte trauere nicht mehr um mich, immerhin sind inzwischen fünf Jahre vergangen: Es wird Zeit, daß du den Kummer vergißt und dich wieder auf das Leben besinnst; aber bitte komm wieder, damit wir miteinander sprechen können: Ja, ich vermisse dich sehr; bei der hinteren Veranda haben die Bauarbeiter nicht die nötige Sorgfalt walten lassen, laß sie überprüfen; ja, du hast recht, was deinen Chef betrifft: Er mag dich nicht, es wird Zeit, daß du dir einen neuen Job suchst, Schatz ...* Aber die Personen, denen diese trivialen Nachrichten galten, schienen Offenbarungen in ihnen zu sehen. Einige wirkten überglücklich. Andere brachen in Tränen aus.

Die Banalität der Zeremonie machte alles noch überzeugender, doch Ash hielt an seinem Mißtrauen fest.

Nicht allen Anwesenden wurden Gesprächspartner im Jenseits angeboten, und zu den Ausnahmen gehörten auch Ash und Edith. Wählte das Medium nur diejenigen, über die sie bereits Informationen hatte? Vielleicht war das der Grund für die überraschend große Zahl der Sitzungsteilnehmer: Dadurch wurden auch die Leute beeindruckt, die ohne einen Kontakt mit der Geisteswelt blieben. Schuf Brotski die ›Kommunikationsverbindungen‹ erst beim zweiten oder dritten Besuch, wenn sie genug über ihre neuen Jünger wußte? Ash fragte sich, wer nach dieser Versammlung an ihn herantreten mochte. Nun, er war vorbereitet: Einige falsche Angaben sollten genügen, um Brotski bei der nächsten Seance zu entlarven ...

Das Scheinwerferlicht riß Edith aus der Dunkelheit.

Ash hob verblüfft den Kopf. Die Frau mit dem pechschwarzen Haar wußte nichts über sie, kannte nicht einmal ihren wahren Namen. Warum entschied sich das ›Medium‹ ausgerechnet für eine Fremde?

Die Stille schien endlos zu dauern, obgleich in Wirklichkeit nur einige Sekunden verstrichen. Edith räusperte sich nervös und wechselte einen kurzen Blick mit Ash.

Elsa Brotskis Züge verhärteten sich plötzlich, und ihr Gesicht verwandelte sich in eine Fratze der Wut. Dann starrte sie den Ermittler an.

Zwar blieb Ash in Schatten gehüllt, doch er fühlte sich von dem eisigen Funkeln in Elsas Augen durchbohrt.

»Werft sie raus!« heulte die Frau.

Das zornige Kreischen schockierte alle Anwesenden, aber Edith und Ash zuckten noch heftiger zusammen als die anderen.

»Die beiden dort!« Das Medium hob die Hand.

Einer ihrer Helfer trat vor und spähte in die Dunkelheit, um den zweiten Eindringling ausfindig zu machen. Ash stand auf, stieg über die Bank hinweg und streckte den Arm aus, um den Mann abzuwehren, der ihn haßerfüllt musterte und offenbar dazu bereit war, unmittelbare Gewalt anzuwenden.

Der Ermittler fluchte leise. Eine derartige Konfrontation war nicht vorgesehen. Er wollte darauf verzichten, die Schwindlerin Brotski öffentlich anzuprangern, sich darauf beschränken, unter vier Augen mit ihr zu reden und sie zu warnen: *Wenn Sie nicht aufhören, stelle ich Sie vor Ihren Anhängern als Betrügerin dar und erklärte in allen Einzelheiten, wie Sie Ihre ›Gäste‹ hereinlegen und sich dadurch bereichern.* Solche Drohungen erwiesen sich oft als recht wirksam, denn den meisten spiritistischen Scharlatanen fiel es nach einer Entlarvung schwer, Glaubwürdigkeit zurückzugewinnen. Fast allen erschien es ratsam, sich würdevoll in den ›Ruhestand‹ zurückzuziehen und neue Einkommensquellen zu suchen.

Soviel zu unseren Plänen, dachte Ash betroffen, als der Helfer näher kam. Doch einige Meter vor ihm zuckte er plötzlich zusammen, ohne daß ihn jemand berührt hätte. Ash runzelte die Stirn und richtete seinen Blick wieder auf Elsa Brotski.

Sie bebte am ganzen Leib, und in ihren Augen irrlichterte es. Ash spürte ihren Ärger, der sich innerhalb weniger Sekunden in heißen Zorn verwandelte – und in Furcht. Furcht vor ihm. Er fühlte es *überwältigend* deutlich, und das verwirrte ihn. Sein derzeitiges Empfinden ließ sich nicht mit der Antipathie oder dem Mißtrauen vergleichen, das in der Körpersprache einer anderen Person zum Ausdruck kam. Es zitterte vielmehr *in* Ashs Bewußtsein, als bahne sich der wütende Blick Elsa Brotskis irgendwie einen Weg in seinen Kopf. In einem Anflug von absurdem Humor dachte er an imaginäre Gammastrahlen, die von ihren Pupillen ausgingen, seine Stirn durchdrangen und die Gedanken dahinter sezierten. Plötzlich wußte er, was ihr als Grundlage für die Tricks diente. Und er begriff auch, daß sie zwar keine echte Hellseherin war, dafür aber eine andere Gabe besaß.

Hände griffen nach ihm. »Na schön – *raus* mit dir, Freundchen.« Der Helfer sprach leise, doch Ash überhörte die Drohung in seiner Stimme nicht.

Er stieß die Arme fort. »Sie kommunizieren überhaupt nicht mit Geistern, oder?« wandte er sich ruhig an die Frau, die noch immer am Ende der beiden Bankreihen saß. Das Scheinwerferlicht fiel auf eine Fratze der Wut. Die übrigen ›Gäste‹ bewegten sich unruhig, beobachteten erst das Medium und dann den Ermittler. Einige brummten leise, und andere wechselten geflüsterte Worte. Ihr Unmut richtete sich auf Ash.

»Es wird Zeit, daß man diesen Leuten erklärt, was hinter Ihren beeindruckenden Vorstellungen steckt«, fügte Ash gelassen hinzu.

Der Helfer kam wieder näher, und David schob ihn ruckartig beiseite. »Sie sind tatsächlich begabt«, sagte er lauter, um das empörte Murmeln zu übertönen. »Aber nicht auf die Weise, wie Sie behaupten.«

Der zweite Assistent trat auf ihn zu.

»Sie ist Telepathin«, erklärte Ash den schemenhaften Gestalten, die nach wie vor auf den Bänken saßen. »Eine großartige Fähigkeit, die sie jedoch nur dazu einsetzt, leichtgläubige Menschen wie Sie zu betrügen.« Zwar war es mehr als nur eine Vermutung, aber ein Rest von Zweifel blieb in ihm, obgleich er ihr emotionales Eindringen in sein Bewußtsein mit erschreckender Deutlichkeit gespürt hatte. Als er nun die Frau mit dem pechschwarzen Haar beobachtete, sah er seine Annahmen bestätigt. Verschlagene Heimtücke kroch in ihre Züge, und ihr nervöser, ängstlicher Blick huschte über die Mienen der Anwesenden, die sich ihr zuwandten. Einige Sekunden lang wirkte sie wie ein in die Enge getriebenes Tier, das noch immer auf einen Ausweg, eine Fluchtmöglichkeit hoffte.

»Nein!« rief jemand.

»Sie hat es nur auf Ihr Geld abgesehen«, beharrte Ash.

Weitere ungläubige und ablehnende Laute ertönten.

»Hören Sie mir zu«, sagte Ash geduldig. »Ich komme vom Institut für Psychische Forschungen und bin beauftragt, über diese Frau zu ermitteln. Schon seit einer ganzen Weile steht sie in dem Verdacht, eine Schwindlerin zu sein.« Wenn Kate McCarrick zugegen gewesen wäre, würde sie jetzt wahrscheinlich laut aufstöhnen. Normalerweise ließ das Institut bei seinen Untersuchungen wesentlich mehr Zurückhaltung und Takt walten, und insgeheim warf sich Ash seinen *eklatanten* Mangel an Diskretion vor. Vielleicht ließ er sich deshalb dazu hinreißen, seinem Unmut nachzugeben, weil die beiden Assistenten erneut auf ihn zutraten – zwei Männer, die man eigentlich als Rausschmeißer in einem Nachtclub erwartete. Oder hatten die boshaften Gedanken der Frau sein inneres Gleichgewicht erschüttert? Gedanken, die durch sein Innerstes tasteten, ihm unrein und schmutzig erschienen.

»Sie irren sich. Sie wissen ja gar nicht, wovon Sie reden.« Dieser Einwand stammte von einem der ›Gäste‹, und einige andere pflichteten ihm bei.

»Sie hat mir geholfen, mich von meinem Kummer befreit!« rief jemand.

»Nein, das stimmt nicht!« widersprach Ash heftig. »Elsa Brotski hat Sie getäuscht. Ich kenne ihren persönlichen Hintergrund, und daher weiß ich, daß sie nicht das ist, was sie zu sein scheint. Fragen Sie sie über den religiösen Kult, den sie vor neun Jahren in Leeds begann und den sie in aller Eile auflösen mußte, als die Polizei auf seltsame Vorgänge hinter geschlossenen Türen aufmerksam wurde – Rituale, bei denen nackte junge Frauen die perversen sexuellen Wünsche älterer Männer erfüllten. Fragen Sie sie nach dem Witwer in Chester, der sie sehr großzügig für die wöchentlichen, handgeschriebenen Briefe seiner verstorbenen Gattin bezahlte.«

Die Proteste der Anwesenden wurden lauter und temperamentvoller.

»Verlangen Sie eine Erklärung von ihr, warum sie Edinburgh so überstürzt verlassen mußte«, fuhr Ash fort. »Die dortigen Behörden halten nicht viel von *Medien* . . .« – er sprach dieses Wort betont verächtlich aus –, ». . . die alleinstehende Damen dazu überreden, ihr alle Vermögenswerte zu überschreiben. Und dafür versprechen, im Jenseits erwarte sie ein viel prächtigeres Heim, in dem seit langer Zeit tote Freunde und Verwandte einen herzlichen Empfang vorbereiteten.«

»Hört nicht auf diesen Verrückten!« zischte Brotski. »Die meisten von Ihnen kennen mich und wissen, was ich für Sie getan habe. Bedeutet Ihnen sein Wort mehr als meins?« Wie erstarrt saß sie auf ihrem Stuhl, die Hände so fest um die Armlehnen geschlossen, daß die Knöchel perlweiß hervortraten.

»Diejenigen von Ihnen, die schon mehrmals eingeladen wurden – wieviel haben Sie für Ihr Privileg bezahlt?« fragte Ash. »Denken Sie darüber nach. Wieviel kostet es Sie, mit den Toten zu sprechen?«

Beide Helfer kamen auf ihn zu. Sie packten die Arme des Ermittlers und versuchten, ihn zur Tür zu zerren. Er widersetzte sich, und einer von ihnen raunte ihm ins Ohr: »Wenn Ihnen was an Ihrer Gesundheit liegt, sollten Sie uns mucksmäuschenstill begleiten. Es geschähe nicht zum erstenmal, daß ich jemandem die Beine breche.«

Eine rauhe Hand preßte sich auf Ashs Mund, als er antworten wollte. Zornig rammte er den Ellenbogen in die Nierengegend des einen Assistenten und hörte ein keuchendes Schnaufen. Er duckte sich unter dem zweiten Arm hinweg.

»Jemand soll das Licht einschalten«, erklang eine besorgt klingende Stimme. »Ich kann überhaupt nicht sehen, was hier los ist.«

Doch es blieb dunkel im Zimmer. Nur die ganz in Schwarz gekleidete Frau saß in hellem Glanz. Mehreren Anwesenden fiel auf, daß sie in die hufeisenförmige Formation vor ihr starrte, den flakkernden Blick auf eine ganz bestimmte Person gerichtet, die sich nur als Schemen abzeichnete.

Langsam öffnete sich ihr Mund, und sie riß die Augen noch weiter auf, das Blitzen in ihnen wie der Widerschein von Flammen.

Unheimliche Stille schlich ins Zimmer.

»Neeeiiin . . .«, brachte Elsa Brotski hervor, ein wimmerndes, entsetztes Heulen. Alle hörten den gedämpften, peinerfüllten Schrei – und schwiegen.

Hände streckten sich Ash entgegen, aber sie fühlten sich schlaff und kraftlos an.

Ash erkannte die nächste Stimme, obgleich er in der Finsternis vergeblich nach Edith Phipps Ausschau hielt. Der zweite, mobile Scheinwerfer glühte nicht mehr.

»Laßt uns in Ruhe«, sagte Edith leise, doch ihre Worte hallten als ein dumpfes, mehrstimmiges Echo wider.

Ash befreite sich aus dem Griff des Assistenten und traf dabei auf keinen Widerstand. Niemand rührte sich. Die Stimme aus den Schatten hörte sich gespenstisch an, als erklinge sie an mehreren Stellen zugleich. Doch alle spürten, daß die seltsame Botschaft von einem der ›Gäste‹ kam, einer Sitzungsteilnehmerin.

Einer Frau, die rasselnd atmete, ächzte und stöhnte.

»Laßt uns in Ruhe«, ertönte es erneut. *»Wir bedeuten euch nichts.«* Die Stimme einer Frau – doch es fehlten gewisse menschliche Qualitäten.

Eine der anderen Personen gab einen spitzen, schrillen Schrei von sich. Sie hatte das Gefühl, als sei etwas schrecklich Kaltes an ihr vorbeigestrichen.

»Wir wollen gar nicht hier sein, nicht bei euch.« Eine subtile Veränderung im Tonfall – obwohl die Worte noch immer von der Frau stammten. *»Ihr dürft uns nicht auf diese Weise benutzen. Ihr quält uns, zieht uns zurück.«*

»Edith?« fragte Ash verblüfft. Seine Augen gewöhnten sich allmählich an die Schwärze, und er sah ihre Gestalt, beobachtete, wie sich ihre rundlichen Schultern hoben und senkten. Aber die Gesichtszüge verbargen sich nach wie vor im Schatten.

Sie sprach erneut, und diesmal klang sie völlig fremd – die schroffe, ärgerliche Stimme eines Mannes: *»Sie sollen sich so an uns erinnern, wie wir einmal waren. Ihr macht einen großen Fehler. Begreift – ihr denn nicht. Es ist falsch von euch!«*

Die Anwesenden drehten sich synchron zu Elsa Brotski um, denn der körperlose Mann benutzte ihren Mund, um seine Botschaft an die Lebenden zu richten. Ihre Augen bewegten sich unstet, wie die eines Blinden. Die Zunge glitt über rauhe Lippen, hinterließ glänzende Feuchtigkeit auf ihnen.

»Ihr mischt euch in Dinge ein, die ihr überhaupt nicht versteht«, fuhr die Stimme fort. Elsas Mund zuckte, doch die Bewegungen standen in keinem Zusammenhang mit den Lauten, die sich ihrer Kehle entrangen.

Ash wandte sich wieder Edith zu und stellte fest, daß sie in sich zusammengesunken war. Die Gestalt neben ihr stützte sie, verhinderte, daß sie von der Bank rutschte.

»Ihr müßt damit aufhören, ihr ... Ich kann dich nicht sehen, Mami ...« Die Stimme veränderte sich mitten im Satz, klang wie die eines Kindes. Junge oder Mädchen? überlegte Ash. Es ließ sich nicht genau bestimmen. *»Komm und hol mich, Mami. Ich möchte zu dir zurück ...«*

Jemand schluchzte, ein Laut trauriger Verzweiflung. »Es ist meine Tochter ...«

»Die Schwindlerin versucht, Sie zum Narren zu halten«, sagte Ash und deutete anklagend auf Elsa Brotski.

Eine dritte Stimme folgte auf die des Kindes. *»Wir sind glücklich, glücklich und zufrieden ...«*

Dann wieder das Mädchen: *»Ich möchte nach Hause zurück, wieder in meinem Zimmer schlafen ...«*

Kurz darauf krächzte eine ältere Frau: *»Ich kann euch nicht erkennen, nicht erkennen ...«*

Und dann vermischte sich das geisterhafte Murmeln und Klagen. Dutzende von Stimmen flüsterten und raunten gleichzeitig, als habe sich ein substanzloses Schleusentor geöffnet, das zwei

Dimensionen voneinander trennte. Die Stimmen flossen einer phantomhaften Flut gleich ins Diesseits, einige lauter als die anderen, drängend und mahnend, andere leise und kummervoll, kaum voneinander zu unterscheiden. Ein spiritistisches Konzert, eine Kakophonie aus bedeutungslosen, unzusammenhängenden Geräuschen, in der Ferne ein Donnern, das überhaupt keinen Sinn ergab ... Ash stellte sich einen Toningenieur vor, der mit mehreren Tapedecks experimentierte.

»*... ohne mich dein Bruder schickt Weihnachtsgrüße keine Schmerzen mehr ich kann dich nicht sehen was ist sag Martha nein warum seid bitte hört damit auf wenn du unter dem Teppich auf der Treppe nachsiehst in welchem Jahr Mami komm und hol mich hör nicht auf sie wir werden dich nie vergessen auf dieser Seite ich war so froh hier habe ich keine Schmerzen mehr wann wirst du David so viele Dinge ich kann dich sehen all das jene Person leidest du doch nicht Mami bitte ich warte warte auf dich dort ist Großvater ist wann auch immer kann es wirklich sein Himmel trauere nicht mehr um mich eines Tages Glück und Fröhlichkeit hört auf hört auf hört auf hört auf ...*«

Die letzten Worte ein Kreischen.

Edith zuckte und hob die Lider. Langsam sah sie auf, starrte in Richtung Scheinwerfer, spürte – *fühlte* tatsächlich –, wie das Blut aus ihrem Gesicht wich.

Elsa Brotski versuchte, sich in die Höhe zu stemmen, doch irgendeine Kraft schien sie auf dem Stuhl festzuhalten. Sie krümmte den Rücken, und die Hände umklammerten die Armlehnen. Das Weiße in ihren Augen schien zu schimmern, als brenne es dahinter. Der Mund war weit aufgerissen, und die zuvor so vollen Lippen wirkten nun wie dünne, rote Striche. Kleine Mulden bildeten sich in den Wangen, und trotz des hellen Lichts glitten Schatten über ihre Züge.

Dünne Dunstschwaden wehten aus ihrem Hals, als kondensiere ihr Atem in plötzlich eisiger Luft. Edith kannte die Anzeichen, hatte bereits mehrfach die Manifestation von Ektoplasma erlebt, der Existenzmaterie astraler Körper. Dennoch empfand sie diesen Vorgang als einzigartig. Fasziniert beobachtete sie die jüngere Frau auf dem Stuhl, den Nebel, der sich allmählich verdichtete, ohne daß er eine bestimmte Form gewann.

Noch immer ertönten körperlose Stimmen, aber sie wurden jetzt leiser, seufzten und flüsterten – ein raunendes Bitten und Flehen. Die ganze Zeit über blieb der Mund des ›Mediums‹ offen, spie diffuses Grau, während Zunge und Lippen völlig reglos blieben.

»Hört auf hört auf hört auf . . .«

Der Nebel verflüchtigte sich, wie von einem plötzlichen Windstoß davongetragen, doch die Schatten krochen weiterhin über Elsa Brotskis Gesicht, ein seltsames Wabern, das kaum merklich ihre Züge veränderte, ohne zur Ruhe zu kommen. Es betonte ihre Jochbeine, gestaltete das Kinn kantiger, verdichtete die dunklen Linien der Brauen. Kurzlebige Konturen, Hinweise auf andere Personen – aber gleichzeitig nur wallende Formlosigkeit in weißem Scheinwerferlicht.

Die Leute auf den Sitzbänken, die Gäste, die bisher voller Ehrfurcht zugesehen hatten, konnten ihre Panik nicht länger im Zaum halten. Ihre entsetzten Schreie übertönten das wortlose Wispern, das noch aus Elsa Brotskis Mund geisterte.

Die junge Frau, die glaubte, die Stimme ihrer verstorbenen Tochter gehört zu haben, sprang auf und versuchte, sich einen Weg zum ›Medium‹ zu bahnen. Doch die anderen waren bestrebt, das Zimmer so schnell wie möglich zu verlassen. Sie rissen die verzagte Mutter mit sich, und Ash beobachtete, wie sie stolperte, das Gleichgewicht verlor und fiel.

Zwei andere Frauen wimmerten wie erschrockene Kinder und hasteten an dem Ermittler vorbei, stießen ihn einfach zur Seite, um den Ausgang zu erreichen. Innerhalb weniger Sekunden entstand ein unentwirrbares Durcheinander aus sich hin und her schiebenden Körpern, die alle auf die Tür zuhielten. Zwar bot Elsa Brotski nicht gerade einen angenehmen Anblick, aber ihre Fratze genügte nicht, um das Grauen der Sitzungsteilnehmer zu erklären. Glaubten die Gäste, die Frau in Schwarz erlitte irgendeinen Anfall? Dann begriff Ash, daß es sich bei ihr tatsächlich um eine Art Medium handelte, wenn auch nicht in einem nekromantischen Sinn: Irgendwie übertrug sie ihre eigene Furcht auf die anderen, erfüllte die Kammer mit fast greifbarer Angst. Sie breitete sich aus wie eine Infektion, berührte die Leute im Zimmer, auch ihn selbst, sickerte in ihre Bewußtseine. Wenn Ash nicht die verrückte Logik dieses Vorgangs verstanden hätte, wäre er vielleicht ebenfalls in Panik geraten. *Mein Gott,* fuhr es ihm durch den Sinn. *Kein Wunder, daß sie solchen Eindruck auf ihre Anhänger macht.*

Er zuckte zusammen, als ihn jemand am Arm berührte.

»David, ihr droht große Gefahr«, sagte Edith ernst.

Erleichtert stellte er fest, daß sich Edith Phipps wieder erholt und in der Gewalt hatte. »Selbstverursachte Hysterie«, meinte er. »So etwas habe ich schon erlebt.«

Sie musterte ihn so, als hielte sie ihn für übergeschnappt. »Nein, Sie irren sich. Elsa braucht unsere Hilfe, bevor es zu spät ist. Wir müssen sie aus der Trance wecken.«

Das Gedränge um sie herum ließ allmählich nach. Die meisten Leute standen vor der Tür und versuchten, sich einen Weg nach draußen zu bahnen. Niemand versperrte Edith und Ash den Blick auf das Medium.

»Lieber Himmel!« entfuhr es Phipps.

Nicht alle Sitzungsteilnehmer flohen zum Ausgang. Einige wenige, unter ihnen auch die Assistenten, verharrten vor den Sitzbänken, wie hypnotisiert vom Anblick Elsa Brotskis. Jemand stöhnte. Ein dumpfes Pochen, als eine Frau zu Boden sank.

Das Gesicht der angeblichen Hellseherin war auf gräßliche Weise entstellt.

Die Haut zitterte, schwoll an. Hier und dort fraßen sich tiefe Falten und Furchen hinein, glätteten sich dann wieder, während andere Stellen durchsichtig wurden. Jene Veränderungen konnten nicht auf die hin und her kriechenden Schatten zurückgeführt werden; das krebsartige Wuchern wirkte viel zu real. Es hatte den Anschein, als existierten fremde Züge unter Elsa Brotskis Wangen, viele andere Gesichter, die um Vorherrschaft kämpften, von innen drückten, wuchsen, sich ausdehnten. Ash spürte, wie Übelkeit in ihm emporstieg.

Es sah so aus, als würde der Kopf des Mediums jeden Augenblick platzen.

Mit schockierter Faszination beobachtete der Ermittler die raschen Transformationen, und tief in ihm regte sich eine kaltblütige, fast perverse Neugier: Wie mochte sich dieses Phänomen weiterentwickeln, mit welchen Konsequenzen? Er empfand kaum Mitleid für die Frau in Schwarz, und darunter litt seine Selbstachtung.

Edith wandte sich von ihm ab. Ash hob die Hand, um sie zurückzuhalten, denn er ahnte, was sie beabsichtigte. Elsa Brotski verschwand hinter ihrer Silhouette, und kurz darauf stand auch die Parapsychologin im Licht des Scheinwerfers, trat auf die Bühne eines alptraumhaften Spektakels.

Sie beugte sich zur gequälten Frau vor, legte ihre Hände auf das vibrierende Gesicht und sprach leise.

Ash setzte sich in Bewegung, schob sich an den Sitzungsteilnehmern vorbei, die entsetzt und wie gelähmt vor den Bänken standen. Der Assistent, den er zuvor beiseite gestoßen hatte, unternahm nicht den geringsten Versuch, ihn aufzuhalten. Statt dessen wich er zurück, schloß sich hastig den Leuten vor dem Ausgang an. Der andere Helfer schien Wurzeln geschlagen zu haben, entweder nicht fähig oder nicht bereit, sich der hilflosen Frau zu nähern. Der dritte Mann am schwenkbaren Scheinwerfer stützte sich aufs Stativ und schüttelte ungläubig den Kopf.

Edith taumelte: Elsa Brotski erhob sich so plötzlich, als schleudere sie etwas in die Höhe. Ihre Hände blieben um die Armlehnen geschlossen, schienen dort festzukleben. Sie krümmte sich, so daß ihr Körper einen Bogen bildete – der Bauch weit vorgewölbt und wie bei einer Hochschwangeren angeschwollen, der Rücken hohl. Den Kopf aber hielt sie aufrecht. Er ruhte auf dem glänzenden, schwarzen Stoff, der ihre Brust bedeckte, und dadurch entstand der Eindruck, als habe ihn etwas vom Hals gelöst. Am schlimmsten waren ihre Augen: Sie hatten sich nach innen gerollt, zeigten nur noch das Weiße in ihnen, so stumpf und glanzlos wie die von gebratenen Fischen.

Brotski wirkte wie das personifizierte Grauen: Nach wie vor veränderten sich ihre Züge, huschte fremde Mimik über ihr Gesicht.

Und die Stimmen erklangen weiterhin, ein gespenstisches, unheimliches Murmeln, das aus einem reglosen Mund drang, unverständliche Bemerkungen und Botschaften, Kummer, Niedergeschlagenheit, Verzweiflung – und auch Zorn.

». . . kann nicht kümmere dich um die Katze es ist jetzt anders erinnere dich an die Zeit ein langer langer Tunnel helles Licht am Mami bitte Mami Blumen hier Menge hört auf in Ruhe sagt allen Tod kann nicht alle Schmerzen hören auf vergiß nicht unter der Treppe wenn du hörst auf komm zu mir wir wollen nicht dies wir ich kann sehen allein bleiben . . .«

Blut tropfte aus Elsas Nase, dann auch aus den Augenwinkeln.

Ash trat an sie heran, spürte ihr Zucken wie eine Kraft, die ihn zurücktrieb. Zwar wußte er nicht genau, wie er sich verhalten sollte, aber er beugte sich ebenfalls vor, berührte den Kopf mit beiden Händen, versuchte, Abscheu und Ekel aus sich zu verdrängen, als er das schauderhafte Wallen der Haut fühlte.

Magengrube und Becken drängten sich ihm entgegen, eine lüsterne Parodie von Erotik. Die weißen, blutenden Augen starrten ihn blind an. Elsas Atem stank – die Fäule des geisterhaften Flüsterns.

Die Zitterkrämpfe wurden stärker, erfaßten den ganzen Leib des Mediums, und der Kopf schwang wie eine Glocke hin und her. Ash griff fester zu. Der Rücken krümmte sich so stark, daß er befürchtete, die Wirbelsäule könne brechen. Der Bauch preßte sich an ihn, und die Brüste strichen ihm bebend über die Stirn, suchten wie eigenständige Wesen nach Mund und Nase, als wollten sie ihn ersticken.

Ein einzelnes Wort übertönte alle anderen . . .

». . . aufhören . . . aufhören . . . aufhören . . .«

Das heftige Vibrieren erreichte plötzlich den Höhepunkt – und Elsa Brotski versteifte sich jäh.

Von einem Augenblick zum anderen fühlt sich die Frau so hart an, als hielte Ash eine marmorne Statue in den Armen.

Das Flüstern und Raunen verstummte, wich einem Heulen aus weiter Ferne, aus den inneren Gewölben des Mediums.

Innerhalb weniger Sekunden wurde es lauter, hallte als schier ohrenbetäubendes Kreischen aus ihrem Mund, der eher einem klaffenden Loch ähnelte.

Und bevor Elsa Brotski bewußtlos und schlaff zu Boden sank, ertönte noch ein letztes Wort.

Edith Phipps fragte sich, warum das Jenseits zum zweitenmal Davids Namen gerufen hatte.

24

Ash regte sich im Bett und strich mit der rechten Hand über die Stirn, um sich von einem Druck in seinem Innern zu befreien. Er schluckte, spürte rauhes Brennen in der Kehle. Widerwillig öffnete er die Augen und holte zögernd Luft, als erwarte er, daß ihn irgend etwas am Atmen hinderte.

Eine neuerliche Bewegung. Ungelenk und schwerfällig setzte er sich auf, schüttelte benommen den Kopf. Trübes Tageslicht sickerte durchs Fenster, verwandelte die massiven und bedrohlich anmutenden Schatten der Nacht in substanzlose Gräue. Ash murmelte leise vor sich hin, verfluchte seinen Mangel an Vitalität.

Mit beträchtlicher Mühe hob er den Arm und warf einen Blick auf die Uhr am Handgelenk. Überraschung verdrängte die Lethargie aus ihm. Es rückte bereits der Abend näher – er hatte fast den ganzen Tag verschlafen.

Er lehnte sich an die Kopfleiste, rieb die Wangen, um die betäubenden Reste der Müdigkeit zu verscheuchen, tastete dann über seine Brust. Sein Körper fühlte sich schmierig an, und er erinnerte sich: mitten in der Nacht eine schweißgebadete Rückkehr aus dem Schlaf. Jetzt war die Haut trocken, wirkte außergewöhnlich blaß. Neben ihm lagen zerknitterte Laken – sonst keine Spur von jemandem, der dort geruht hatte. Aber er entdeckte Samenflecken.

Langsam kletterte Ash aus dem Bett. Dumpfer Schmerz stach hinter seinen Augen, als er ans Fenster herantrat. Er stützte sich am Rahmen ab, starrte nach draußen und beobachtete den Park.

Nichts rührte sich dort. Es wehte kein Wind, und über der wie erstarrten Landschaft wölbte sich ein grauer, konturloser Himmel. Alles blieb still.

Und auch Edbrook schwieg. Eine sonderbare Ruhe erfüllte das Haus.

Ash nahm all diese Eindrücke in sich auf, während seine Gedanken zur vergangenen Nacht zurückkehrten. Er sah Christina, rein und wunderschön in ihrer Blöße: Das dunkle Haar fiel auf ihre nackten Schultern herab, und die längsten Strähnen berührten den Ansatz der Brüste. Er berührte sie erneut, fühlte ihre sinnliche Reaktion, spürte die Feuchtigkeit zwischen den Schenkeln, ihr wohliges Schaudern.

Ash wandte sich vom Fenster ab, ließ sich auf die Bettkante sinken und schlug die Hände vors Gesicht. Wohin war sie verschwunden? Warum hatte ihn Christina noch in der Nacht verlassen?

Er griff nach seiner Kleidung, ohne zuvor das Bad aufzusuchen – aus irgendeinem Grund kam es ihm gar nicht in den Sinn, sich zu waschen. An der Tür blieb er kurz stehen, und seine Hand verharrte auf der Klinke. Er wartete einige Sekunden lang und fragte sich, warum ihm die Vorstellung, den Flur zu betreten, solches Unbehagen bereitete. Schließlich glaubte er zu verstehen: Die Stille im Haus bedrückte ihn, denn sie erschien ihm wie ein Lauern. Die Holzvertäfelungen und Dielen, die Mauersteine, der bröcklige Mörtel – die *Essenz* des Hauses wartete auf ihn ... Warum? Er schalt sich selbst einen Narren: David Ash, der pragmatischste aller Pragmatiker, gab sich Hirngespinsten hin, und besonders absurden noch dazu. Edbrook war schlicht und einfach ein Haus, mehr nicht. Sicher, mit einer langen Geschichte, die so tragisch sein mochte, daß sich bestimmte Ereignisse nicht mit ihrem eigenen Ablauf erschöpften, sondern auch gewissen Einfluß auf die Zukunft, die jetzige Gegenwart, nahmen. Aber von einem echten Spuk konnte keine Rede sein. Hier gab es weder Geister noch Phantome oder Gespenster, die die Lebenden heimsuchten und plagten. Vielleicht fand auch Edbrook selbst Gefallen daran, seinen Besuchern Streiche zu spielen.

Mit gestärkter Entschlossenheit öffnete Ash die Tür.

Der Flur streckte sich leer vor ihm, und er hatte auch nichts anderes erwartet. Eigentlich empfand er gerade das als so unheimlich – das Gefühl der Leere, der kühlen und doch schwermütigen Leblosigkeit.

Der Ermittler wanderte durch den halbdunklen Korridor, kam

an der Treppe zur Galerie vorbei, blickte übers Geländer und beobachtete den Saal weiter unten. Die in Edbrook herrschende Atmosphäre zeichnete sich durch eine eigentümliche Dichte aus, durch die Last des Alters. Nun, vielleicht gründete sich dieser Eindruck eher auf Ashs gegenwärtigen Zustand, denn die Traumata der vergangenen beiden Nächte zerrten an seiner inneren Kraft, konfrontierten ihn mit depressiver Erschöpfung. Zwar hatte er lange geschlafen, doch seinen Bewegungen haftete eine gewisse Müdigkeit an, und die Schwaden einer diffusen Benommenheit durchzogen sein Bewußtsein.

Er erreichte Christinas Zimmer und klopfte vorsichtig an die Tür. Keine Antwort. Ash hielt sich nicht damit auf, ihren Namen zu rufen: Er trat ein.

Auf der Schwelle verharrte er, die Lippen ein wenig geöffnet, und ließ seinen Blick durch die Kammer schweifen.

Ihm fiel nichts Ungewöhnliches in Christinas Schlafzimmer auf. Auf dem Bett, zwischen den Kopf- und Fußleisten aus Messing, lag eine sorgfältig geglättete Decke. Kein Hinweis darauf, daß dort jemand geschlafen hatte. Breite, schärpenartige Tücher hielten die Vorhänge zurück, und vor den Fensterscheiben hingen schmuckvolle, netzartige Gardinen, die das späte Tageslicht filterten und trübten.

Nein, nichts Ungewöhnliches in diesem Raum. Abgesehen von ...

Abgesehen von der auffälligen Ordnung: keine verstreut herumliegenden Zeitschriften, auf den Stühlen weder Nachthemden noch andere Kleidungsstücke. Und die Farben erschienen ihm sonderbar blaß, als habe sich auf allen Gegenständen eine milchige Patina aus Staub gebildet.

Keine Vibrationen. Ash spürte nur wieder die leblose, tote Leere. Christinas Schlafzimmer besaß die Vitalität eines vernachlässigten Museums.

Auf der Kommode vor dem ovalen Spiegel fielen dem Ermittler zwei Fotos in silbernen Rahmen auf. Er trat näher heran, um sie sich genauer anzusehen, griff nach einem Bild und wischte Staub fort: Sein Blick fiel auf das sepiafarbene Paar, das er bereits vom Gemälde her kannte. Christinas Eltern, in förmlicher Haltung, auf den Lippen ein erstarrtes Lächeln für die Kamera. Die zweite Fotografie, offenbar nicht ganz so alt, zeigte die drei Mariell-Sprößlinge. Ash wollte sie gerade zur Hand nehmen, als er aus den Augenwinkeln sein Spiegelbild bemerkte. Ein dünner Schmutzfilm verwischte die Konturen, aber trotzdem bemerkte er die dunklen Ringe unter den Augen, den Bartschatten auf Kinn und Wangen. Beunruhigt wandte er sich ab, strich sich mit den Fingern durchs zerzauste Haar und versuchte, es einigermaßen zu ordnen.

Er berührte das Bett, ohne recht zu wissen, was ihn zu dieser Geste veranlaßte. Vielleicht wollte er damit seine Erinnerungen an die während der vergangenen Nacht genossene Intimität wachhalten.

Die Fingerkuppen tasteten über die Decke, fühlten kühlen, steifen, fast spröden Stoff.

Nach einer Weile verließ Ash das Zimmer, kehrte zur Treppe zurück und brachte die Stufen mit hastigen Schritten hinter sich. Sein Unbehagen wuchs nun: Die unnatürliche Stille des Hauses weckte zitternde Furcht in ihm. Er ging von Raum zu Raum, suchte nach zerbrochenen Siegeln und Fußabdrücken in ausgestreutem Pulver, schaltete Detektoren aus, die auf sein Erscheinen reagierten.

Beklommen und zögernd näherte er sich dem Keller, blieb in der Tür stehen und hielt nach Anzeichen für einen Brand Ausschau. Außer der zerbrochenen Cognacflasche, auf deren Splittern sich bereits Staub sammelte, deutete nichts auf die Geschehnisse am letzten Abend hin: weder rußgeschwärzte Wände noch verkohlte Deckenbalken, nicht einmal der ätzende Geruch von Qualm, alles nur eine Illusion. Die Akten im Archiv des Instituts für Psychische Forschungen berichteten von vielen solchen Fällen.

Ash fragte sich, ob er erleichtert oder wütend sein sollte.

Er drehte sich um, eilte durch den Saal zur Küche und zögerte erneut, als er Geräusche vernahm. Ein leises Kratzen.

Die Tür stand einen Spaltbreit offen, und Ash drückte sie vorsichtig weiter auf.

Die Mäuse auf dem Tisch bemerkten ihn erst, als Ash das Gewicht verlagerte und der Boden unter ihm knarrte. Die kleinen, pelzigen Wesen nahmen sich nicht einmal die Zeit, den Eindringling anzusehen. Einige sprangen auf einen nahen Stuhl; andere liefen über die Tischbeine und ignorierten dabei die Gesetze der Schwerkraft. Es lief Ash kalt über den Rücken, als er die Tiere beobachtete, ihre langen, wurmartigen Schwänze. Nur fünf oder sechs Mäuse waren über den Tisch gekrochen, aber der Ermittler schauderte so heftig, als seien es mehr als hundert. Schwarzer Schimmel wucherte auf dem Brot, an dem die Nagetiere geknabbert hatten. Ash betrachtete den halben Laib, neben dem ein graues Messer lag, und in seiner Magengrube krampfte sich etwas zusammen.

Er eilte auf die Spüle zu, hoffte vage, daß er dabei nicht auf eins der fliehenden Geschöpfe trat. Er spuckte nur Galle, keine unverdauten Nahrungsbrocken, und die Flüssigkeit spritzte auf zwei dicke Kakerlaken. Ash taumelte zurück, schluckte die durch seine Kehle rinnende Bitterkeit. *Meine Güte, hier wimmelt es von Ungeziefer! Was ist über Nacht mit Edbrook geschehen?* Die Frage erklang nur hinter seiner Stirn, aber selbst wenn er sie laut gestellt hätte: Offenbar befand sich niemand in der Nähe, der sie beantworten konnte. Er griff nach dem Hahn und drehte den altmodischen Kreuzgriff. Braunes Wasser blubberte in verrosteten Rohrleitungen, und es dauerte eine Weile, bis es gleichmäßig und klar floß. Die schwarzen Käfer schwammen neben grünem Gallenschaum, die Beine emsige Paddel. Ash schloß den Hahn wieder und ging fort, verließ sich darauf, daß der Strudel die Küchenschaben fortsaugte.

Die Hintertür war nicht verschlossen.

Ash trat nach draußen, erleichtert darüber, aus dem Haus zu sein, obwohl ihm winterliche Kälte entgegenschlug. Mit dem Handrücken wischte er sich die Feuchtigkeit von Lippen und Kinn, atmete mehrmals tief durch und fühlte, wie sofort ein Teil der Müdigkeit aus ihm wich. Er zitterte in der Kühle, rief fast verzweifelt Christinas Namen.

Hatte er wirklich mit einer Antwort gerechnet? Er wußte es nicht genau. Trotzdem wiederholte er den Ruf.

Und lauschte der Stille.

Er ging auf die Terrasse, von der aus man weit über die Gartenanlagen sehen konnte, formte mit den Händen einen Trichter vorm Mund.

»Chriiistiiiinaaa . . .!«

Er versuchte es noch einmal, nicht ganz so laut, mit weniger Hoffnung.

Christina hatte Edbrook verlassen. Und offenbar auch Miß Webb.

Ash war allein und fragte sich, warum er den lächerlichen Eindruck gewann, das verfallende Haus verhöhne ihn.

25

Der rote Fiesta bog auf die Autobahn, rollte nach Nordwesten und beschleunigte, wie glücklich darüber, den verstopften Stadtstraßen entkommen zu sein.

Doch in dem Gesicht der am Steuer sitzenden Frau zeigte sich keine Freude. Und es war nicht die Furcht vor viel zu schnell fahrenden Schwerlastern, die Edith Phipps dazu veranlaßte, die Hände krampfhaft fest ums Lenkrad zu schließen.

Ash zog den Mantel an, während er durch den Flur marschierte, hielt sich nicht damit auf, die Tür seines Zimmers zu schließen. Er eilte die Treppe hinab, von dem einen Wunsch beseelt, so schnell wie möglich aus dem Haus zu verschwinden, der Leere und bedrückenden Stille in Edbrook zu entkommen. Die frische Luft draußen hatte seine Lethargie besiegt, und jetzt handelte er rasch, bevor die Benommenheit zurückkehrte.

Am unteren Ende der Treppe verharrte er, sah durch den Saal und richtete den Blick auf die schwarze Monströsität des Telefons. *Noch ein letzter Versuch,* entschied er. *Dadurch verliere ich nur einige wenige Sekunden, mehr nicht.* Er trat an den Apparat heran, hob den schweren Hörer und hielt ihn ans Ohr. In Ashs Mundwinkeln zuckte es – der Hauch eines humorlosen Lächeln –, als er kein Freizeichen vernahm.

Auf eine seltsame Weise zufrieden, hämmerte er den Hörer auf die Gabel zurück, wischte sich mit dem Ärmel Staub von der Hand.

Die Bodendielen knarrten unter seinen Schritten, als er auf die Tür zuhielt. Ash zog den einen Flügel auf, hastete nach draußen und sprang die drei steinernen Stufen vor dem Eingang hinunter.

Er klappte den Kragen hoch und zog den Mantel enger um

die Schultern, um sich vor der kalten Brise zu schützen. Kies knirschte, während er über die Zufahrt wanderte.

Der Sattelschlepper rauschte so dicht an dem Fiesta vorbei, daß Edith befürchtete, ihr Auto könne jeden Augenblick von den riesigen Rädern zermalmt werden. Die von dem gewaltigen Laster verdrängte Luft ließ das Fahrzeug ausbrechen, und Edith ergriff das Lenkrad noch fester, um nicht die Kontrolle zu verlieren.

Mit einem Blick in den Außenspiegel stellte sie fest, daß dem Laster eine längere Kolonne folgte, Wagen, deren Fahrer offenbar die Bedeutung des Wortes Geduld vergaßen, sobald sie auf einer dreispurigen Autobahn unterwegs waren. Edith sah auf den Tacho. Fünfzehn Meilen unter dem Limit. *Vielleicht ist es meine Schuld,* dachte sie. Trotzdem: Es gab noch andere, die sich mit einer Geschwindigkeit von nur 55 Meilen in der Stunde begnügten. »Eine tolle Gruppe sind wir«, murmelte sie verächtlich. »Ein zusammengewürfelter Haufen, wie ein Konvoi aus Leichenwagen.« Ein schiefes, verzerrtes Lächeln, das ihrer Stimmung entsprach. *Warum diese schreckliche Furcht, die deine innere Stabilität erschüttert, Edith? Warum diese irrationale Sorge um David?* Sie fand keine Antworten auf diese Fragen. Trotz ihrer besonderen Wahrnehmung blieben viele Dinge für sie verborgen. Meistens handelte es sich bei ihren hellseherischen Erkenntnissen nur um Gefühle, um Intuitionen. Aber in diesem Fall waren die Empfindungen *stark,* so überwältigend *stark*! Und sie stammten von David selbst. Unbewußt schuf er eine Verbindung zwischen ihnen. Der arme Mann sandte ein mentales Notsignal, ohne etwas davon zu ahnen. Doch es blieb unklar . . .

Edith trat auf die Bremse, als sie plötzlich merkte, daß die Distanz zum Fahrzeug vor ihr auf wenige Meter geschrumpft war.

Sie versuchte, sich zu beruhigen. Ganz gleich, was im Haus namens Edbrook geschah, welcher Spuk sich dort manifestierte – sie konnte David nicht helfen, wenn sie in einen schweren Unfall verwickelt wurde, wenn sich ihr Blut auf den Asphalt ergoß. *Meine Güte, was für makabre Gedanken. Sie sind nicht gut für dich, Edith. Sie schaden dir, schaden dir sehr.*

Sie riskierte es, einen Blick auf die Straßenkarte zu werfen, die neben ihr auf dem Beifahrersitz lag. Sie wollte nicht die richtige Ausfahrt verpassen, die Straße, die zu anderen Straßen führte und schließlich in die Ravenmoor-Region.

Während sie aufmerksam durch die Windschutzscheibe sah und den Verkehr im Auge behielt, schob sie die beiden von Miß T. Webb stammenden Briefe beiseite, starrte dann erneut auf die Karte.

»Es ist noch ziemlich weit«, murmelte sie und zuckte zusammen, als noch ein Laster vorbeidonnerte.

Ash betrat die Telefonzelle und lehnte sich an die Wand, um Atem zu schöpfen, bevor er das Institut anrief. Der Marsch über die Landstraße hatte endlich den mentalen Dunst aus seinem Kopf vertrieben, und trotz der anstrengenden Wanderung fühlte er sich jetzt wesentlich besser. Vielleicht war genau das die richtige Medizin für seine geistige Erschöpfung: frische Luft und Bewegung. Ash machte den muffigen Geruch und das Halbdunkel in Edbrook für seinen früheren Zustand verantwortlich. Und die Träume der beiden vergangenen Nächte, erinnerte er sich. Die Mariells hielten ihn zum Narren, versuchten offenbar, ihn zu verunsichern, ihm Angst einzujagen. Er wußte noch immer nicht, welche Motive dahintersteckten. Aber spielte das überhaupt eine Rolle? Interessierte er sich dafür, was sie mit ihren boshaften Spielereien zu erreichen hofften? Seltsamerweise konnte er die Frage nicht ganz verneinen. Allerdings fragte er sich, ob sein Interesse *genügte.* Die Mariells beunruhigten ihn, doch auf irgendeine rätselhafte Weise faszinierten sie ihn auch. Insbesondere Christina. In der letzten Nacht ...

Ash schob diese Überlegungen beiseite. Er sehnte sich nach Normalität, nach irgend etwas, das ihm Halt geben konnte. Er mußte mit McCarrick sprechen, mit der vernünftigen, verläßlichen, logischen Kate. Der Ermittler suchte in seinen Taschen und schnitt eine Grimasse, als er nur Pennies fand.

Er stieß die schwere Tür auf, schlurfte durch hohes Gras und blickte über die Straße, die nach Edbrook führte.

Aber als er sich wieder in Bewegung setzte, ging er in die andere Richtung.

Dort war sie: die richtige Ausfahrt der Autobahn.

Edith blinkte links, und Erleichterung durchströmte sie, als die blechernen Lemminge auf den beiden Überholspuren zurückblieben und sie selbst dem Verlauf verkehrsärmerer Landstraßen folgte. Ein ganzes Stück langsamer fuhr sie durch Dörfer und kleine Orte, beobachtete eine weite, offene Landschaft, Hügel in der Ferne.

Die ersten Lichter glommen, und abendliches Zwielicht verdrängte den Tag.

Ash schritt nicht mehr annähernd so forsch und energisch aus, als er den Rand der Ortschaft erreichte. Er ließ die Schultern hängen, hielt den Blick starr auf den Asphalt gerichtet – der zwei Meilen lange Marsch hatte die neugefundene Energie aus ihm verbrannt und durch bereits vertraute Erschöpfung ersetzt.

Die Abstände zwischen den einzelnen Häusern wurden geringer, und manchmal reichten ihre Veranden bis zum Straßenrand. Lampen glühten hinter den Fenstern, hier und dort auch der Schein eines Kaminfeuers. Von jenen Heimen ging eine fast unwiderstehliche Anziehungskraft aus: Sie lockten mit Trost und Gemütlichkeit. Doch ihre behagliche Atmosphäre betonte auch die Isolation des Fremden. Ash fühlte sich einsamer und verlorener als jemals zuvor.

Die Dunstwolken seines kondensierenden Atems verflüchtigten sich dicht vor dem Gesicht, waren so kurzlebig wie Gedanken. Die Frische des Abends kühlte den Schweiß des Wanderers. Er kam an Läden und Geschäften vorbei und zwinkerte geblendet durch den hellen Glanz der Werbeleuchten. In der Ferne bot sich ihm ein weitaus angenehmerer Anblick dar.

Ash ging ein wenig schneller, und in freudiger Erwartung glaubte er, noch durstiger zu sein.

Edith stand neben ihrem Fiesta, während der ältere, dickliche Mann den Tank füllte und einen brummenden Monolog hielt: über die beginnende Nacht, den baldigen Winter, den Mangel an anständigen Sommern und die Fleischpreise. Es handelte sich um eine kleine Tankstelle an einer Nebenstraße, und das Pumpen von Benzin war nicht gerade der interessanteste Job auf der ganzen Welt. Wenigstens gab er Gelegenheit, das eine oder andere Gespräch mit Leuten auf der Durchreise zu führen.

O ja, Ravenmoor ist nicht mehr weit entfernt, alles andere als das, und ja, ich kenne einen Ort namens Edbrook, ist 'n großes, altes Haus mit 'ner weiten Parkanlage, und ja, Sie sind fast da, nur noch drei Meilen, bis Sie das Dorf erreichen, und nein, ich bin nicht sicher, wer dort wohnt, die Namen kenne ich nicht, das Anwesen ist zu abgelegen, wenn Sie verstehen, was ich meine, es gibt keine nahen Nachbarn, und die Leute dort, wer sie auch sind, bleiben unter sich, tja, ich weiß in dieser Beziehung ohnehin kaum Bescheid (bei diesen Worten lachte er leise), denn ich bin neu in dieser Gegend, erst vor zehn oder elf Jahren mit meiner zweiten Frau, die vor zwei Jahren verstarb, hierhergezogen, außerdem habe ich ohnehin keinen Anlaß, mit Leuten Umgang zu pflegen, die in so großen Häusern wohnen, aber die Lady von Edbrook kommt dann und wann vorbei, um zu tanken, mit einem prächtigen alten Wagen, der in sehr gutem Zustand zu sein scheint, als verbringe er die meiste Zeit in der Garage, und ich weiß deshalb, daß sie von dort stammt, weil sie einmal kein Bargeld hatte und mit 'nem Scheck bezahlen mußte, und ich bat sie darum, ihre Adresse auf die Rückseite zu schreiben, kann mich jetzt nur nicht mehr an ihren Namen erinnern, aber sie spricht nie viel, wenn sie hier ist, scheint kaum was von einem Schwätzchen zu halten, ganz im Gegensatz zu mir, ich unterhalte mich gern, nun, wenn Sie weiterfahren, Missus, so nehmen Sie die zweite Abzweigung rechts, biegen an der ersten Seitenstraße links ab, folgen Sie ihr, bis Sie einen schmaleren Weg finden, aber nicht zu schmal, kitzeln Sie das Gas ein wenig (diesen Ausdruck hatte er von seinem sechsjährigen Enkel in Plymouth übernommen), und schon sind Sie da.

Der Tankwart holte tief Luft und lachte erneut.

O ja, ich kenne den Ort, bin 'n paarmal an dem Haus vorbeigefahren, und dabei hat's mich irgendwie gegraust (ein neuerlicher Bezug auf seinen Enkel). Tja, wenn man gut siebzig ist – ja, zweiundsiebzig, und ich arbeite noch immer, nachmittags und manchmal sogar abends, immer noch fleißig und aktiv, von wegen die Hände in den Schoß legen und in einem Schaukelstuhl vorm Kamin hocken! –, wenn man gut siebzig ist, spürt man solche Dinge, weiß eben *Bescheid*. So, das wär's, Missus, voll bis zum Rand, brauchen Sie 'ne Quittung für die Steuer? Nein? Dann hole ich nur rasch das Wechselgeld, wie steht's mit dem Öl? Alles in Ordnung mit dem Öl? Ach, die modernen Blechkasten saufen das Öl nicht mehr so wie die alten Autos, aber das ist eben der Fortschritt, so heißt es, obgleich ich meine, daß es mit einigen Dingen echt bergab geht, wenn Sie verstehen, was ich meine, vieles ist nicht mehr so wie damals, aber die Zeit bleibt eben nicht stehen, man muß immer auf dem laufenden bleiben, sich anpassen ...

Zu Ediths Erleichterung wandte sich der Tankwart von ihr ab und schlurfte zu seinem weißen Bürohäuschen. Sie rief ihm nach, er könne den Rest behalten, nahm bereits am Steuer Platz und legte den Sicherheitsgurt an, bevor sich der alte Mann umdrehte und bedankte.

Der Wirt des Ravenmoor Inn öffnete gerade die Tür der Bar, um festzustellen, welches Wetter draußen herrschte (Kühle stellte kein Problem dar, nicht einmal regelrechter Frost. Aber wenn's regnete, blieben seine Kunden zu Hause, abgesehen von den durstigsten unter ihnen), als ihm der Mann entgegenstolperte. Er trug einen dunklen Mantel, schien kein Einheimischer zu sein und wirkte ein wenig ungepflegt. Eine ordentliche Rasur hätte ihm gewiß nicht geschadet. Er wich zur Seite, damit sein erster Gast eintreten konnte.

Ash murmelte eine Entschuldigung, als er sich an dem Mann vorbeischob, durchs Vestibül in den Schankraum ging. Der Wirt zögerte kurz und folgte ihm dann.

»Ziemlich kalter Abend«, sagte er beiläufig und nahm seinen Platz hinter der Theke ein.

Ash nickte nur und deutete auf die Flaschen im Regal. »Einen doppelten Wodka«, brummte er. »Nein, besser einen dreifachen.«

Edith nahm Gas weg, beugte sich dicht zur Windschutzscheibe vor und starrte in Richtung Tor. Sie schaltete das Fernlicht ein, um besser sehen zu können.

Ja, sie hatte ihr Ziel erreicht. Als der Wagen näher heranrollte, las sie den Namen EDBROOK auf den Ziegelsteinsäulen zu beiden Seiten der Zufahrt. Das Tor stand weit offen, und Edith bog von der Straße ab, hielt auf dem Kiesweg an. Im letzten, verblassenden Tageslicht erkannte sie voraus den Schatten eines großen Gebäudes. Die Fenster waren dunkel.

Sie spürte nichts. Edith empfand nur Leere und Stille.

»David . . .«, hauchte sie, als genüge ein Flüstern, um sich mit dem Ermittler zu verständigen.

Alles schwieg, blieb reglos, und doch verspürte Edith nicht den Wunsch, das finstere Haus zu betreten. Wenn sie doch nur wüßte, wo sich David aufhielt . . .

Sie löste die Bremse wieder und fuhr weiter.

Kurz darauf grenzten breite Rasenflächen an den Weg, und dahinter wuchsen die dunklen Mauern des Waldrands. Parkanlagen folgten. Das farblose Zwielicht verbarg ihren Zustand. Edith schnappte unwillkürlich nach Luft: Für einen sich dehnenden Sekundenbruchteil glaubte sie, einige Leute zu bemerken, die vor dem Gebäude standen, doch dann stellte sie fest, daß ihre unheimliche Reglosigkeit die feste Substanz von Stein besaß. Sie ignorierte das Gefühl, von den Statuen beobachtet zu werden.

Das Haus schien zu wachsen, füllte bald ihr ganzes Blickfeld aus. Das helle Scheinwerferlicht des Wagens tastete über eine graue, düster anmutende Fassade.

Edith parkte ihren Fiesta in einiger Entfernung, unter einem Baum, dessen Äste und Zweige weit über den Kiesweg vor Edbrook hingen. Eine sichere Distanz, verspottete sie sich, und die Unruhe, die in ihr zu zittern begann, stimmte sie verlegen. Mit nervöser Neugier betrachtete sie das Gebäude und fragte sich, warum der Anblick diffuse Furcht in ihr weckte. Sie nahm noch immer nichts wahr, keinen Hauch der Geschichte jenes Hauses, nicht den geringsten Hinweis auf das, was hinter den Fenstern und Türen auf sie wartete.

Warum dann die Angst, die an ihrem inneren Gleichgewicht nagte? Sie vibrierte tief in ihrem Innern, im Zentrum ihres Ichs, eine seltsame Fäule, eine Krebszelle, die mit geradezu einschläfernder Langsamkeit wucherte, in ihrem ganzen Körper Metastasen des Grauens bildete, stimuliert von einer externen Kraft – einer spiritistischen Energie, die aus dem Innern Edbrooks stammte . . .

Na also, dachte Edith in einem Anflug grimmiger Zufriedenheit. *Also spürst du doch etwas.* Ein beklemmendes Nichts, das dennoch Gestalt gewinnen konnte – unter ganz bestimmten Voraussetzungen. Ein bisher noch namenloses Entsetzen, das auch David Ash erfaßte.

Edith hatte ihre Reise mit genug Entschlossenheit begonnen, um gegen die Furcht in ihr anzukämpfen. Ihre Absicht bestand darin, David vor der ihm drohenden Gefahr zu warnen, von der er nichts ahnte, weil er seine eigene Gabe verleugnete. Sie versuchte sich seinen inneren Kosmos vorzustellen: Das intuitive Empfinden wurde von einer zarten, aber unnachgiebigen psychischen Barriere abgeschirmt, die David selbst errichtet hatte; und da es sich keinen Weg in sein Bewußtsein bahnen konnte, trachtete es auf eine andere Art und Weise danach, sich ihm mitzuteilen. Edith schüttelte den Kopf. Nein, das stimmte nicht ganz. Der Teil seines Selbst, der zwischen den fest in ihm verwurzelten Überzeugungen und dem vermittelte, an das sein logischer Verstand glaubte, jener ganz persönliche Schlichter, der in uns allen wohnt (besser gesagt: in fast allen) und den man mit dem Begriff wahrnehmende Sensibilität umschreiben könnte, war dazu gezwungen, Davids Gedanken in eine andere Richtung zu projizieren, zu Edith, die sie auch empfing. Der Ermittler sandte ein mentales Notsignal aus, und wahrscheinlich war er sich dessen nicht einmal bewußt. *Meine Güte, Davids Gedankenwelt würde jeden Psychoanalytiker auf Jahre hinaus beschäftigen.*

Die übertragene Furcht erschütterte nun Ediths energische Entschlossenheit.

Sie überlegte, ob sie wenden und zurückfahren sollte, fort von dem Gebäude, das sie mit solchem Unbehagen erfüllte. Es schien niemand zu Hause zu sein; es brannte kein Licht. Vielleicht hatte David seine Ermittlungen bereits abgeschlossen und saß jetzt in irgendeinem Zug nach London. Vielleicht gab es keine reale Grundlage für ihre Besorgnis. *Mach dir nichts vor,* rief sie sich zur Ordnung. Vermutungen konnten in Frage gestellt werden, nicht aber die Intuition eines erfahrenen Mediums. Wenn David wirklich gegangen war – gut. Wenn sich niemand im Haus aufhielt – um so besser. Dann konnte sie das Anwesen in der Überzeugung verlassen, ihrem Gewissen gehorcht zu haben.

Der graue Schatten vor ihr blieb nach wie vor ohne irgendeine Ausstrahlung. Hinter den kalten Mauern erstreckte sich nur Leere, eine niederdrückende Finsternis, die Edith verwirrte. Nun, wenn dort wirklich nichts existierte, gab es keinen Grund, sich zu fürchten. Das Nichts an sich stellte wohl kaum eine Gefahr dar, oder?

Sie öffnete die Wagentür. Sie schauderte. Sie wanderte über knirschenden Kies. Sie stieg die drei breiten, steinernen Stufen vor dem Eingang hoch.

Ein Flügel der Doppeltür stand offen, der Schattenspalt zwischen den beiden Hälften so schwarz wie Samt.

Edith preßte ihren Daumen auf den Klingelknopf, doch kein Laut störte die Stille. Sie drückte erneut zu, mehrere Sekunden lang, aber nirgends läutete es.

Sie klopfte an den geschlossenen Türflügel, so heftig, daß sich ihre Fingerknöchel röteten. Als erneut eine Antwort ausblieb, stieß sie die andere Hälfte weit auf. Der schwarze Samt wich nur ein wenig zurück.

»Hallo?« fragte sie und beugte sich vor. »Hallo? Kann mich jemand hören?« Sie lächelte unwillkürlich. Fast hätte sie gefragt: *»Ist dort jemand?«*

Sie schnitt eine plötzliche Grimasse, als ihr widerwärtiger Gestank entgegenwehte, ein Geruch, der Vorstellung von Alter, klammer Feuchtigkeit und anderen Dingen weckte. Verkohltes, verbranntes Holz?

Leise schlich Edith über die Schwelle.

Draußen war es nur wenig heller, und deshalb dauerte es nicht lange, bis sich ihre Augen an die Düsternis im Saal gewöhnten. Ein Teil des schwarzen Samtes schien auszufransen.

»Heiliger Himmel . . .«, stöhnte Edith.

Und einige Meter entfernt, wie von ihrem Ächzen beschworen, trat ein Schatten unter der dunklen Treppe hervor.

26

Ash stützte beide Ellenbogen auf die Theke und sagte: »Noch einen Wodka.«

Der Wirt griff nach dem leeren Glas und musterte seinen Gast aufmerksam. Für diesen Mann schien das Trinken mehr zu bedeuten als abendliche Entspannung: Offenbar versuchte er, irgendeinen inneren Teufel aus sich zu vertreiben. Er kehrte Ash den Rücken zu, griff nach der Wodkaflasche und schenkte nach. »Auch 'n Bier?« fragte er über die Schulter hinweg.

Ash drückte seine Zigarette im Aschenbecher aus. »Warum nicht? Immerhin brauche ich nicht zu fahren.«

Inzwischen befanden sich mehr Personen im Inn, obgleich die meisten Tische leer blieben. Der Abend war zu kalt, um auf die warme Gemütlichkeit im eigenen Heim zu verzichten. Die Männer unterhielten sich mit gedämpften Stimmen, und nur von den Wurfpfeilspielern im Raum nebenan ertönten ab und zu freudige oder verärgerte Rufe.

Der Wirt reichte Ash erneut einen mehrstöckigen Wodka, nahm das leere Bierglas und hielt es unter den Zapfhahn, während sein Blick auf dem heruntergekommen wirkenden Mann verweilte. »Sagten Sie nicht, Sie wohnen hier irgendwo in der Nähe, für ein paar Tage?« fragte er mit schlecht verhohlener Neugier.

Ash nahm einige Eiswürfel aus dem Kübel. »In der Nähe? War 'n verdammt langer Marsch.« Er beobachtete, wie sich das Eis im Wodka aufzulösen begann.

»Außerhalb des Ortes?« Der Wirt pumpte den Hebel an der Zapfsäule.

»Ja, mindestens hundert Meilen entfernt.« Ash rang sich ein müdes Lächeln ab, um zu zeigen, daß er scherzte. »Nun, in Wirklichkeit sind es nur zwei oder drei, glaube ich. Aber sie kamen mir wie hundert vor. Ich bin draußen in Edbrook untergekommen. Kennen Sie das Haus?«

»Edbrook?« wiederholte der Wirt mit zurückhaltendem Interesse. »Ja, hab' schon davon gehört.«

»Bei der Mariell-Familie.« Ash schüttelte den Kopf und verzog das Gesicht.

Der Mann hinter dem Tresen stellte das gefüllte Bierglas auf einen Pappdeckel. »Ein recht komischer Ort. Bleiben Sie länger?«

»Ich hoffe nicht.« Er holte zwei Pfundmünzen hervor. »Um ganz ehrlich zu sein: Ich spiele mit dem Gedanken, noch heute abend den Zug nach London zu nehmen. Andererseits . . .« Er zuckte mit den Schultern und trank einen Schluck Wodka.

»Offenbar gefällt es Ihnen nicht besonders gut in Edbrook«, sagte der Wirt im Plauderton und hob überrascht die Brauen, als er das freudlose Lachen Ashs hörte.

Der Ermittler schüttelte den Kopf und lächelte schief. »Ich schätze, man kann die Mariells mit Fug und Recht als exzentrisch bezeichnen.«

»Die Mariells?«

»Ja, sie alle. Robert, Simon, die nette alte Nanny Tess. Selbst – Christina.«

Der Wirt straffte seine Gestalt, und seine Antwort klang schroff. »Sie sollten mit dem Wodka vorsichtiger sein. Wenn Sie heute abend noch nach Edbrook zurückkehren müssen . . .« Er sprach nicht weiter und trat an die Kasse heran. Als er das Wechselgeld auf die Theke legte, fügte er hinzu: »Vorausgesetzt natürlich, Sie wohnen *wirklich* dort.«

Mit diesen Worten wandte er sich von seinem Gast ab, und Ash sah ihm nach, runzelte verwundert die Stirn. Eine Zeitlang starrte er auf die Münzen, ergriff eine 10-Pence-Münze und steckte die anderen ein. Dann leerte er das Wodkaglas und verließ die Bar. Er taumelte nicht gerade durch den Raum, aber er mußte sich konzentrieren, um das Gleichgewicht zu wahren.

Im Vestibül blieb er vor dem öffentlichen Fernsprecher stehen, nahm den Hörer ab, schob die Münze in den Eingabeschlitz und wählte eine Nummer.

»Komm schon, Kate«, murmelte er. »Wo steckst du, wenn ich dich brauche?«

Er hörte nur das rhythmische Piepen, bekam keine Antwort.

Ash seufzte ungeduldig und lehnte sich an die Wand, als er spürte, wie sehr er schwankte.

Kate McCarrick stand vor der Tür ihres Apartments, hantierte mit den Schlüsseln und hörte, wie das Telefon klingelte. Als die Tür aufschwang, eilte die Direktorin des Instituts durch den Flur, stellte ihre Handtasche ab, griff nach dem Hörer und hielt ihn ans Ohr.

»Hallo?« meldete sie sich atemlos.

Sie vernahm ein leises Klicken, als der unbekannte Anrufer auflegte.

Kate seufzte. »So ein . . .«

». . . Mist!« fluchte Ash und rammte den Hörer auf die Gabel.

Erneut ließ er sich an die Wand sinken, neigte den Kopf zurück und starrte an die Decke. Er rieb sich Augen und Stirn, blieb einige Sekunden lang reglos stehen und spürte, wie es hinter seinen Schläfen pochte, die Konsequenzen der Erschöpfung und des Alkohols. *Kümmere dich einfach nicht um sie, David,* dachte er. *Sollen Sie sich jemand anders für ihre blöden Streiche suchen. Zum Teufel auch, was geht's dich an?*

»Ja, was geht's mich an?« wiederholte er laut.

Reagierte er mit übertriebener Emotionalität? War er nur deshalb zornig, weil Christina Edbrook ohne eine Nachricht verlassen hatte, ohne einen Hinweis auf das gemeinsame Glück im Bett? Er entsann sich an ihr Temperament, an ihren sexuellen Appetit, noch größer als sein eigenes Verlangen, an das Feuer ihrer Leidenschaft. Zunächst erstaunte sie ihn damit, doch die Behutsamkeit, mit der er ihr begegnete, verwandelte sich kurz darauf in Begierde, und aus seiner passiven Rolle wurde aktive Teilnahme. Ihre Wollust entfachte und stimulierte ihn, und selbst die Erinnerung war erregend . . .

Aber die Flamme! fuhr es ihm spöttisch durch den Sinn. Die heiße Glut – wirklich nur eine Illusion? *Unmöglich!* Er hatte sich das Prasseln und Lodern nicht eingebildet, es wirklich gehört.

Und der Rauch, der erstickende Qualm ... Lieber Himmel, was war im Keller geschehen? *Es ist jetzt nicht mehr wichtig,* dachte er. *Laß die Mariells ihre eigenen Spinnereien ausleben.*

Ash stieß sich von der Wand ab, hielt mit langsamen, vorsichtigen Schritten auf die Tür zu und sehnte sich nach der Kühle des Abends. Als er die Hand nach dem Knauf ausstreckte, schwang die Tür auf, und ein Pärchen trat ein, der Arm des jungen Mannes um die Taille des Mädchens geschlungen. Ash wich zur Seite, und die beiden Jugendlichen nickten kurz, schenkten ihm nur beiläufige Aufmerksamkeit. Sie gingen in die Bar, und das Mädchen lachte, als ihm sein Begleiter etwas ins Ohr flüsterte.

Ash stolperte auf den Bürgersteig. Kalter Wind raunte ihm entgegen, und er schlug den Kragen des Mantels hoch. Hinter ihm schloß sich die Tür des Inns wieder, blockierte Wärme und Licht.

Der Ermittler versteifte sich, als er den alten Wolseley am Straßenrand sah. Das schattenhafte Gesicht Christinas beobachtete ihn durch die Windschutzscheibe.

Ash zögerte, wußte nicht so recht, wie er sich verhalten sollte. Schließlich schlenderte er an den Wagen heran und öffnete die Beifahrertür. Die Angeln quietschten leise.

»Warum hast du uns verlassen?« Christinas Stimme klang verärgert.

Einige Sekunden lang verschlug es Ash die Sprache. »Warum ich ... Meine Güte, es ist nicht zu fassen!«

»Du hättest jemandem Bescheid geben sollen.«

Ash stieg ein und spürte, wie neuerlicher Zorn in ihm zu brodeln begann. »Wem denn? Es war überhaupt niemand da! Was ist passiert, Christina? Warum befand sich niemand im Haus?«

Sie streckte die Hand aus und startete den Motor.

»Ich habe dich was gefragt«, sagte Ash mit erzwungener Ruhe.

»Ich wollte dich schlafen lassen, dich nicht stören. Du warst ziemlich erschöpft.«

»Ich möchte endlich wissen, wo ihr gewesen seid«, beharrte der Ermittler.

Christina legte den Gang ein, und der Wolseley rollte los.
»He, einen Augenblick. Wohin fährst du?«
»Nach Edbrook, wohin denn sonst?« erwiderte die junge Frau, den Blick auf die Straße gerichtet.
»Ich bin mir nicht sicher, ob ich . . .«
Sie musterte ihn kurz. »Willst du etwa die Flinte ins Korn werfen und einfach weglaufen? Nach der gestrigen Nacht?«
Das dumpfe Pochen hinter Ashs Schläfen verstärkte sich, und er massierte sie mit den Fingerspitzen. »Was zwischen uns beiden geschehen ist . . .«
»Hat mir großen Spaß gemacht. Und dir ebenfalls. Erinnerst du dich nicht mehr?«
»Ich weiß nicht . . . Ich bin so durcheinander, Christina. So müde und verwirrt.«
Die junge Frau beschleunigte, lenkte den alten Wagen durchs Dorf. Bald darauf erreichten sie den Ortsrand. Unter den Bäumen, deren Blätter und Zweige den Mondschein fernhielten, verdichtete sich die Dunkelheit.
Ash rutschte ein wenig zur Seite und sah Christina an. »Was hat es mit Edbrook auf sich? Ich verstehe einfach nicht, was dort los ist. Versuchst du mit deinen Brüdern, mich zum Narren zu halten? Wollt ihr mich verunsichern, mir einen Schrecken einjagen?«
Sie antwortete nicht, konzentrierte sich auf die Straße und gab noch mehr Gas. Ash konnte nun das Alter des Wolseleys *riechen*, eine metallene Feuchtigkeit, die auf Rost in den Radkästen und am Unterbau hindeutete.
»Es existiert gar kein Geist, nicht wahr?« fuhr er fort. »Er ist eure Erfindung, stimmt's? Aus irgendeinem Grund habt ihr es auf mich abgesehen. Warum, Christina? Bitte erklär es mir.«
Der Wagen raste durch eine Kurve, und die Reifen quietschten laut, aber die junge Frau setzte die Geschwindigkeit nicht herab.
»Antworte mir, um Himmels willen. Sag mir endlich, auf was ihr aus seid.«
»Du wolltest uns verlassen, ohne die Untersuchungen zu Ende zu führen«, entgegnete Christina.
»Hörst du mir überhaupt zu? Hast du auch nur ein Wort von

dem verstanden, was ich dir gerade gesagt habe? Du hattest nie eine Zwillingsschwester, die als Kind starb. Aber in einem Punkt glaube ich euch: Es *gibt* eine Schizophrene in eurer Familie.« Ash hielt sich an der Rückenlehne fest, als der Wolseley durch eine zweite Kurve rutschte. »Dich, Christina.«

Die junge Frau saß starr und steif, blickte geradeaus. Im blassen Mondschein, der durch die Windschutzscheibe glänzte, wirkte ihr Profil rein und anmutig. Nur die geschwungenen Konturen der Braue verloren sich im Schatten.

Ihr Schweigen verärgerte Ash, und er griff in die Jackentasche, holte das Päckchen Zigaretten und sein Feuerzeug hervor.

»Es hätte mir von Anfang an klar sein müssen«, brummte er und lächelte zynisch. »All das Gerede über die Mariells und ihre angebliche Tradition, keine Außenstehenden an den Angelegenheiten der Familie teilhaben zu lassen. Über wahnsinnige Verwandte redet man nicht gern, oder?«

Er drückte auf die Taste des Feuerzeugs, und ein elektrischer Funke entzündete das Gas. Christina zuckte zusammen, als sie die Flamme sah, und ihr nervöser Seitenblick erfüllte Ash mit grimmiger Zufriedenheit. Er ließ die Taste nicht los.

»Haben dich Robert und Simon immer beschützt, Christina? Und auch Nanny Tess?«

Er hielt das Feuerzeug näher an ihr Gesicht heran, vielleicht nur deswegen, um ihr Mienenspiel zu sehen, vielleicht auch, um sie zu quälen. Die junge Frau nahm Gas weg, bog auf eine schmalere Straße. Kurz darauf rollte der Wagen an der Telefonzelle vorbei, die Ash bereits kannte.

Christina duckte sich von ihm fort, starrte aber weiterhin auf den Asphalt, hielt das Steuer fest mit beiden Händen und beschleunigte wieder. Ab und zu huschte ihr Blick zu der kleinen, flackernden Flamme, als ginge eine seltsame Anziehungskraft davon aus.

Ash war sich zwar seiner Bosheit bewußt, aber er genoß Christinas Unbehagen. Führ es auf den Alkohol zurück, beruhigte er sich, als er einmal mehr das Feuerzeug hob. Betrachte es als kleine Rache für den Alptraum, an dem ich seit zwei Tagen leide ...

»Ich weiß nicht, wie du es angestellt hast, Christina, wie ihr die eindrucksvollen Effekte geschaffen habt – das Feuer im Keller, das ...« – mit der anderen Hand vollführte Ash eine vage Geste –, »... das Mädchen, das ich im – im Teich sah. Aber ihr seid ziemlich gerissen, nicht wahr? Alles andere als auf den Kopf gefallen. Trotzdem durchschaue ich euch ...«

Er hielt die Flamme näher an ihre Wange.

Christina zitterte heftig, wich zur Seite, und der Wagen kam ins Schleudern. Ash befürchtete plötzlich, daß sie gegen einen Baum prallten, griff nach dem Steuer, um es herumzureißen.

Dabei berührte er Christinas Hand, und sie fühlte sich sonderbar an.

Er starrte darauf hinab, so verblüfft und entsetzt, daß ihm die unangezündete Zigarette aus dem Mund fiel. Die Finger, die das Lenkrad hielten – dunkle Knochen, an denen halbverweste Hautfetzen hingen. Schmieriger Knorpel knirschte leise, als Ash die Hand fester schloß.

Christina wandte langsam den Kopf. Der Ermittler sah ihr Lächeln, das hübsche Profil, bevor sie die Drehung beendete. Mondschein erhellte die andere Gesichtshälfte.

Ash schrie.

Die Haut der jungen Frau war verbrannt und verkohlt. Nur noch ein halbverfaulter Ansatz erinnerte an das Lid über dem Auge, das dadurch unglaublich groß wirkte, aus der Höhle zu quellen schien. Nackte Knochen glänzten auf der linken Schädelseite, und verfilztes Haar hing in zerzausten Büscheln herab. Die Lippen des anderen Mundwinkels wirkten wie geschmolzen, offenbarten Zähne und dunkles Fleisch darüber, entstellten das Lächeln zu einem grotesken Grinsen.

Schockiert ließ Ash das Feuerzeug fallen, und sofort erlosch die Flamme. Doch der matte Mondschein reichte völlig aus: Er spiegelte sich silbrig in dem vorwölbenden Auge und auf bleichen Knochen wider.

27

Der Wolseley schwankte von einer Seite zur anderen, kam jedoch nicht von der Straße ab und raste über das schmale Asphaltband. Die dünnen Zweige von Büschen und Sträuchern zuckten an den Seitenfenstern vorbei, als die Reifen des Wagens tiefe Furchen in die grasbewachsenen Seitenstreifen fraßen. Christina – oder das *Etwas*, das ihren Namen trug – hielt den Fuß noch immer aufs Gaspedal.

Ash rückte hastig von ihr fort, preßte den Rücken an die Beifahrertür. Erneut sah er nur ihr Profil, das zarte, verträumte Lächeln auf ihrer rechten Mundhälfte. Aber in seiner Vorstellung starrte er noch immer auf die gräßlich entstellte linke Seite ihres Gesichts.

Die steinernen Säulen der Zufahrt schnellten ihnen entgegen, und einige Sekunden später sauste der Wolseley durchs Edbrook-Tor. Christina trat nicht auf die Bremse, als sie von der Straße abbog, und Ash wurde nach vorn geschleudert, stieß mit dem Kopf an die Scheibe. Er spürte keine Schmerzen. Der dunkle Schemen des Hauses schwoll rasch an, schien in Windeseile vor ihnen zu wachsen.

Ash öffnete den Mund, und es spielte keine Rolle, ob er Christina warnen oder einen erschrockenen Schrei von sich geben wollte: Kein Laut entrang sich seiner zusammengeschnürten Kehle. Mit viel zu hoher Geschwindigkeit donnerte der Wagen über knirschenden Kies.

Vor dem grauen, stumm wartenden Gebäude blockierten die Räder, und Steine wirbelten dahin. Ash verlor endgültig den Halt, rutschte vom Sitz und sank vor dem Armaturenbrett zu Boden.

Er drehte sich um, tastete nach dem Türgriff, vermied es, das grauenvolle Wesen am Steuer anzusehen, war nur noch bestrebt, so schnell wie möglich aus dem Auto zu klettern und zu laufen, fort von der auf schauderhafte Weise metamorphierten Christina. Er schnappte nach Luft – es klang wie ein Seufzen –, als er den Hebel fand und betätigte.

Ash fiel durch die aufschwingende Tür, stemmte sich in die Höhe und stakte taumelnd davon. In seiner Panik übersah er den zweiten Wagen, der auf der anderen Seite des Vorhofs unter einem Baum parkte. Er glaubte, ein kratziges, heiseres Lachen zu hören, das einer verbrannten Kehle entstammte und aus dem Oldtimer hinter ihm erklang.

Er schleppte sich die drei steinernen Stufen hoch, glitt auf der letzten aus und fiel schwer gegen die beiden Türflügel des Eingangs. Seine rechte Hand schloß sich um den Messingknauf, und schnaufend zog sich Ash in die Höhe, pochte mit der Faust an massives, verwittertes Holz.

Als er wieder stand, blickte er über die Schulter zum Wolseley zurück. Jemand schob sich gerade hinter dem Lenkrad hervor, und erneut hörte er ein rauhes Kichern.

Der Ermittler hämmerte an die Doppeltür, ignorierte den pulsierenden Schmerz, der dabei durch seine Arme stach, versuchte zu schreien. Doch Hals und Zunge waren wie erstarrt. Die Lähmung hinderte ihn daran, irgendeinen Laut von sich zu geben.

Er wagte es nicht, noch einmal auf den Platz vor dem Gebäude zu blicken, aber sein Kopf drehte sich von ganz allein einige Zentimeter so weit zur Seite, daß er aus den Augenwinkeln eine Bewegung bemerkte. Christina stieg aus dem Wagen.

In seiner Brust zitterte ein entsetztes Wimmern, das kein Ventil fand, hin und her zitterte, als suche es einen Weg zu den betäubten Stimmbändern. Ash schlug nun weniger kräftig auf die Doppeltür ein, und seine Hoffnungen wichen Verzweiflung. Er wollte laufen, fortrennen, fliehen, bevor ihn die gräßliche Gestalt erreichte, doch er fühlte sich plötzlich so erschöpft, so träge und apathisch. Bleierne Schreckensschwere breitete sich in ihm aus, zerrte an seinen Kräften. Ein leises, höhnisches Knarren, als Christina die unterste Stufe erreichte. Ash gab einen erstickten Schrei von sich, kaum mehr als ein leises Jammern. Schuhe kratzten über festen Stein.

Der Ermittler schwankte, als sich die Tür vor ihm endlich öffnete.

Miß Webbs Haltung wirkte alles andere als freundlich. Sie schnitt eine Grimasse, setzte zu einer scharfen Bemerkung an, aber Ash war bereits an ihr vorbei, warf die beiden Türflügel zu, bevor die verblüffte Frau ein Wort sagen konnte. Nanny Tess trat stumm und verdutzt zur Seite, beobachtete ihn schweigend.

Ash zitterte so heftig, daß seine Finger kaum den Schlüssel festhalten konnten. Er drehte ihn im Schloß, und das leise Klikken klang zufriedenstellend, wenn auch nicht beruhigend genug. Er ging in die Hocke, rammte den vertikalen Stahlriegel ins Bodenloch, wiederholte diesen Vorgang auf der anderen Seite. Dann stand er wieder auf und lehnte sich ans Holz, als wolle er die Barriere mit seinem Gewicht verstärken.

Ash stöhnte leise, als er den veränderten Zustand Edbrooks sah.

Die Lampen glühten noch matter als zuvor, verströmten kaum mehr als milchiges Dämmerlicht, so als seien auch sie einem allgemeinen Degenerationsprozeß unterworfen. Das Licht genügte jedoch, um den schmierigen Schmutz an Decke und Wänden zu erkennen, die staubigen Spinnweben, den Schimmel in Ecken und Nischen, die langen Risse in der Holzvertäfelung. Tapetenfetzen reichten über fleckige Gemälde hinweg, und hier und dort sah Ash herabgefallene Putzfladen auf dem Boden des Saals. Er nahm den durchdringenden Geruch des Verfalls wahr, den seltsam widerwärtigen Duft staubiger Leere.

Robert und Simon beobachteten ihn von der Treppe her.

Ash schluckte mehrmals und fand die Sprache wieder. »Um Himmels willen – *Christina*!«

Die beiden Brüder lächelten.

Jemand klopfte leise an die Eingangstür.

Ash wirbelte wie elektrisiert herum, wich von der Schwelle zurück.

Noch einmal das Klopfen, dann Stille.

Ash schrie, als die Doppeltür unter wuchtigen Schlägen erzitterte. Die Angeln rasselten, und das dicke Holz schien sich nach innen zu wölben, als übe etwas auf der anderen Seite starken

Druck aus. Kleine Fugen bildeten sich darin, formten ein komplexes Netzmuster.

Ash wankte fort von der Tür, den Blick starr auf die beiden Flügel gerichtet. Das Knistern war unnatürlich, fast ohrenbetäubend laut.

Abrupt verklang es, und einige Sekunden lang regte sich nichts.

Dann sagte Robert: »Bitte öffne die Tür, Nanny.«

Ash riß entsetzt die Augen auf, als sich die alte Frau tatsächlich in Bewegung setzte und den Schlüssel drehte.

»Nein, lassen Sie sie nicht herein!« flehte er.

Miß Webb zögerte, maß Ash mit einem unsicheren Blick und wandte sich an ihren Neffen. Robert lächelte noch immer gutmütig und nickte knapp. Nanny Tess bückte sich, um die Riegel zu lösen.

Mit einer überraschend geschmeidigen Bewegung schwang sie einen Türflügel auf. Draußen stand eine schattenhafte Gestalt.

Ash spürte ganz deutlich, wie er etwas verlor, gewann den Eindruck, als sauge etwas an seinen Adern und Gliedern, absorbiere einen Teil seines Wesens. Kälte und Leere sickerten ihm entgegen. Als er floh, kämpfte er gegen einen unsichtbaren Widerstand an, schaffte es kaum, die Füße vom Boden zu heben. Die Treppe erschien ihm wie ein unerklimmbares Hindernis, wie ein steil vor ihm aufragender Berg. Mühsam und ungelenk stieg er von Stufe zu Stufe.

Robert lächelte weiterhin, als sich der Ermittler an ihm vorbeischob. Simon grinste spöttisch, die Hände lässig in den Hosentaschen.

Ash hielt sich am Geländer fest, zog sich daran durchs modrige Halbdunkel. Nachdem er sich ganz bewußt zur Flucht gezwungen hatte, reagierte sein Selbsterhaltungstrieb mit einem hilfreichen Mechanismus, überwältigte die lähmende Furcht, so daß neue Kraft in den geschwächten, bebenden Körper zurückkehren konnte, ihm neuen Schwung verlieh. Er taumelte und stolperte, kroch auf Händen und Knien, verharrte aber nicht. Schließlich brachte er die letzte Stufe hinter sich, stand auf und stakte durch den finsteren Korridor zu seinem Schlafzimmer.

Die Tür war geöffnet, und Ash warf sie sofort hinter sich zu, drehte den Schlüssel. Einige Sekunden lang lehnte er die schweißnasse Stirn ans lackierte Holz und versuchte, seinen keuchenden Atem zu kontrollieren, so daß er nach Geräuschen horchen konnte. Er glaubte, Schritte zu hören, Schritte, die sich näherten.

In einem stummen Gebet schloß Ash die Augen.

Dann stieß er sich von der Tür ab, zerrte an der schweren Kommode und zog sie vor die Schwelle, um den Zugang zu blockieren. Um eine Barrikade zu schaffen, von der er sich Sicherheit erhoffte. Er betätigte den Lichtschalter, und die Glühbirne an der Decke flackerte einige Male unter ihrem staubigen Lampenschirm, bevor sie trüb zu leuchten begann.

Ash wich langsam zurück, fühlte nach einigen Metern die hintere Wand am Rücken. Sein Blick klebte an der Tür und dem improvisierten Bollwerk davor fest.

Kurz darauf klopfte es.

Jemand flüsterte seinen Namen.

»Laßt mich in Ruhe!« schrie er, ein hysterisches Vibrieren in der Stimme. *»Laßt mich endlich in Ruhe!«*

Sein Kreischen verwandelte sich in ein klagendes Wimmern, dann in ein Stöhnen, als er sich im Sessel am Fenster zusammenkauerte.

»Laßt mich in Ruhe . . .«

Das Flüstern verklang.

28

Nichts rührte sich in Edbrook.

Keine Schritte in den schmutzigen, dunklen Korridoren und Fluren. Keine Bewegung in den staubigen, muffigen Zimmern – abgesehen von Ungeziefer, das in den schimmeligen Polstern alter Sofas umherkroch, von Spinnen, die ihre Netze hüteten, träge in der spätherbstlichen Kühle. Kein Wind zupfte an Vorhängen und Gardinen. Das Haus schlummerte friedlich. Die Gräue der Morgendämmerung tastete wie zögernd über die Fenster.

Im ersten Stock schlief ein Mann vor einer verbarrikadierten Tür.

David Ash trug noch immer seinen zerknitterten Mantel, den Kragen hochgeschlagen. Das stoppelige Kinn ruhte auf der Brust. Stirn und Wangen wirkten wächsern im trüben Licht. Dunkle Ringe zeigten sich unter den Augen, und die angespannten, dann und wann zitternden Züge brachten kummervolles Leid zum Ausdruck.

Er träumte ...

... Der Junge erwacht und hört seinen geflüsterten Namen.

»David ...«

Er verläßt das Schlafzimmer, angelockt von der leisen Stimme, geht die Treppe herab und betritt eine von Kerzen erleuchtete Kammer. Am einen Ende des langen Raums steht ein Sarg.

Der Junge kommt näher, und in den weit aufgerissenen Augen glüht Furcht. Er blickt auf Seide, späht vorsichtig über den Rand des Sargs hinweg.

Das Mädchen, das darin liegt, ist nicht seine Schwester.

Es ist älter, und der Tod verleiht ihm eine eigentümliche Schönheit.

Es hebt die Lider.

Es lächelt.

Und aus dem Lächeln wird ein gehässiges Grinsen.

Christina streckt die Hände aus, als wolle sie ihn umarmen.

Sie flüstert:
»David ...«

Ash erwachte mit einem gedämpften Schrei und zuckte so heftig zusammen, daß die leere Wodkaflasche neben seinen Füßen umfiel. Benommen sah er sich um, und zunächst hinderte ihn Verwirrung daran, ganz in die Wirklichkeit zurückzukehren. Mattes Tageslicht verschmolz trüb mit dem Glühen der Lampe, und dadurch wirkte das Zimmer irgendwie seltsam: Den Konturen mangelte es an Tiefe, und bei den Farben fehlten die helleren Töne. Er zwinkerte, rieb sich die brennenden Augen und ahnte, daß sie blutunterlaufen waren. Die Lider fühlten sich schwer und schlaff an. Ash schluckte, spürte rauhe Trockenheit in der Kehle, strich sich mit den Fingern durchs zerzauste Haar.

Seine Hand erstarrte, als er sich an den Traum erinnerte. Und er stöhnte leise, als er die schwere Kommode vor der Tür sah und sich des Grundes für die Barrikade entsann.

Er hielt den Atem an, zwang sich dazu, aufmerksam zu lauschen, stützte die zitternden Hände auf die Armlehnen. Stille herrschte draußen, und irgendwie spürte er, daß sich die geräuschlose Leere nicht nur auf den Flur beschränkte, sondern darüber hinausreichte. Das ganze Haus schwieg, als hielte es den Atem an.

Der Ermittler stand auf, trat an die Barrriere heran, lehnte sich an die Kommode und horchte erneut. Er wartete auf eine Veränderung in der bedrückenden Atmosphäre, auf ein leises Knistern oder Knacken.

Nichts.

Er wankte zum Fenster zurück, lief einige Male Gefahr, das Gleichgewicht zu verlieren, bevor es ihm gelang, seine Bewegungen zu koordinieren. Er war noch immer nicht ganz wach, als er in den Garten hinabsah. Leichter Nieselregen bildete diffusen Bodennebel, und in den Dunstschwaden verloren die Statuen an Konsistenz, schienen sich langsam aufzulösen.

Entschlossenheit regte sich in Ash, als die betäubenden Nachwirkungen des Alptraums allmählich von ihm wichen.

Er nahm die Reisetasche vom Kleiderschrank und stopfte seine Sachen hinein, hielt sich nicht damit auf, Hemden und Hosen ordentlich zu falten. Er schob sie einfach zu einem dicken Bündel zusammen, um genug Platz zu schaffen. Seine Aktivität erzeugte ein eigenes Bewegungsmoment, wurde zu Hast und Eile. Er nahm die Notizen und anderen Unterlagen zur Hand, schob sie ebenfalls in die Tasche, zog dann den Reißverschluß zu und fluchte halblaut, als sich ein Hemdsaum darin verfing. Er achtete nicht weiter darauf, holte auch den Koffer hervor und legte ihn offen aufs Bett. Einige Sekunden lang starrte er auf den leeren Behälter und dachte an die Kontrollinstrumente, die er aus verschiedenen Zimmern des Hauses holen mußte.

Sein Blick glitt wieder zur Tür.

Vorsichtig ging er zur Kommode und umfaßte ihren Rand. Ash holte tief Luft, bevor er zog und das schwere Möbelstück zur Seite wuchtete. Mit der einen Hand stützte er sich darauf ab, während er argwöhnisch den im Schloß steckenden Schlüssel betrachtete. Er mußte sich regelrecht dazu überwinden, ihn zu drehen und die Tür zu öffnen.

Nanny Tess stand im Flur.

»Jesus . . .«, stieß Ash tonlos hervor.

Miß Webb trat ins Licht, ihre Miene eine Maske der Sorge. Sie wirkte noch älter, und die Falten bildeten tiefe Linien in ihrem eingefallenen Gesicht. Die Haut war blaß, zeichnete sich durch jenen Mangel an Farbe aus, der auf lange Krankheiten folgt.

Sie sprach drängend, aber sehr leise, als fürchte sie, Robert und die anderen könnten sie hören. »Sie müssen das Haus verlassen, Mr. Ash. Jetzt sofort. Auf der Stelle.«

»Wo sind sie?« fragte er, ebenso leise wie die alte Frau.

»Das spielt jetzt keine Rolle.« Es klang fast wie eine Zurechtweisung. »Stellen Sie mir keine Fragen. Gehen Sie. Fliehen Sie aus Edbrook. Es handelt sich nicht mehr um ein Spiel. Irgend etwas ist geschehen und hat alles verändert. Die Geschwister sind wütend auf Sie, Mr. Ash. Sehr wütend.«

Miß Webb wich einen Schritt zurück und sah in den Korridor, beugte sich dann wieder zu dem Ermittler vor und fügte in einem verschwörerischen Tonfall hinzu: »Ein früher Zug hält jeden

Morgen im Bahnhof des Ortes und liefert Post. Wenn Sie sich beeilen, erreichen Sie ihn noch.«

Weitere Hinweise waren nicht nötig. Ash eilte ans Bett heran, griff nach der Reisetasche und betrachtete kurz den Koffer. Schließlich wandte er sich davon ab und zuckte mit den Schultern. Aus irgendeinem Grund erschienen ihm die Instrumente im Haus nicht mehr wichtig.

Er schloß die Hand fest um den Griff der Tasche, und als er auf den Korridor trat, hielt er vergeblich nach der alten Frau Ausschau. Er ging einige Schritte – und erstarrte.

Der Hund kauerte am anderen Ende des Flurs, ein geduckter, zum Sprung bereiter Schemen.

Behutsam setzte Ash einen Fuß vor den anderen, vergrößerte allmählich die Entfernung zum leise knurrenden Tier, unterdrückte die in ihm wachsende Panik. Das Grollen wurde ein wenig lauter und zorniger, und Ash widerstand der Versuchung, einfach loszustürmen. Er mußte unter allen Umständen vermeiden, den Hund zu reizen.

Sucher schlich auf ihn zu.

Aus einem Reflex heraus spannte Ash die Muskeln. Wenn ihn das Tier angriff, würde er ihm die Tasche ins Maul stoßen, sie als Schild benutzen. Aber was dann? Wie lange konnte er es abwehren? Wenn er ins Schlafzimmer zurückkehrte, saß er in der Falle. Vielleicht sollte er nach Miß Webb rufen. Warum hatte sie nicht auf ihn gewartet? Gehörte das zu dem Plan, ihn aus seinem Zimmer zu locken und dem Hund auszuliefern? Himmel, waren denn alle in diesem Haus total verrückt?

Sucher wahrte einen gewissen Abstand zu seinem Opfer, paßte sich den Schritten des Mannes an. Im finsteren Korridor sah Ash nur zwei helle Punkte dort, wo sich die Augen des Tiers befinden mußten. Der massive Schädel saß übergangslos auf muskulösen Schultern, und dadurch schien es, als gleite eine formlose Masse heran.

Ashs Aufmerksamkeit blieb die ganze Zeit über auf den Hund gerichtet, aber trotzdem merkte er, daß er sich der Galerie über dem Saal näherte. Wenn er sich umgedreht hätte, wäre sein Blick auf eine Gestalt gefallen, die langsam die Treppe hochkam. Er sah erst über die Schulter, als er ein eigentümlich schnaufendes Kichern vernahm.

Simon stand vor der obersten Stufe – ein anderer Simon als der, den Ash kannte.

Trotz der Düsternis bemerkte Ash die fahle Blässe des jungen Mannes: Er erweckte den Eindruck, als habe er Gesicht und Hände mit feinem, weißem Puder eingerieben. Und die Haut darunter – fleckig und runzlig, an verschiedenen Stellen wie aufgequollen. Unter dem Kragen des offenen Hemds zeigte sich ein dunkler, purpurner Quetschstriemen. Das Fleisch wies eine tiefe Einkerbung auf, und der Kopf war steif zur Seite geneigt.

Simon bot einen abscheulichen Anblick; dennoch lächelte er jungenhaft.

Der Schock reichte bis zu den tiefsten Wurzeln seines Selbst hinab, riß die Kontrolle über den Körper an sich. Ash schleuderte seine Tasche auf die Gestalt, und der Hund sprang, als er die plötzliche Bewegung sah.

Ash hörte das Tapsen der Pfoten, das dumpfere Knurren, und er verlor keine Zeit damit, sich zu dem Angreifer umzudrehen. Statt dessen schwang er sich über die Balustrade, griff nach dem Geländer, als er fiel. Er hielt sich fest, baumelte über dem Saal, bis Suchers Maul über ihm erschien. Die langen Zähne schnappten nach leerer Luft. Ash ließ sich fallen, versuchte, die Hände um den Rand des Balkons zu schließen, rutschte jedoch daran ab. Er stürzte in die Tiefe, prallte schwer auf und keuchte: Stechender Schmerz durchzuckte seinen Fußknöchel.

Einige Sekunden lang blieb er auf dem Rücken liegen und schnaufte, der Körper taub. Kurz darauf wich die Lähmung einem sanften Prickeln, und er nahm dünne Rauchschleier wahr, die der Decke entgegenkräuselten. Er lauschte dem leisen Prasseln eines Feuers und spürte Hitze auf den Wangen. Wieder nur Einbildung?

Dann hörte er das Kratzen auf der Treppe.

Ash winkelte die Arme an, stemmte sich in die Höhe, und der Schmerz im Knöchel wurde jäh heftiger. Sucher huschte am Geländerpfosten vorbei, glitt über den schmierigen Boden, fand aber sofort das Gleichgewicht wieder und sauste heran.

Der Ermittler humpelte fort und wußte, daß er nur dann eine Chance hatte, wenn es ihm gelang, irgendeine Barriere zwischen sich und den Hund zu bringen. Die Küche war zu weit entfernt – er konnte sie nicht rechtzeitig erreichen. Er stieß die nächste Tür auf, die des Kellers.

Vor ihm wuchs ein Wall aus züngelnden Flammen. Ash hob die Arme schützend vors Gesicht, taumelte zurück.

Und in dem lodernden Inferno weiter unten bewegte sich etwas. Jemand kam die schmale Treppe hoch, stakte durch die alles verschlingende Glut. Ash ließ die Arme ein wenig sinken, starrte entsetzt und glaubte, seine Augen nicht trauen zu können.

Die Gestalt kam näher und brannte lichterloh, stand von Kopf bis Fuß in Flammen. Das verkohlende Gesicht war eine brodelnde, kochende Masse, und doch ließen sich vertraute Züge erkennen.

Die menschliche Fackel, die den Keller verließ, hieß Robert Mariell.

29

Sucher blieb stehen, und in seinen Augen spiegelten sich miniaturene Abbilder des brennenden Mannes wider, als loderten die Flammen auch im Schädel des Tiers. Ein wimmerndes Heulen entrang sich seiner Kehle.

Ash zögerte nicht länger. Er wankte fort von dem wütenden Feuer, fort von der Hitze und dem widerwärtigen Gestank verkohlenden Fleisches.

Der Hund schüttelte sich und begriff, daß sein Opfer zu entkommen drohte. Er machte einen weiten Bogen ums Feuer, das Robert Mariell in einer tödlichen Umklammerung hielt, senkte den Kopf, als er an dem Mann vorbeischlich, setzte die Jagd dann fort.

Ash nahm sich nur Zeit genug, einen Stuhl nach seinem Verfolger zu werfen. Das improvisierte Geschoß fiel vor Sucher auf den Boden und zwang ihn dazu, dem Hindernis auszuweichen. Simon Mariell stand nun am Fuß der Galerietreppe, die groteske Gestalt von den Flammen erhellt, die seinen älteren Bruder verbrannten. Ein höhnisches Kichern löste sich aus dem von Striemen gezeichneten Hals.

Ash stürmte in die Küche, drehte sich, um die Tür zuzuwerfen. Sie war fast geschlossen, als Suchers Kopf in dem Spalt erschien. Breite Kiefer schnappten nach dem einen Ärmel des Mantels.

Der Ermittler versuchte, seinen Arm zu befreien, warf sich mit seinem ganzen Gewicht gegen die Tür und preßte sie an die Schnauze des Tiers. Er schrie, als der Stoff schließlich riß und der Hund zurückfiel, hörte, wie das Schloß klickte. Auf der anderen Seite sprang Sucher. Es krachte laut, und der Rahmen erbebte, aber glücklicherweise hielt die Tür. Zornige Krallen rissen Furchen ins Holz.

Ash eilte durch die völlig verdreckte Küche, und bei jedem

Schritt zuckte Schmerz durch den verletzten Knöchel, raubte ihm den Atem. Er erreichte die Hintertür, zerrte sie auf.

Kalte Morgenluft wehte ihm entgegen, begrüßte ihn mit Frische und der wortlosen Verheißung von Freiheit. Ash stakte nach draußen, genoß den Nieselregen auf den heißen Wangen, saugte die Kälte in sich hinein, reinigte die Lungen vom penetranten Gestank Edbrooks. Er hatte es endlich geschafft, das Haus zu verlassen, und dieser erste Sieg verlieh ihm neue Kraft. Er fühlte sich versucht, aus reiner Erleichterung zu schreien.

Erst am Rand der Terrasse verharrte er kurz und sah zum Gebäude zurück. Im Regen wirkten die Mauern noch düsterer, und selbst die Fenster erschienen dunkel, fast schwarz. Trotzdem: Es war nur ein Haus, das aus Ziegelsteinen, Holz und Glas bestand, ein von Menschen geschaffener Ort, weiter nichts. Ein Bauwerk, das sich unter der Last seines eigenen Alters zu ducken schien, das nur deshalb unheimlich anmutete, weil *er* von den gespenstischen Ereignissen in den Zimmern und Kammern wußte. Ash wischte sich Regentropfen aus den Augen. Alles erschien ihm absurd und unwirklich, aber er machte sich nichts vor: Es handelte sich keineswegs um einen Traum.

Und jener Alpdruck erfuhr eine Fortsetzung, als das Glas eines niedrigen Fensters splitterte und Sucher nach draußen sprang.

Ash hinkte die Terrassentreppe hinunter, schleppte sich über die steinernen Fliesen des Pfads und ahnte, daß es ihm nicht gelingen würde, dem Hund zu entkommen. Er warf einen Blick über die Schulter und sah Sucher auf der obersten Stufe. Das Tier näherte sich langsam, als wisse es, daß sein Opfer nicht mehr fliehen konnte. Weißer Schaum klebte an seinem Maul, und auf dem Fell bildete der Regen eine Patina aus glänzender Nässe. Es schlich über den Weg, der Kopf massig zwischen zitternden Schultern. Sucher öffnete das Maul und knurrte grollend.

Ash wandte sich seinem Gegner zu, wich dabei langsam zurück; es blieb ihm keine andere Wahl, als sich auf ein grausames Katz-und-Maus-Spiel einzulassen. Zweifellos würde ihn der Hund übel zurichten. Es fragte sich nur, ob er stark und wild genug war, um ihn zu töten. Ash keuchte, und der Regen schien auf seiner glühenden Haut zu verdampfen.

Die Entfernung zum Tier verkürzte sich auf wenige Meter. Ash ging vorsichtig weiter und spannte die Muskeln, wütend darüber, daß er sich von einem Hund einschüchtern ließ. Seine Lippen begannen damit, einen Fluch zu formulieren, eine Herausforderung, die sich an das Geschöpf vor ihm richtete. Aber bevor er schreien konnte, stieß er mit den Waden an etwas Festes. Ein Hindernis versperrte ihm den Weg: die niedrige Mauer am Teich. Sucher knurrte noch einmal, bereit zum Sprung.

Das stinkende, schlammige Wasser hinter Ash gischte empor.

Er wirbelte herum – und vergaß das Tier, denn gestaltgewordenes Grauen schob sich aus den schleimigen Algenmassen, und Ash empfand den Schrecken als einen immensen Druck auf den Schultern, sank auf die Knie.

Klebrige Haarreste fielen fransig auf die Schultern der Frau. Grünbraune Faserstränge krochen wie Schlangen über das lange, triefnasse Gewand, das an vielen Stellen wie verkohlt wirkte. Algenfladen ersetzten die verbrannte Haut.

Sucher heulte und rutschte auf dem Bauch.

Die Frau – das Etwas – hielt sich mit halbverwesten, knorpeligen Fingern am Rand der Mauer fest, das erstarrte Todesgrinsen auf Ash gerichtet. Flammen hatten einen großen Teil ihres Körpers in rohes Fleisch verwandelt, doch als sie sich bewegte, erklang ein leises Knistern. Wie in der vergangenen Nacht starrte ihn ein unnatürliches großes, aus der Höhle quellendes Auge an.

Sie zog sich aus dem Teich, und das an ihrem gräßlichen Leib herabströmende Wasser bildete eine Lache vor den verkohlten Füßen. Ash taumelte zur Seite, aber die Frau folgte seinen Bewegungen, streckte die Arme nach ihm aus. Dünne, schmierige Ranken hingen wie Armreife an ihren Handgelenken.

Voller Abschau kroch Ash zurück, beobachtete, wie die Reste ihrer Lippen zuckten. Das kratzende Zischen aus ihrem Mund klang wie sein Name.

Sie kreischte, als die dunkle Seite ihres Körpers plötzlich Feuer fing.

Weißes Nichts lähmte den Geist des Ermittlers, verbannte alle Gedanken aus seinem Bewußtsein. Instinktive Reflexe steuerten ihn. Er sprang auf und lief, ließ die brennende Frau hinter sich zurück. Ihre qualvollen Schreie begleiteten ihn. Wie als Echo hallten sie hinter seiner Stirn wider, durchdrangen den lähmenden Schild, der sein Ich mit trügerischer Ruhe erfüllte. Und als er floh, löste sich die Barriere allmählich auf. Das peinerfüllte Heulen wurde lauter, fraß Lücken und Breschen in die mentale Barrikade. Ash vernahm auch ein Lachen in der Ferne – ein höhnisches, spöttisches Kichern, kaum mehr als ein diffuses Echo.

Er glitt auf nassem Gras aus, und der im Knöchel rumorende Schmerz reichte bis zu den Lenden empor. Ash kam wieder auf die Beine, achtete nicht auf das Stechen, stolperte weiter durch vernachlässigte Blumenbeete, durch Büsche und Sträucher, hielt auf den Waldrand zu, hoffte, dort Zuflucht zu finden. Irgend etwas vertrieb die Schreie und das Lachen aus seinem Kopf. Die unheilvollen Geräusche ertönten nun nur noch im Garten hinter ihm, wie akustische Schatten, die sich an seine Fersen hefteten.

Es begann stärker zu regnen. Kühle Nässe weichte den Boden auf, und dadurch kam Ash schwerer voran. Er hielt die Arme weit ausgestreckt, strich niedrige Zweige beiseite, während er sich einen Weg durch das Dickicht des Waldes bahnte. Er tastete sich an Bäumen vorbei, und die Konturen der Umgebung verschwammen hinter dem Nässeschleier des Regens. Oder waren es seine Tränen? Er spürte deutlich, daß ihm jemand durch das Unterholz folgte: Ab und zu hörte er humorloses Kichern, leise, verächtliche Stimmen. Gelegentlich sah er konturlose Schemen in der grauen Düsternis, flüchtige Gestalten, die eine gewisse Distanz zu ihm wahrten.

Er hatte keine Ahnung, wohin er sich wenden sollte. Es ging Ash nur darum, eine möglichst große Entfernung zwischen sich und Edbrook zu legen. Wenn er eine Straße erreichte, wollte er zum Ort wandern, zurück in die Ordnung, zurück in den beruhigenden Trost weltlicher Normalität. Als er ein leises Rascheln hörte, wandte er sich nach links. Sein unsteter Blick fiel auf einen Schatten zwischen den Bäumen, und er zögerte nicht, lief nach rechts, hörte einmal mehr spöttisches Gelächter.

Kurze Zeit später stolperte er auf eine Lichtung, die ihm vertraut erschien. Der Ermittler schnappte nach Luft, ließ sich auf Hände und Knie sinken, spürte, wie der Regen, jetzt nicht mehr vom Blätterdach des Waldes abgeschirmt, auf seinen Rücken prasselte. Er begriff, wo er sich befand, denn vor ihm erhob sich das steinerne Monument des Familiengrabs so massiv, als sei es ein Auswuchs der Erde.

Keuchend füllte er sich die Lungen. Das nasse Haar klebte am Kopf, und die Schultern hoben und senkten sich wie in einem Krampf. Regen strömte auf die grauen Mauern des Mausoleums herab, schuf einen schimmernden Halo und wusch Staub und Lehmkrusten fort. Die Moose und Flechten in den Fugen und Ritzen gewannen eine dunklere Tönung, und das Gras vor den Wänden duckte sich unter dem Druck der Fluten. Ash beobachtete, wie der fortgespülte Schmutz eine Inschrift neben dem Eingang freigab.

Fast gegen seinen Willen las er die langsam deutlicher werdenden Namen.

THOMAS EDWARD MARIELL
1896 – 1938

ISOBEL ELOISE MARIELL
1902 – 1938

Ash zwinkerte Regen aus den Augen, als sich weitere Ablagerungen auflösten und in zähflüssigen Schlamm verwandelten, der träge über die Mauer rann. Seine Lippen bewegten sich lautlos, als er den Rest der eingemeißelten Inschrift las, und neues Grauen gesellte sich jenem hinzu, das bereits in ihm wucherte.

IHRE GELIEBTEN KINDER

ROBERT
1919 – 1949

SIMON

1923 – 1949

CHRISTINA

1929 – 1949

Die Zahlen des Todesjahrs schienen vor ihm zu wachsen, gerieten in einen mentalen Zoom.

1949

Aus dem finsteren Innern des Grabes erklang das dumpfe Kichern eines Kindes.

Ash sah, daß das eiserne Tor weit offen stand. Einige Sekunden später hörte er ein anderes Geräusch aus der Gruft, das Schaben von Stein auf Stein. In der Dunkelheit bewegte sich etwas: Die flache Deckplatte eines Sargs glitt langsam zur Seite, als schiebe jemand von innen, und auf einem anderen Sockel wiederholte sich dieser Vorgang.

Erneut kicherte das Kind.

30

Ash wankte durch den Wald, rutschte aus, fiel, stand wieder auf, hielt nicht inne, kroch und stolperte weiter. Zweige schlugen ihm ins Gesicht, zerrten an seiner Kleidung. Verborgene Hindernisse versuchten ihn aufzuhalten. Vögel krächzten zornig. Ash lief und lief, humpelte und wankte, sah kein einziges Mal zurück, fürchtete sich vor dem, was ihm durchs Dickicht folgen mochte. Er schob sich an blättrigen Barrieren vorbei, kletterte über umgestürzte, vermodernde Baumstämme, schnaufte und keuchte, spürte, wie das Stechen im verstauchten Fuß auch die Lungen erfaßte. Trotzdem legte er keine Pause ein, setzte den Weg durchs Unterholz mit wilder Entschlossenheit fort – bis er voraus erste graue Lücken im dunklen Wall des Waldes sah.

Er ächzte erleichtert, als er auf die Straße taumelte.

Dort blieb er kurz stehen, um wieder zu Atem zu kommen, während er nach Geräuschen lauschte, die auf Verfolger hindeuteten. Hinter ihm blieb alles ruhig und still. Ganz gleich, wer oder *was* im Mausoleum aus den Särgen kletterte: Offenbar lag den betreffenden Wesen nichts daran, zu ihm aufzuschließen. Trotzdem schleppte sich Ash weiter, zog das eine Bein nach und fühlte, wie feuchte Luft durch seine rauhe und wunde Kehle strömte. Der Morgen wurde ein wenig heller, und der Regen prasselte nicht mehr ganz so heftig herab, begnügte sich mit einem sanften Nieseln.

Zuerst bemerkte er den Wagen nicht, der sich ihm von hinten näherte, vielmehr wurde er erst darauf aufmerksam, als dieser nur noch hundert Meter entfernt war. Er hörte den Motor und leises Knacken, wenn die Reifen über herabgefallene Zweige rollten. Er blickte zurück. Das Licht der Scheinwerfer glänzte matt durch den Dunst. Verzweifelt versuchte er, schneller zu laufen, doch er besaß einfach nicht mehr genug Kraft. Er schlurfte nur, setzte mühsam einen Fuß vor den anderen.

Aus dem Glühen der Scheinwerfer wurde ein fast blendendes Schimmern, das über nassen Asphalt tastete. Ash humpelte und fühlte, wie neuerliches Entsetzen in ihm aufkeimte, während er unbeholfen und schwerfällig über die Straße wankte.

Der Wolseley erreichte ihn, und er wich ihm aus, näherte sich wieder dem Waldrand. Das Fenster auf der Fahrerseite war geöffnet; eine Hand winkte. »Mr. Ash!« rief Nanny Tess. »Bitte steigen Sie ein. Sie sind viel zu erschöpft. Allein schaffen Sie es nicht bis zum Ort.«

Ash blieb zitternd stehen, krümmte sich zusammen und würgte. Hysterie nagte an ihm, als er schließlich hervorbrachte: »Was – was wollen Sie von mir?«

Das Gesicht der alten Frau wirkte besorgt, und ihre Augen starrten flehentlich. »Ich möchte Ihnen helfen«, antwortete sie. »Bitte, steigen Sie ein. Ich bringe Sie zum Bahnhof. Es ist Ihre einzige Chance.«

Ash wußte, daß sie recht hatte: Sowohl körperlich als auch geistig war er viel zu ausgelaugt, um das Ziel aus eigener Kraft zu erreichen. Müde lehnte er sich an die Kühlerhaube des Wagens.

»Erklären Sie es mir«, stieß er hervor. »Erklären Sie mir, warum es Robert und die anderen auf mich abgesehen haben.«

Miß Webb deutete auf die Beifahrertür. »Setzen Sie sich, Mr. Ash. Bevor Sie hier auf der Straße zusammenbrechen.«

Der Ermittler hinkte um das Fahrzeug herum und wußte, daß ihm gar nichts anderes übrigblieb, als der Frau zu vertrauen. Keuchend ließ er sich auf den Beifahrersitz sinken.

Der Wolseley rollte wieder los und wurde allmählich schneller. Ash atmete noch immer schwer und bebte am ganzen Leib. Argwöhnisch musterte er Nanny Tess. Sie hatte sich sehr verändert, wenn auch nicht auf die Art und Weise wie die drei Mariell-Geschwister. Sie erschien ihm ausgezehrt: das Haar zerzaust, die Falten und Furchen in ihrem eingefallenen Gesicht wie tiefe Täler. Auf den bleichen Wangen zeigten sich dunkle Flecken.

»Es war falsch, Ihnen so etwas anzutun«, sagte sie in einem mißmutigen Tonfall. »Ich habe sie mehrfach darauf hingewiesen und angefleht, endlich aufzuhören.«

Ash seufzte rasselnd. »Ich verstehe überhaupt nichts.«

Die alte Frau warf ihm einen kurzen Blick zu, musterte ihn mit gerunzelter Stirn. »Oh, das sollten Sie auch nicht. Es kam ihnen darauf an, Sie zu verwirren, Sie zu erschrecken.«

»Und warum?« erwiderte er scharf. »Was haben Robert, Simon und Christina gegen mich?«

Die Scheibenwischer strichen die letzten Regentropfen fort.

»Sie wollten Ihnen beweisen, daß Sie sich irren. All Ihre Theorien, Ihre Überzeugung, es gäbe kein Leben nach dem Tod . . . Sie wollten Ihnen die Augen öffnen, Sie büßen lassen . . .«

Ash starrte sie verwirrt an.

»Es gab gar keine Zwillingsschwester, Mr. Ash«, sagte Nanny Tess leise.

Er schnaubte abfällig. »Das weiß ich bereits. Christina ist die Schizophrene, nicht wahr?«

»›Ist?‹ Begreifen Sie noch immer nicht? Nach all Ihren Erlebnissen?« Erneut sah sie ihn an, und Ash mied ihren Blick. »Zwei verschiedene Seelen schienen in ihrem Körper zu wohnen. Die eine normal, sanftmütig und fröhlich – die andere boshaft und gemein, das Böse selbst. Wir hielten jenen Teil ihres Ichs verborgen, damit kein Außenstehender davon erfuhr.«

Ihre blassen, blutleeren Hände verkrampften sich am Steuer. »Nach dem Tod der Eltern war es meine Aufgabe und die der beiden Jungen, Christina zu schützen, sie so gut wie möglich zu kontrollieren. Ach, uns brach fast das Herz, wenn wir sie einsperren mußten, zu ihrer eigenen Sicherheit. Um Unheil zu verhüten.«

Miß Webb nahm Gas weg, als sie sich einer Kreuzung näherten. Ash spielte mit dem Gedanken, auszusteigen und zur Telefonzelle an der Ecke zu laufen. Aber hatte das einen Sinn? Es war wesentlich einfacher, die Fahrt zum Bahnhof fortzusetzen, den nächsten Zug zu nehmen und diesen verdammten Ort zu verlassen. Für immer. Nanny Tess bog auf eine breitere Straße und beschleunigte. Die Wischer kratzten laut über die inzwischen trokkene Windschutzscheibe, aber die alte Frau achtete nicht darauf.

Sie sprach traurig und niedergeschlagen, als litte sie noch immer an den Erinnerungen. Ash hörte bestürzt zu.

»Simon löste die fatale Tragödie aus. Wissen Sie, selbst als Erwachsene fanden die Brüder großen Gefallen daran, Streiche zu spielen, obgleich ich sie mehrfach darauf hinwies, Christina mit besonderer Rücksicht zu behandeln. Vielleicht hatte Simon ihre geteilte Persönlichkeit satt: Im einen Augenblick war sie voller Freude, und im nächsten verwandelte sie sich in eine wütende Furie. Nun, möglicherweise bekam er es eines Tages mit der Angst zu tun.«

Miß Webb zögerte, wurde plötzlich auf die immer noch hin und her schwingenden Wischer aufmerksam und schaltete sie ab. Ash seufzte erleichtert.

»Robert war auf dem Rückweg von London, wo er sich mit seinen Finanzberatern getroffen hatte, und ich fuhr zum Bahnhof, um ihn abzuholen. Ich – ich dachte, Simon sei in der Lage, allein mit Christina fertig zu werden. Vielleicht sah er nur ein weiteres Spiel darin, einen lustigen Streich . . .« Sie brach ab.

»Und?« drängte Ash.

Nanny Tess erwachte aus ihren Grübeleien und sammelte neue Entschlossenheit. »Simon schloß Christina im Weinkeller ein, zusammen mit dem Hund. Er wußte, wie sehr sie das Gewölbe haßte, die Dunkelheit, die klamme Kühle, die dicken, fensterlosen Mauern um sie herum. Irgendwie gelang es ihr, ein Feuer zu entzünden. Ich mußte sie oft nach Streichhölzern durchsuchen – die kleinen Flammen faszinierten sie. Christina meinte häufig: Wenn eine solche Flamme stirbt, so steigt ihre Seele als kräuselnder Rauch ins himmlische Paradies.«

Nanny Tess lächelte bitter, als sie sich erinnerte. Gleich darauf verhärteten sich ihre Züge zu einer Grimasse.

»Nun, vielleicht entstand das Feuer, weil sie im Keller mit Streichhölzern spielte. Vielleicht steckte Absicht dahinter – wir erfuhren es nie. Denkbar wäre auch, daß sie Simon Angst einjagen und ihn dazu bringen wollte, sie freizulassen. Aber wie dem auch sei: Der Brand breitete sich rasch aus, geriet außer Kontrolle.

Als Robert und ich zurückkehrten, stand der ganze Keller in Flammen. Simon hockte einige Meter vor der offenen Tür, weinte und deutete auf die Glut. Wir hörten Christinas Schreie, das wimmernde Heulen Suchers.

Robert stürmte die Treppe hinab, trotz der Hitze, trotz der Gefahr . . .«

Die Reifen des Wagens knirschten über einen Zweig, der auf der Straße lag, und Ash zuckte unwillkürlich zusammen, als er das maschinengewehrartige Knacken hörte.

Nanny Tess starrte unbewegt durch die Windschutzscheibe. »Einige Sekunden später wankten zwei Gestalten durch das Inferno. Die erste war Christina. Ihr Kleid und die eine Seite des Körpers brannten.«

Bei dieser Vorstellung schloß die alte Frau kurz die Augen. Ash sah besorgt auf die Straße, richtete seinen Blick dann wieder auf Miß Webb.

Doch sie behielt die Kontrolle über den Wagen, lenkte ihn sicher über den Asphalt.

»Sie sauste an uns vorbei, so schnell, daß wir sie nicht festhalten konnten. Außerdem lenkte uns die – die zweite Gestalt ab. Robert stand von Kopf bis Fuß in Flammen. Himmel, ich weiß nicht, wie er es schaffte, die Treppe hochzusteigen ... Er sank vor uns zu Boden, schrie aus vollem Halse. Die Qualen, die er erlitt ...

Wir versuchten, ihn zu retten, das Feuer zu ersticken. Aber es hatte keinen Zweck. Er schien ein einziger Glutball zu sein. Seine Schreie – seine gräßlichen Schreie. Manchmal höre ich sie noch im Haus, des Nachts. Selbst wenn ich Schlaftabletten nehme ... Das Kreischen sucht mich in meinen Träumen heim ...«

»Sie fanden Christina ...«, warf der Ermittler ein.

»Ja, Mr. Ash. Sie sprang in den Teich und ertrank dort. Wie ich schon sagte: Offenbar war sie zu schwer verletzt, zu geschwächt, um sich wieder aus dem Wasser zu ziehen.«

Ash lehnte den Kopf zurück, stützte den Ellbogen ans Seitenfenster und schlug die Hände vors Gesicht. »O Jesus ...«, hauchte er.

»Damals arbeiteten noch einige Hausangestellte für uns. Sie eilten herbei und halfen uns, die Flammen in Schach zu halten, bis die Feuerwehr eintraf. Andernfalls wäre Edbrook vermutlich bis auf die Grundmauern niedergebrannt. Heute bedaure ich, daß das nicht geschah.«

Einmal mehr jenes schiefe, verträumte Lächeln. Es wich rasch von ihren Lippen.

»Simon verzweifelte geradezu, gab sich die Schuld für den Tod seiner beiden Geschwister. Trotz ihrer Neckereien standen sie sich sehr nahe, insbesondere nach dem Unfall ihrer Eltern. Einige Wochen später erhängte sich Simon an der Treppe.«

Ash spürte, wie es tief in ihm zu zittern begann, und aus blitzenden Augen sah er die alte Frau an, fragte sich, ob sie den Verstand verloren hatte. »Das ist unmöglich«, brachte er hervor. »Völlig ausgeschlossen. Ich habe sie alle gesehen, mit ihnen gesprochen. Meine Güte, wir saßen zusammen am Tisch. Zweimal bin ich mit Christina in diesem Wagen unterwegs gewesen!«

Nanny Tess schüttelte den Kopf.

»Christina . . .«, beharrte Ash. »Ich – ich habe sie berührt! Wir – ihr Körper war warm und lebendig!« Aber er entsann sich an die eisige Kühle dort, wo sie neben ihm im Bett gelegen hatte.

»Sie begegneten keinen lebenden Geschöpfen. Wir waren allein im Haus, Mr. Ash, nur Sie und ich. Nun, nicht ganz allein. Robert, Simon und Christina leisteten uns Gesellschaft, aber nicht als lebendige Menschen. Und auch Sucher – seine arme, unschuldige Seele ist so verwirrt.«

»Sie sind verrückt«, sagte Ash tonlos.

Diesmal drückte das Lächeln Miß Webbs mehr als nur Kummer aus. »Fühlten Sie sich im Haus irgendwie geschwächt, Mr. Ash? Sie wissen eine ganze Menge über Parapsychologie. Verstehen Sie denn nicht, daß man Ihnen psychische Energie stahl, aus Ihnen heraussaugte? Mir ergeht es schon seit vielen Jahren so. Robert, Simon und Christina – sie brauchen diese Kraft, um zu existieren.

Ab und zu kehren sie nach Edbrook zurück und manifestieren sich, indem sie sich auf meinen Geist stützen, auf mich, *die liebe Nanny Tess, das Hausmütterchen von Edbrook, Beschützerin der Kinder, im Leben und im Tod.* Nach wie vor treiben sie ihre Spielchen, als hielte sie das zusammen, als bewahre es sie davor, sich im Jenseits zu verlieren. Ich hoffe – ich bete zu Gott –, daß sie jetzt endgültig damit aufhören.«

Ash klang nicht sehr überzeugt, als er erwiderte: »Sie waren real . . .«

»Nur in Ihrem Geist. Und das menschliche Bewußtsein ist ein recht mysteriöser Ort, so sonderbar wie die andere Welt, in der ihre Seelen wahrhaftig existieren. Sie benutzten Ihre Gedanken, sondierten die entlegensten Winkel Ihres Selbst und verwendeten das, was sich dort versteckt, als Waffe gegen Sie.«

Ungläubig schüttelte Ash den Kopf.

»Haben Sie den kleinen Recorder bei sich?« fragte die alte Frau.

Verwundert tastete der Ermittler unter seinen Mantel, suchte in der Jackentasche und holte das Gerät hervor.

»Schalten Sie ihn ein, Mr. Ash«, sagte Nanny Tess. Die seltsame Heiterkeit in ihrer Stimme verblüffte ihn. »Hören Sie sich die aufgezeichneten Gespräche an.«

Ash widersprach nicht, betätigte die Rückspultaste und wartete. Als er auf ›Play‹ drückte, hörte er ein leises Rauschen, gefolgt von seiner eigenen, hohl klingenden Stimme.

›*Unter welchen Umständen starben Ihre Eltern, Christina?*‹

Erneut das leise Rauschen, begleitet von statischen Störungen.

›*Sie waren noch Kinder, als Ihre Eltern ums Leben kamen?*‹

Keine Antwort.

Ash furchte die Stirn, betätigte noch einmal die Rückspultaste und startete das Band dann wieder.

›*... jemandem ähnlich, den Sie kennen, gekannt haben?*‹ hörte er sich. Der Teil einer Frage, die er an Simon gerichtet hatte.

Nur Schweigen.

Betroffen preßte er den Daumen auf ›Rewind.‹

›*Auch Auswirkungen auf die Elektrizität sind bekannt.*‹ Seine eigenen Worte.

Aber niemand reagierte darauf.

›*Nein. Ich glaube nach wie vor an ein bisher unerklärtes Phänomen. Bitte fahren Sie fort.*‹

Er lauschte dem wortlosen Zischen noch einige Sekunden lang, bevor er den Recorder verärgert ausschaltete. Als er ihn in die Jackentasche zurückschob, sah er voraus die ersten Häuser des Ortes.

»Warum?« fragte er mit einer eigentümlichen Mischung aus eisiger Ruhe und vibrierender Verwirrung. »Warum ausgerechnet ich?«

Miß Webbs Seufzen klang müde, und Ash merkte, daß sie kaum noch Ähnlichkeit mit der Frau aufwies, die er in Edbrook kennengelernt hatte. Sie war nicht mehr die alte Jungfer und Tante, die sich um das Haus und längst erwachsen gewordene Kinder kümmerte.

»Ein Bündnis«, entgegnete sie.

Ash musterte sie benommen.

»Ein Bündnis zwischen Geistern«, fügte sie hinzu und fuhr mit aufmerksamer Konzentration über die Hauptstraße. »Ein Spiel, an dem auch noch eine andere Seele teilnahm. Jemand, den sie kennen, Mr. Ash.«

Seine Nackenmuskeln versteiften sich, und eine frostige Kühle erfüllte ihn, weckte eine ganz andere, noch weitaus tiefer in ihm verankerte Furcht. Er hatte sich gewünscht, in die Normalität zurückzukehren, und als er durch die Windschutzscheibe blickte, sah er eine strikt geregelte, ihm vertraute Welt: Einfamilienhäuser und Läden, Verkehrsschilder und Lampen. Aber das *Übernatürliche* begleitete ihn in die Sphäre der Ordnung, verharrte im Wagen.

Miß Webbs Stimme klang monoton, und doch konnte Ash jedes einzelne Wort mit erschreckender Deutlichkeit verstehen. Ein Teil von ihm nahm die Bedeutung ihrer Erklärungen in sich auf und akzeptierte sie, doch der Rest seines Ichs lehnte sie ab, verbannte sie ins Reich fauler Fantasie.

Ganz langsam wich seine logische Rationalität prickelndem Entsetzen.

»Das Spiel gefiel ihnen deshalb so sehr, weil Sie angeblich nicht daran glauben, der Geist könne den Tod des Körpers überleben. In Wirklichkeit aber bezweifeln Sie diese Überzeugung, die Sie zu einem inneren Schutzwall gestalteten. Das stimmt doch, oder? Sie fühlen sich noch immer schuldig, weil Ihre Schwester ertrank, versuchen deshalb, sich mit pathologischer Skepsis vor der Stimme Ihres Gewissens zu schützen.« Nanny Tess wartete keine Antwort ab. »Haben Sie nach all den Jahren noch immer Angst davor, daß sie irgendwann zurückkehren könnte, um sich an Ihnen zu rächen? Ich sagte Ihnen ja, der menschliche Geist sei ein mysteriöser Ort . . .«

Der Wagen hielt vor dem kleinen Bahnhof, und durch den Eingang sah Ash einen wartenden Zug. Aber er blieb sitzen, wie betäubt von seinem gedanklichen Chaos. Er zitterte, schüttelte ruckartig den Kopf und lehnte die Diagnose der alten Frau ab.

Miß Webb wurde ebenfalls nervös. In ihren feucht glänzenden Augen begann es zu glühen und zu irrlichtern. »Aber jetzt sind Robert, Simon und Christina zu weit gegangen. Oh, ich habe versucht, ihnen Einhalt zu gebieten, sie zur Vernunft zu bringen, doch sie schenkten mir keine Beachtung. Meine Schuldgefühle sind ebenso stark wie Ihre. Ich versprach Isobel, auf ihre Kinder zu achten – und ließ sie alle sterben. Das kann ich mir nicht verzeihen.«

Sie lehnte die Stirn ans Lenkrad, das Gesicht zwischen den Armen. Kummer und Verzweiflung dehnten ihre Worte, und Ash mußte genau hinhören, um das schluchzende Brummen zu deuten. »Jetzt ist das Schlimmste passiert. Jetzt wird man Fragen stellen, Fragen über Edbrook und die Mariells.«

In seinem schockierten Durcheinander fand Ash irgendwo die Kraft für Zorn. »Mir käme es nie in den Sinn, von meinen Erlebnissen im Haus zu erzählen. Lieber Himmel, wer würde mir denn glauben?«

»*Sie begreifen noch immer nicht, oder? Aus dem Spiel ist blutiger Ernst geworden!* Jemand anders wurde daran beteiligt, jemand, dessen Herz nicht so stark war wie das Ihrige.«

Miß Webb hob den Kopf. Es zuckte in ihren eingefallenen Wangen, und das Haar wirkte wirr, zerzaust.

Langsam drehte sich die alte Frau um, und das Glitzern in ihren Augen verstärkte sich, zerstörte den Eindruck von ruhiger Gelassenheit. Sie neigte sich weit zur Seite, starrte über die Rückenlehne in den Fond.

Ash konnte der Versuchung, ihrem Blick zu folgen, nicht widerstehen.

Edith Phipps lag auf dem Rücksitz, die Augen so matt wie Schiefer, der Mund geöffnet. Die obere Gebißreihe ruhte auf der Unterlippe, verwandelte ihr Gesicht in eine hämisch grinsende Fratze. Ihre Züge wirkten verzerrt, der Körper keineswegs schlaff, noch im Tode angespannt. Wenn eine Leiche sprechen konnte, dann hätte Edith jetzt geschrien.

Ash zuckte zurück. Er empfand kein Grauen mehr, denn selbst

solchen extremen Gefühlen sind Grenzen gesetzt. In jenen wenigen Sekunden der Starre beobachtete er Ediths Leichnam. Verzweiflung vertrieb alle anderen Empfindungen aus ihm, hinterließ fast apathische Leere.

Doch als er Miß Webbs Kichern hörte und den Wahnsinn sah, der in ihren weit aufgerissenen Augen gleißte, reagierte er jäh.

Ash sprang aus dem Wagen und floh.

31

Er schob sich an dem überraschten Schaffner vorbei, der gerade den Bahnsteig verließ und die kleine Halle mit den Fahrkartenschaltern betrat. Ash hörte, wie der Mann fluchte und ihm etwas zurief, aber er blieb nicht stehen. Der Zug setzte sich in Bewegung, rollte ganz langsam an der Plattform vorbei, als fiele es der Lokomotive schwer, so viele Waggons zu ziehen.

Der Ermittler griff nach einer Klinke und folgte dem Zug mit humpelnden Schritten, zerrte die Tür auf und stieg ein. Beinah hätte er dabei den Halt verloren, aber er klammerte sich fest, mobilisierte seine letzten Kraftreserven und zog sich hoch. Ash sank vor der Sitzbank zu Boden, atmete schwer und stand wieder auf, als die Tür von ganz allein zuschwang und ins Schloß fiel. Ächzend nahm er Platz und lehnte sich zurück; sein Kopf fiel haltlos von einer Seite zur anderen. Eine Zeitlang lauschte er dem eigenen Murmeln, der heftigen Ablehnung all dessen, was geschehen war, und die zitternden Hände zupften am Kragen, öffneten den obersten Hemdknopf. Schnaufend holte er Luft. Klammer Schweiß tröpfelte die Schläfen entlang.

Das Klacken stählerner Räder auf den Gleisen erfolgte nun in immer kürzeren Abständen, da der Zug gemächlich schneller wurde, und Ash war froh, daß er den Ort endlich verließ, daß Edbrook und das Entsetzen im Haus hinter ihm zurückblieben: die Mariells, deren Existenz allein von der Reue und den Ängsten der Lebenden abhing, ihre Tante, deren schuldbewußte Verzweiflung in Wahnsinn gipfelte, auch Christina, die das Bett mit ihm geteilt hatte ...

Erinnerungen, Eindrücke und Gefühle wirbelten in ihm, bildeten einen Strudel, in dem sich Ashs Gedanken zu verlieren drohten. Zuviel war während seines kurzen Aufenthalts in Edbrook geschehen, und er sah sich außerstande, in seinem mentalen Chaos Ordnung zu schaffen. Er entsann sich absoluter Furcht, die nur langsam nachließ, aber auch intensiver Liebe. Er erinnerte einen warmen Körper, der sich voller Leidenschaft an ihn schmiegte. Wen hatte er geliebt? Eine Erscheinung? Ein Phantom? Nein, unmöglich ...

Beklommen schüttelte er den Kopf. Er wußte die Wahrheit und konnte sie nicht länger leugnen.

Robert, Simon und Christina: Geister, die ein Bündnis eingingen, mit einer anderen verlorenen Seele im Jenseits, mit Ashs Schwester, die ihn selbst im Tod verachtete, sich noch im Grab gegen ihn verschwor. Ihre gemeine Boshaftigkeit verwandelte den Spuk in eine perverse Realität.

Ash versteifte sich. Er saß mit dem Rücken in Fahrtrichtung, und als sein Blick aus dem Fenster glitt, zurück zum Bahnsteig, bemerkte er einen Mann, der dem Zug nachsah.

Robert Mariell lächelte.

Kurz darauf trat eine zweite Gestalt durch die Tür der Fahrkartenhalle. Simon trug nur eine Jacke, schob die Hände tief in die Hosentaschen. Kein blutiger Striemen um den Hals. Der Kopf nicht mehr zur Seite gekippt. Er winkte Ash zu und grinste jungenhaft.

Eine leere Betonfläche, dann eine dritte Person, die den davonrollenden Zug in kindlicher Unschuld beobachtete. Nach dem Tod alterte man nicht mehr – sie war noch immer ein kleines Mädchen. Das weiße Kleid, das sie beim Picknick am Fluß getragen hatte, darunter weiße Socken. Daneben stand Sucher, ruhig und geduldig.

Ash sprang ans Fenster heran, zerrte am Griff. Die Scheibe sauste mit dem dumpfen Pochen einer Guillotine herab. Er beugte sich nach draußen, streckte dem Mädchen die Hand entgegen.

»Juliet!« rief er.

Er konnte das Gesicht seiner Schwester sehen, die zarten Züge, die bisher undeutlich geblieben waren, weil er sich nicht an sie erinnern, sie nicht erkennen *wollte.* Jetzt fand sich sein Unterbewußtsein endlich mit ihrer übernatürlichen Existenz ab. Die Lippen gewannen klare Konturen, bewegten sich, deuteten ein spöttisches, höhnisches Lächeln an.

Der Zug fuhr weiter, und die weiße Gestalt schrumpfte mit zunehmender Entfernung, der Hund ein dunkler Fleck an ihrer Seite.

Ash gab einen qualerfüllten Schrei von sich, rief erneut ihren Namen, streckte die Hand noch weiter aus. Tränen rollten über seine schmutzigen Wangen.

Plötzlich schlossen sich von hinten starke, klauenhafte Hände um seine Schultern. Er hielt sich am Fensterrahmen fest, befürchtete, nach draußen gestoßen zu werden, auf den immer schneller vorbeistreichenden Schotter. Er widersetzte sich dem Griff, schaffte es, sich zu dem Angreifer umzudrehen. Lange Fingernägel kratzten durch sein Gesicht.

Christinas Augen bildeten nur mehr schmale Schlitze. Ihre Haut war glatt, der Körper unberührt von Flammen, und doch unterschied sie sich von der jungen Frau, die Ash kannte. Er begegnete nun der dunklen Seite ihres Ichs, der haßerfüllten Furie, die lange Zeit den Schutz der Mariells genossen und sich vor der Außenwelt versteckt hatte. Ihr Haar formte einen wogenden, zerzausten Schleier, und Ash starrte in eine wütende Fratze. Das Glitzern in den blaugrauen Augen verkündete ihren Wahn; Wut verätzte ihre jugendliche Schönheit.

Erbarmungslos hieb sie auf ihn ein, und das lange, weiße Gewand wehte in einem imaginären Wind. Christina fauchte und zischte und kratzte, ihre Finger wie Krallen, die sich in Ashs Körper bohrten. Er wich in eine Ecke zurück, hob die Arme schützend vors Gesicht, viel zu erschrocken, um sich zu wehren. Erst als der Schmerz unerträgliche Intensität gewann, gab er seine passive Rolle auf, schlug ebenfalls zu und rief ihren Namen. Frustration und Zorn besiegten die Furcht.

Seine Hände trafen nur leere Luft, aber trotzdem holte er immer wieder aus.

Nach einer Weile hielt er erschöpft inne und ließ die Arme sinken. Es vergingen noch einmal einige Sekunden, bevor er den Kopf hob und sich mißtrauisch im Abteil umsah. Schließlich straffte er seine Gestalt, paßte sich dem Schwanken des Waggons an. Irgend etwas Feuchtes rann ihm über die Wange, und er tastete danach.

Lange Zeit starrte Ash auf das Blut an der Fingerkuppe.

EDBROOK

Allmählich weicht das Licht des Tages finsterer Nacht. Wind seufzt über den Kiesweg vor dem großen, verfallenden Haus. Ein Oldtimer steht vor den Stufen, die zum Eingang emporführen.

Das Gebäude scheint leer zu sein. Nur Schatten und Schemen wohnen in seinem Innern.

Aber irgend jemand bewegt sich in der Dunkelheit, geht von Zimmer zu Zimmer: eine alte Frau, die leise und melancholisch summt, eine Melodie, mit der sie einst drei kleine Geschwister in den Schlaf sang. Doch das ist lange her, und die Kinder leben nicht mehr.

Die Frau hält eine Schachtel mit Streichhölzern in der Hand. Ab und zu zündet sie eins an und setzt verschiedene Gegenstände in Brand.

Die steinerne Hülle namens Edbrook verschmilzt mit der Nacht. Aber hinter einem Fenster flackert orangefarbenes Glühen, dann hinter einem zweiten.

Bald darauf erfaßt der unstete Schein auch die anderen.

HEYNE BÜCHER

James Herbert

James Herbert, Englands führender Horror-Autor, entwirft in seinen spannenden Thrillern eine grausame, kaltblütige Welt, die erschreckend nahe an der Wirklichkeit ist.

01/7686

01/7784

01/7857

01/7974

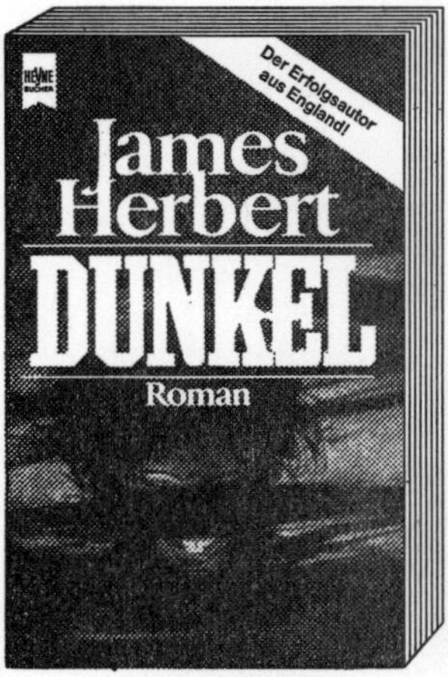

01/8049

01/8138

01/8237

Wilhelm Heyne Verlag München

HEYNE BÜCHER

STEPHEN KINGS NEUER WELTERFOLG ERSTMALS IM TASCHENBUCH!

Die Bürger einer verschlafenen amerikanischen Kleinstadt werden plötzlich aus ihrem gewöhnlichen Alltag gerissen. Mit einer Entdeckung hält auch das Grauen Einzug ...

Heyne-Taschenbuch
688 Seiten
Best.-Nr. 01/7995

WILHELM HEYNE VERLAG MÜNCHEN

HEYNE BÜCHER

John Saul

Der Meister des psychologischen Horror-Romans verbindet sanftes Grauen mit haarsträubendem Terror. Er versteht es, seinen Lesern das Gruseln zu lehren.

01/7659

01/7755

01/7873

01/7944

01/8035

Darüber hinaus sind als Heyne-Taschenbücher erschienen:

„Blinde Rache“
(01/6636)
„Wehe, wenn sie wiederkehren“
(01/6740)
„Das Kind der Rache“
(01/6963)

Wilhelm Heyne Verlag München

HEYNE BÜCHER

THOMAS HARRIS

Ein Autor, der die Spitze der US-Bestsellerliste erobert hat

01/7779

01/7684

01/8294

Seine Thriller sind von atemberaubender Spannung und unheimlicher Abgründigkeit. Romane, die den Leser völlig in ihren Bann ziehen.

Wilhelm Heyne Verlag
München